더글라스 케네디 Douglas Kennedy

전 세계적 베스트셀러 작가다. 미국 뉴욕에서 태어났고 현재는 런던, 파리, 베를린, 몰타 섬을 오가며 살고 있다. 조국인 미국에 대해 비판적인 시각을 견지하고 있는 작가로 유명하며 유럽, 특히 프랑스에서 폭발적인 인기를 자랑한다. 프랑스문화원으로부터 문화공로훈장을 받았고, 2009년에는 프랑스의 〈르 피가로〉지에서 주는 그랑프리상을 받았다.

한때 극단을 운영하며 직접 희곡을 쓰기도 했고, 이야기체의 여행 책자를 쓰다가 소설 집필을 시작했다. 오스트레일리아의 오지부터 시작해 파타고니아, 서사모아, 베트남, 이집트, 인도네시아 등 세계 50여 개국을 여행했다. 풍부한 여행 경험이 작가적 바탕이 되었다고 해도 과언이 아니다.

주요 작품으로 《빅 픽처》《고 온》《데드 하트》《픽업》《비트레이얼》《빅 퀘스천》《스테이트 오브 더 유니언》《파이브 데이즈》《더 잡》《리빙 더 월드》《템테이션》《행복의 추구》《파리5구의 여인》《모멘트》《위험한 관계》 등이 있다.

옮긴이 조동섭

서울대 언론정보학과를 졸업하고, 〈이매진〉 수석기자, 〈야후 스타일〉 편집장, 〈TTL 매거진〉 편집 고문을 지냈으며, 현재 번역가와 자유 기고가로 활동하고 있다. 옮긴 책으로 《빅 픽처》《고 온》《데드하트》《픽업》《비트레이얼》《빅 퀘스천》《스테이트 오브 더 유니언》《파이브 데이즈》《더 잡》《템테이션》《파리5구의 여인》《모멘트》《파리에 간 고양이》《프로방스에 간 고양이》《마술사 카터, 악마를 이기다》《브로크백 마운틴》《돌아온 피터팬》《순결한 할리우드》《가위 들고 달리기》《거장의 노트를 훔치다》《일상 예술화 전략》《매일매일 아티스트》《아웃사이더 예찬》《심플 플랜》《시간이 멈춰선 파리의 고서점》《스피벳》《보트》《싱글맨》《정키》《퀴어》 등이 있다.

AURORE'S AMAZING ADVENTURES

DOUGLAS KENNEDY

JOANN SFAR

마음을 읽는 아이 **오로르**

초판 1쇄 발행일 2020년 2월 28일 | **초판 13쇄 발행일** 2024년 8월 28일
글 더글라스 케네디 | **그림** 조안 스파르 | **옮긴이** 조동섭 | **펴낸이** 김석원 | **펴낸곳** 도서출판 밝은세상
출판등록 1990. 10. 5 (제 10 - 427호) | **주 소** (10881) 경기도 파주시 문발로 119, 202호
전 화 031-955-8101 | **팩 스** 031-955-8110 | **메일** wsesang@hanmail.net
블로그 blog.naver.com/balgunsesang8101 | **인스타그램** www.instagram.com/wsesang
ISBN 978-89-8437-395-2 03840 | **값** 15,000원
잘못된 책은 구입한 곳에서 교환해드립니다.

마음을 읽는 아이
오로르

더글라스 케네디 글

조안 스파르 그림

조동섭 옮김

밝은세상

우리 : 나 그리고 나의 언니
에밀리

★

길 반대편에서 네 사람이 걸어왔다. 걔네가 우리를 보고 씩 웃었다. 나쁜 징조였다. 다른 사람을 괴롭히는 애들이 씩 웃는 건 '지금부터 너를 못살게 굴면서 놀 거야.'라는 뜻이다.

바로 **우리**를. 나와 내 언니 에밀리를. 에밀리 언니는 열네 살이다. 나보다 세 살 많다. 언니의 얼굴이 하얘졌다. 쟤네는 언니와 같은 반이고, 언니가 자기들을 무서워한다는 걸 알고 있다.

"다른 사람을 괴롭히는 애들이 원하는 게 바로 그거야. 두려움."

몇 달 전, 이 괴롭힘이 시작될 때 나는 언니에게 글을 썼다.

언니는 내 말이 맞다고 했다. 하지만 그래도 걔들은 언니가 두려워할 만한 힘을 가지고 있었다. 그래서 언니는 걔네가 우리 쪽으로 올 때 내 귀에 속삭였다. "건너편 길로 가자."

넷 중 대장인 도로테가 소리쳤다. "어딜 가려고!"

언니가 얼어붙었다. 나는 계속 걸어가는 게 좋다는 뜻으로 언니의 손을 잡았다. 하지만 도로테 일당이 우리를 둘러쌌다.

도로테가 말했다. "땅꼬마 에밀리가 바보 동생이랑 산책 나왔나 봐?" 그 말에 나머지 셋이 웃었다. 그 셋은 도로테가 못된 말을 할 때마다 웃는다. 언니가 떨기 시작했다. 나는 언니의 손을 더 꽉 잡고, 도로테를 똑바로 노려보았다.

도로테가 말했다. "이 찌질이 좀 봐. 센 척하고 있네."

나는 글을 쓰기 시작했다.

도로테가 계속 말했다. "왜 말을 못할까? 저능아니까!"

바로 그때, 나는 내가 쓴 글을 도로테의 얼굴 앞에 내밀었다. 읽지 않을 수 없게 눈앞에 들고 있었다.

"어젯밤에 엄마한테서 저능아라는 말을 들었지? 엄마한테 늘 심한 말을 듣지? 그래서 다른 사람을 괴롭히는 거야."

도로테의 눈이 휘둥그레졌다. 큰 비밀을 들킨 듯한 표정. 내 말이 맞을걸.

도로테가 씩씩대며 말했다. "우리 엄마가 그런 말한 거 어떻게 알았어? 어떻게 알았냐고?"

나는 방금 새로 쓴 글을 내보였다.

"네 눈을 보면 난 다 알아."

사람들의 눈을 보면 다 알 수 있다.

★

나는 사람들의 눈을 보면 다 안다.

내가 가진 신비한 힘이다.

엄마가 행복하려고 무지 애쓸 때, 나는 사실 엄마가 얼마나 슬픈지 볼 수 있다. 아빠가 자기의 새로운 삶에 만족한다고 말할 때, 나는 아빠의 걱정이 다 보인다. 나한테 직접 말한 적은 없지만, 언니는 엄마 아빠가 같이 살지 않는 게 내 탓이라고 생각한다. 나는 그것도 알고 있다.

"너의 그 '신비한 힘' 때문에 우리 가족이 변했어." 여덟 달 전, 아빠가 집을 나갔을 때 언니가 나에게 말했다.

나는 엄마한테 물었다. 언니의 말이 사실인지, 내가 신비한 힘을 가지고 있어서 다른 사람들한테 나쁜 일이 생기는 것인지 물었다.

엄마가 말했다.

"오로르, 그 신비한 힘은 소중한 재능이야. 너는 네 이름 그대로야. 진짜 햇살."

오로르.

내 이름!

아빠가 이야기해 주었다. 옛날 옛적에, 책은 두루마리로 되어 있고 밤에는 호롱불로 빛을 밝히던 옛날에, 사람들은 오로르 여신을 숭배했다고. 오로르 여신은 아침마다 해님을 들어 올리는 힘이 있었다. 오로르는 어둠을 쫓아냈다.

아빠가 말했다. "오로르, 그게 너야. 너는 늘 어둠을 사라지게 해."

'어둠을 사라지게 하는 것'이 내 신비한 능력이 될 수 있을까? 나는 얼마 전에 조지안느 선생님과 이야기했다.

조지안느 선생님이 말했다.

"사람들을 돕는 것도 신비한 일이야."

조지안느 선생님은 우리 집에서 두 골목 떨어진 곳에서 자랐다. 그렇지만 선생님의 엄마 아빠는 세네갈이라는 나라에서 왔다. 여기서 아주 먼 아프리카에 있는 나라다. 선생님은 아주 환하게 웃고, 늘 책을 읽으며, 정치 이야기를 한다. 모두가 항상 남을 탓하는 세상에 맞서 우리는 서로를 존중해야 한다고 말한다.

선생님은 아주 똑똑하다. 선생님은 지금 세상에서 가장 큰 문제가 '불의'라고 했다. 공정하지 않은 것, 올바르지 않은 것.

선생님은 항상 내게 말한다.

"공정해야 해. 꼭 그렇게 살아야 해."

태블릿으로 말하는 법을 배우는 데
1년도 넘게 걸렸다.

나는 신비한 능력을 갖고 있어서 다른 아이들이 다니는 학교에는 가지 않는다. 집이 학교고, 조지안느 선생님과 매일 여러 시간 동안 공부한다. 세상을 향해 말하는 법을 가르쳐 준 사람도 조지안느 선생님이다.

나는 신비한 능력 때문에 보통 사람들처럼 말하지 못한다. 그래서 글로 쓴다. 하고 싶은 말 모두. 생각하는 것 모두. 그리고 나는 생각을 아주 많이 한다!

조지안느 선생님을 만나기 전에는, 내 머릿속에서 벌어지는 것들을 엄마와 아빠와 언니와 다른 모두에게 알릴 방법이 없었다. 선생님은 내게 검은색 직사각형에 하얀 화면이 있는 예쁜 물건을 줬다. 이건 태블릿이고, 이게 있으면 나도 다른 사람들처럼 대화할 수 있다고 했다.

태블릿으로 말하는 법을 배울 때, 선생님은 나를 아주 철저하게 가르쳤다.

"능숙해지기 쉽지 않을 거야. 하지만 힘들더라도 끝까지 해내야 해. 난 오로르가 분명 해낼 수 있다는 걸 알아!"

배우는 데 1년도 넘게 걸렸다. 하지만 나는 태블릿으로 말할 수 있게 되었고, 빠르게 말하는 법까지 터득했다!

태블릿으로 말하게 된 후에야, 내가 다른 사람의 눈을 보면 그 사람의 생각을 읽을 수 있다는 사실을 선생님에게 알릴 수 있었다.

내 진짜 신비한 힘에 대해 처음으로 말했을 때, 선생님이 물었다. "내가 지금 무슨 생각을 하고 있게?"

나는 곧장 태블릿에 대답을 적었다.

"선생님 생각: 오로르가 영리한 건 나도 잘 알고 있어. 그렇지만 그 정도로 영리할까? 눈을 통해서 생각을 읽을 수 있는 사람이 있을까?"

선생님 눈이 휘둥그레졌다.

"또 선생님 생각: 레옹이 오니까 집에 가는 길에 와인을 사야지."

두 번째 대답에는 더 휘둥그레졌다. 레옹은 선생님 애인이다.

"진짜 초능력이잖아!"

우리는 거대한 냉장고처럼 생긴 아파트에 산다.

★

이 세상에서 나는 메종 루지 거리에 있는 퐁트네-수-부아라는 곳에 산다.

아파트에 사는데, 언니는 우리가 사는 건물이 거대한 냉장고 같다고 한다. 엄마는 언니가 그 말을 할 때마다 몹시 화를 낸다. 이 집을 엄마가 구했기 때문이다. 엄마와 아빠가 따로 살기로 결정한 뒤에 엄마가 찾아낸 집이다. 파리에 있는 집에서 이사해 퐁트네로 옮겼다. 퐁트네에 더 좋은 직장이 있고, 퐁트네에서 더 넓은 집을 구할 수 있었기 때문이다.

엄마가 말했다. "파리까지 11분밖에 안 걸려!"

엄마가 그렇게 말한 건 언니가 엉엉 울기 시작했기 때문이다. 언니는 자기가 알고 있던 것 전부, 익숙했던 것 전부와 멀리 떨어져야 해서 울었다.

"새 친구들을 사귈 수 있고, 너 혼자 쓰는 방도 생겨. 그리고 가고 싶으면 언제라도 기차를 타고 파리로 가면 돼."

파리까지 11분밖에 안 걸려!

엄마는 퇴근해서 집에 오면
오늘 직장에서 있었던 '멋진' 일들을
나한테 들려준다.

언니가 말했다. "퐁트네는 구려!"

엄마는 언니가 퐁트네를 좋아하게 될 거라고 말했다. 그렇지만 나는 엄마의 눈을 보고 진짜 생각을 알 수 있었다.

'여기로 이사한 건 완전 내 실수야.'

그렇지만 잠시 후에 엄마는 언니한테 말했다.

"여기가 훨씬 살기 좋은걸."

엄마는 늘 즐거운 표정을 짓는다. 엄마는 은행 지점장이다. 퇴근해서 집에 오면, 그날 직장에서 일어난 '멋진' 일들을 나한테 들려준다. 돈을 빌리려는 사람들 이야기다. 엄마의 비서인 마리즈가 주말에 머리카락을 무슨 색으로 바꿨는지나 창구 직원 아그네스가 넷째 아이를 가졌다는 이야기도 있다. "아직 서른두 살인데 벌써 애가 넷이야!"

바로 지난주에 언니가 엄마한테 말했다. "은행 얘기 재미없어." 엄마는 언니한테 너무 못되게 말하면 안 된다고 했다. 엄마와 언니는 자주 싸운다.

엄마가 말했다. "아무리 사춘기라도 너무 심하구나."

언니가 맞받아쳤다. "나는 그냥 사실을 말한 거야!"

그렇게 말하면서 언니는 속으로 생각했다.

'다들 오로르, 오로르. 오로르는 뭐든지 알고, 용감하고, 대단하다고 생각해. 오로르가 태블릿을 써서 말하기 때문이야. 장애인이기 때문이야.'

장애인. 나는 조지안느 선생님에게 장애인이 무슨 뜻인지 물어보았다. 선생님은 내가 자폐아로 태어났는데, 그건 별일 아니라고 말했다. 그냥 세상을 다른 식으로 보는 거라고. 자폐아는 독특하고, 자폐에 한 가지 종류만 있는 것도 아니라고 했다. "너는 자폐증 때문에 보통 사람들처럼 말할 수 없지만, 네가 가진 초능력을 생각해 봐!" 그 말을 할 때 나는 선생님의 생각을 읽을 수 있었다.

'오늘은 정말이지 오로르랑 이런 대화를 나누기 싫어! 언젠가 오로르한테 자폐증을 설명해야 할 날이 올 줄 알고 있었지만, 지금은 내가 너무 준비가 안 되어 있어.'

나는 태블릿에 적었다.

"지금 이런 이야기를 하는 게 불편하죠? 장애인이라는 단어도 싫어하죠? 나도 알아요."

"내가 불편한 건······."

"준비가 안 되어 있어서죠?"

"너한텐 아무것도 숨길 수가 없구나. 맞아, 이 이야기는 다른 때에 나누고 싶었어. 맞아, 나는 '장애인'이라는 단어가 싫어. 장애인이라고 하면 계속 남의 도움을 받아야 하는 것처럼 보이고, 희망이 없는 것처럼 보이거든."

"희망이 없지 않아요! 나한테는 신비한 힘이 있어요!"

"맞아, 정말이야, 오로르. 에밀리는 잘못된 단어를 썼어."

언니는 맨날 화가 나 있다.

"언니는 화가 많이 나 있어요."

"에밀리가 열네 살이어서 그래. 열네 살 때에는 화가 많이 나."

"나는 어떤 일에도 화내지 않아요. 그렇지만 아직 열한 살이긴 하죠."

"화를 모르는 것도 아주 특별한 재능이야. 그런 축복을 누리는 사람은 거의 없거든."

"나는 슬픈 적도 없어요. 하지만 주위 사람들은 모두가 슬퍼해요."

"사람들은 거의 항상 슬퍼하며 살아."

"엄마가 슬퍼하지 않으면 좋겠어요. 그러려면 내가 뭘 해야 하죠?"

"같은 은행에 다니는 그 아저씨는 계속 만나서?"

"피에르 아저씨요? 일주일에 며칠은 우리 집에 와요. 나한테 늘 잘해요. 아저씨 생각을 읽었어요. '세실 같은 애인을 만난 건 행운이야.' 엄마는 이런 생각을 해요. '피에르는 친절하고 다정하고 착실해. 나를 사랑하는 게 확실하고. 하지만 피에르와 나 사이가 지지부진한 것도 확실하지.'"

지지부진. 처음 듣는 표현이었다. 그래서 나는 태블릿으로 그 말을 찾아봤다. (선생님은 새로운 말이나 모르는 말이 있으면 태블릿으로 검색해 보라고 했다.) 지지부진은 더 나아지거나 좋아지지 않는다는 뜻이다. 엄마는 아빠가 우리랑 따로 살기 시작한 때부터 쭉 지지부진했다.

아빠의 책을 읽기에 나는 너무 어리다.

★

아빠는 작가다. 이름은 알랭. '나쁜 사람이 나쁜 일을 하는' 범죄 소설을 쓴다. 나는 아빠가 쓴 소설을 읽기엔 아직 어리다. 조지안느 선생님이 아빠의 소설은 아주 어둡고 아주 뛰어나다고 했다.

아빠와 엄마는 많이 싸웠다. 아빠는 늦게 일어나고, 파자마 차림으로 종일 집에 있거나 카페에 앉아서 노트북으로 글을 썼다. 엄마는 늘 아빠한테 게으르다고 화를 냈다. 아빠는 늘 엄마한테 예술가가 아니라 은행원이랑 만나야 했다고 화를 냈다.

이제 엄마는 은행원을 만나고, 아빠는 클로에를 만난다.

클로에는 머리가 아주 좋다. 커다란 검은색 안경을 멋지게 쓰고, 컴퓨터로 재밌는 일을 할 수 있는 프로그램을 만든다. 아빠는 클로에가 지금 만들고 있는 프로그램으로 아주 유명해질 거라고 했다. 아빠는 아주 많은 사람들이 자기 소설을 읽기를 바란다. 그래서 지금 아빠와 클로에가 살고 있는 19구 마냉 거리의 작은 아파트보다 넓은 집으로 이사할 수 있기를 바란다. 나는 그 아파트가 좋다. 방은 두 개뿐이지만, 그래도 좋다.

아빠가 침실 벽 쪽에 작은 공간을 만들어서 나한테 쓰라고 했다. 클로에는 벽에 파란색 페인트를 칠하고 그 위에 온통 별을 그렸다. 클로에가 머나먼 곳, 아주 추운 북극에는 '오로라'라는 게 있다고 알려줬다.

"별들이 아주 밝고 아름답게 빛나. 오로르 너는 아침마다 세상에 빛을 불어넣는 여신이고, 또 멋진 별 무리이기도 해."

클로에는 스물아홉 살이다. 아빠보다 열 살 어리다. 클로에의 눈을 보고 알았는데, 클로에는 아기를 원한다. 나는 아빠의 생각도 알고 있다.

'클로에가 아이를 가지면 나는 완전히 덫에 갇힐 거야.'

나는 아빠랑 같이 있는 게 정말 좋다. 소설 걱정, 돈 걱정, 엄마가 되려는 클로에 걱정 등등에 빠져 있지 않은 때에 아빠는 아주 재밌고, 나한테 신기한 이야기도 많이 들려준다. 내가 제일 좋아하는 건 프랑수아라는 햄스터 이야기다. 프랑수아는 미래를 예언하는 능력이 있어서 프랑스의 왕 루이 14세 옆에서 조언을 했고, 루이 14세는 프랑수아한테 감사의 선물로 성을 지어 주었

클로에는 파란색 페인트로 벽을 칠하고 그 위에 온통 별을 그렸다.

클로에가 아이를 가지면 나는 완전히 덫에 갇힐 거야.

다. 베르사유에 있는 그 성에는 햄스터를 위한 거대한 쳇바퀴도 있다고 한다!

아빠는 내가 태블릿으로 글을 아주 빨리 쓰는 걸 좋아한다. 아빠는 나한테 늘 아주 똑똑한 아이라고 말한다. 나는 엄마 아빠한테는 사람의 눈을 보고 생각을 읽을 수 있는 능력에 대해 말하지 않았다. 엄마 아빠가 나한테 생각을 읽히는 걸 알면 불편해할 거라고 조지안느가 말했다.

나의 가장 큰 비밀도 엄마 아빠한테 말하지 않았다. 아니 아무한테도 말하지 않았다. 나는 엄마와 아빠의 집을 오가며 살고 있을 뿐만 아니라 '참깨'라는 세상에서도 살고 있다. 전에 아빠가 나한테 마술을 보여 줬는데, 동전을 손에서 사라지게 한 다음에 귀에서 다시 나타나게 하는 마술이다. 정말 신기해서 아빠한테 세 번이나 계속해 달라고 했다. 아빠는 동전을 쥐고 주먹을 꽉 쥔 손 위에 다른 손을 얹어 흔들며 "수리수리 마수리!"라고 말했다. 그러고 나서 주먹을 펴면 동전은 사라지고 없었다. 그다음에 아빠는 내 귀에 손을 대고 "나타나라, 참깨!" 하고 외친 뒤에 손을 펼쳤다. 동전이 나타났다.

아빠한테도 신비한 능력이 있어!

그날 밤 나는 아빠 집에 있는 내 공간에 누워서 클로에가 그린 별들을 바라보았다. 별 하나에 집중했다. 그리고 아빠가 말한 '참깨'라는 단어를 머릿속으로 계속 되풀이했다.

아빠는 내가 태블릿으로 글을 아주 빨리 쓰는 걸 좋아한다.

나는 '참깨'라는 세상에서도 살고 있다.

참깨!

조금 뒤에 나는 완전히 다른 공간에 있었다. 처음에는 원래 세계랑 아주 비슷한 것 같았다. 15구 테아트르 거리에 있었기 때문이다. 엄마 아빠가 더는 같이 살 수 없다고 결정하기 전까지 우리 가족이 살던 곳이다.

참깨 세상은 현실 세계보다 색이 더 밝다. 하늘은 새파랗고 거리는 깨끗하고 사람들은 모두 웃는 얼굴이다. 항상 심술궂던 빵집 주인도 '안녕?' 하며 인사하고 오늘은 자전거를 타고 어디에 가느냐고 묻는다. 나는 친구 오브를 기다린다고 말한다.

"와, 너랑 오브는 정말 단짝이구나!"

"맞아요. 오브는 제일 친한 친구예요."

나는 빵집 주인과 태블릿 없이 말한다. 왜냐하면 **참깨 세상**에서는 나도 다른 사람들처럼 말을 할 수 있기 때문이다. 오브는 **참깨 세상**에서 우리 옆집에 산다. 오브도 열한 살이다. 우리는 뭐든 함께한다. 자전거를 타고 **참깨 세상** 곳곳을 다닌다.

우리가 제일 좋아하는 곳은 개들이 뛰어노는 공원이다. 오브와 나는 개를 아주 좋아한다. 개들은 보호자나 목줄 없이도 공원에서 놀 수 있다. 우리를 알아보는 개도 많다. **참깨 세상**에서는 개들이 절대 싸우지 않는다.

참깨 세상에서는 모두가 아무 걱정도 없다. 다른 사람을 괴롭히는 애들도 없다. 엄마 아빠는 행복하게 함께 지낸다. 학교에서 오브와 나는 옆자리에 앉는다. 수업 시간엔 항상 선생님의 질문

우리의 2인용 자전거.

모두가 아무 걱정도 없다.

에 답하기 위해 손을 든다.

선생님은 날마다 말한다.

"오로르는 아는 것도 정말 많네!"

오브는 내가 사는 세상을 **힘든 세상**이라고 부른다. **힘든 세상**의 내 모습에 대해서는 오브도 알고 있다. **힘든 세상**에서 행복한 사람은 나 하나뿐이라는 사실도 알고 있다.

오브한테는 신비한 능력이 없어서, 내가 같이 가자고 부탁할 때만 **참깨 세상** 밖으로 나갈 수 있다. 그리고 **힘든 세상**에서는 아무도 오브를 볼 수 없다. 오브는 내 눈에만 보인다. 그렇지만 나는 언제라도 원하면 **참깨 세상**을 오갈 수 있다. 별 하나를 집중해서 보기만 하면 된다. 별은 내 태블릿에도 있다. 클로에가 그린 별을 사진으로 저장해뒀다. 그걸 보면서 '참깨'라고 말하면, 나는 어느새 **참깨 세상**에서 오브와 함께 자전거를 타고 있다.

오브가 **힘든 세상**에서 나랑 함께 지내지는 못해도, 우리는 얼마 전에 제일 친한 친구 서약을 했다. 오브는 내가 **힘든 세상**으로 돌아갈 때마다 조언을 해 주고, 다른 사람의 문제를 해결하는 데에도 도움을 주기로 했다.

오브가 그랬다. "힘든 세상 사람들은 모두가 나름대로 외로워. 그래서 '친구'라는 개념이 생긴 거야. 친구는 그냥 재미있게 놀기 위해서만 존재하는 게 아니야. 세상에 나 혼자가 아니라는 사실을 알려 주기 위해 존재하는 거야."

별 하나를 집중해서 보기만 하면 된다.

언니에게도 친한 친구가 있다. 이름은 루시.

★

에밀리 언니한테도 친한 친구가 있다. 루시. 언니랑 루시 언니는 같은 반이다. 루시 언니는 숫자를 잘 안다. 덧셈 뺄셈을 암산으로 할 수 있고, 수학을 좋아한다. 기하학이라는 걸 특히 좋아한다. 크기, 형태, 선, 각도, 그런 거.

"수학은 아름다운 시 같아." 어제 루시 언니가 우리 집에 놀러 와서 말했다. 루시 언니는 색이 예쁜 나무 블록을 가져왔다. 바닥에 블록들을 늘어놓고 정삼각형을 만들었다. 정삼각형은 기하학에서 제일 강력하다고 했다. 균형이 완벽하기 때문에. 포기하지 않는 불굴의 의지와 힘을 상징한다고.

"나는 절대 포기하지 않아." 내가 태블릿을 들어 보였다.

루시 언니는 눈을 굴리며 말했다. "오로르는 정삼각형이네. 나는 정사각형이야."

"언니도 나만큼 강해." 나는 다시 썼다.

루시 언니는 마카롱 세 개를 아주 빨리 먹은 뒤에 말했다. "기하학에 나오는 형태와 크기는 뭐든 다 좋아. 그렇지만 현실에서는 크기와 형태 때문에 놀림을 당하기도 해."

루시 언니가 마카롱을 또 집을 때, 나는 루시 언니의 생각을 읽을 수 있었다.

'나는 내 몸 크기가 싫어. 내 자신이 싫어.'

그리고 루시 언니는 내 언니에게 피자를 시키자고 말했다.

엄마가 그날 일찍 퇴근해서 빈 피자 상자와 마카롱 상자를 봤다. 그 마카롱은 엄마가 제일 좋아하는 거다. 엄마는 루시 언니의 양 뺨에 입을 맞추고 아주 건강해 보인다고 말했다. 언니는 우리 엄마가 루시 언니의 체중을 걱정하는 걸 알고 있어서 죄책감을 느꼈다. 게다가 언니는 루시 언니의 엄마 때문에도 마음이 언짢았다. 루시 언니의 엄마는 자기 딸을 항상 야단친다. 너무 많이 먹는다고, '뚱보', '쓰레기통'이라고 부른다. 루시 언니의 엄

우리 피자 시켜 먹을까?

잔혹이들은 끔찍한 별명을 불러댔다.

마는 미용사인데, 빼빼 말랐고 늘 담배를 손에 들고 있다.

에밀리는 생각했다. '아, 난 엄마한테 죽었다.'

루시 언니가 간 뒤에 엄마는 언니를 칭찬했다. 루시와 잘 지내서 좋다고. 그리고 학교에서 루시가 지금도 괴롭힘을 당하는지 물었다.

"도로테와 잔혹이들, 걔들을 그렇게 부르기로 했어. 걔들이 맨날 루시를 놀려. 아주 못된 별명도 붙였어. '코끼리'래."

엄마가 말했다. "생김새나 몸매로 사람을 놀리면 절대 안 돼." 그런데 내겐 엄마의 생각이 보였다.

'불쌍한 루시. 루시 스스로도 그렇게 살찌기를 바라지 않겠지만, 그렇게 계속 음식을 먹으니 살찔밖에. 루시처럼 사랑스러운 아이가 자신에게 그렇게 부정적인 생각을 품고 있다니, 슬픈 일이야.'

이튿날, 나는 아빠 집에 갔다. 아빠는 햄스터 프랑수아가 나오는 새로운 이야기를 들려줬다. 몰리에르라는 유명한 작가가 쓴, 아주 재미있는 연극 〈타르튀프〉의 첫 공연에 프랑수아가 초대되었다. 프랑수아는 루이 14세의 무릎에 앉아서 왕이 얼마나 웃는지 보고 있었다. 그런데 루이 14세의 고문들은 이 연극이 종교를 비꼬고 있으니 파리에서 공연을 금지해야 한다고 말했다. 프랑수아는 연극이 공연되어야 한다고, 작가는 사람들의 어리석은 믿음과 잘못된 행동을 지적할 수 있어야 한다고 왕을 설득했다.

루이 14세는 딱딱하기만 한 고문들의 의견을 모두 무시하고, 몰리에르의 연극을 누구나 볼 수 있게 했다!

클로에가 말했다. "그 얘기의 교훈은 뭐야? 작가한테는 왕 옆에서 자기를 편들어 줄 햄스터가 필요하다는 건가?"

아빠가 웃었다. 그렇지만 아빠는 입술을 오므렸다. 아빠는 그다지 다정하지는 않은 속뜻이 담긴 말을 들었을 때 늘 그렇게 입술을 오므린다. 아빠는 빵에 치즈를 더 바르기 시작했다.

클로에가 말했다. "아빠가 치즈를 아주 좋아하네."

나는 태블릿에 썼다. "나도 치즈를 아주 좋아해요! 특히 블루치즈를 좋아해요. 아빠처럼!"

클로에는 내가 살찔까 봐 걱정했다. 아빠는 즐거운 미소를 지으며 클로에를 보았다. 나는 클로에의 생각을 읽을 수 있었다.

'내가 왜 바보 같은 말을 했지?'

클로에가 아빠 손을 잡고 속삭였다.

"미안해."

아빠가 몸을 기울여서 클로에한테 키스했다. 아빠의 생각이 보였다.

'클로에가 나를 쥐락펴락하려고 하면 나는 겁부터 먹게 돼.'

나는 그때 어른에 대해서 알게 됐다. 나처럼 다른 사람의 눈을 통해 생각을 읽을 수는 없지만, 표정으로 생각을 추측할 수는 있나 보다. 클로에는 아빠의 생각을 알아챘다. 그래서 클로에가 아

작가한테는 항상
  햄스터 한 마리가 필요하다는 건가?

빠에게 미소를 지었지만 속으로는 생각했다.

'내가 알랭을 밀어내면, 나중에 후회하는 사람은 바로 나 자신이겠지. 알랭이 잘 정돈된 사람은 아니지만, 그래도 즐겁게 엉망인 사람이야. 그리고 아이들에게 아주 좋은 아버지고.'

나는 갑자기 든 생각을 태블릿에 써서 아빠한테 내보였다.

"클로에랑 아이를 가져!"

아빠의 얼굴이 하얗게 질렸다.

★

　조지안느 선생님은 나한테 단어를 말하게 하려고 애쓰는 중이다.

　'나.'

　선생님은 내가 입술을 움직이지 못하는 걸, 내 신비한 능력 때문에 말을 하지 못하는 걸 잘 알고 있다. 그런데 그런 선생님이 나한테 입으로 말하는 법을 가르치겠다고 굳게 마음먹었다. 요즘에는 수업 내내 단어 하나에 집중했다.

　'나.'

　나는 입을 열고 선생님을 따라 하려고 애썼다. 전처럼 아무 효과도 없었다. 예닐곱 번을 애썼다. 선생님은 나를 응원했다. 할 수 있다고, 틀림없다고. 그렇지만 다섯 번을 더 시도한 뒤에 나는 태블릿에 적었다.

　"태블릿으로도 말을 잘 할 수 있는데, 왜 남들처럼 입으로 말해야 해요? '나'라는 말을 그렇게 듣고 싶으면, 좋아요."

나는 그저 미소만 지었다. 조지안느 선생님은 슬퍼 보였다.

그다음에 나는 '나'를 계속 입력했다.

"나나나."

선생님이 고개를 절레절레 흔들었다. "아주 재밌네. 그렇지만 오로르, 네 깊은 곳에는 말하는 능력이 있어."

나는 그저 미소만 지었다. 선생님은 슬퍼 보였다.

"너를 가르친 지 2년이 됐어. 그런데 너는 아직 말을 못하고……."

나는 한 손을 조지안느 선생님의 팔에 얹고, 다른 한 손으로 태블릿에 썼다.

"슬퍼하지 마세요. 나는 태블릿으로 말할 수 있게 됐잖아요. 대단한 일이에요. 선생님 덕분에 모든 게 달라졌어요."

선생님이 말했다.

"그래도 입으로 말할 수 있으면……."

나는 말하고 싶었다. '입으로 말할 수 있어요! 힘든 세상이 아닌 곳에서는요!' 조금 뒤 선생님이 화장실에 간 사이에, 나는 클로에가 그린 예쁜 별을 태블릿 화면에 올리고, 뚫어져라 보았다. 그리고 '참깨'라고 외쳤다. 그러자 순간, 나는 오브와 자전거를 타고 개 공원으로 가고 있었다.

나는 입으로 소리 내서 오브한테 말했다. "**힘든 세상**에서는 왜 나한테 말하는 능력이 없을까?"

오브가 말했다. "그러면 신비한 능력이 방해를 받으니까."

"그렇지만 조지안느 선생님을 기쁘게 하고 싶어. 다른 사람들 처럼 말을 하고 싶어."

"글로 말하잖아! 글로 말하니까 너의 말이 더 특별해. 쓰기 전 에는 생각을 해야 하니까. 글에는 무게가 있어. 네 글은 다른 사 람한테 도움이 돼. 너는 남달라서 평범한 사람들은 절대로 모를 특별한 시각으로 세상을 보니까."

그다음에 오브한테 루시 언니 이야기를 들려줬다. 몸 이야기 를 했다.

오브가 말했다. "**힘든 세상** 사람들은 생김새에 너무 집착해. 마르거나 날씬하지 않으면 자기 관리에 소홀하다는 말을 해. 잘 못된 생각이야. 사람을 불행하게 만드는 생각. 너도 알지만, 여 기 **참깨 세상**에서는 몸집이 크든 작든 신경을 쓰지 않아. 남한테 나쁜 말을 하는 사람도 없어. 개들도 서로 사이좋게 지내."

아름다운 잔디밭이 펼쳐지자 오브는 자전거를 세웠다. 개들이 자유롭게 놀고 있었다. 늘어져 쉬거나 서로 뒤쫓으며 달렸다. 화 내며 짖거나 싸움을 벌이는 일은 전혀 없었다. 큰 개. 작은 개. 살이 적은 개. 살이 많은 개. 빨리 달리는 개. 느린 개. 짖기 좋아 하는 개. 조용한 개. 개들의 보호자들도 있었다. 몸에 문신이 많

은 오토바이 타는 남자가 에클레어를 먹으며 배를 두드리고, 귀가 늘어진 황금빛 개가 재주넘는 걸 보며 웃었다. 황금빛 개는 커다란 얼룩 개한테 잘 보이려 애썼다. 얼룩 개의 보호자는 키가 아주 크고 마른 여자인데, 오토바이 타는 남자한테 시집을 건네고 있었다. 아주 멋진 옷을 입고 행복한 얼굴로 잔디밭에 앉아 있는 사람들도 있었다. 옆에는 덩치 큰 갈색 개가 있었다. 남자는 큰 스케치북에 개들을 그리고, 여자는 수첩에 글을 썼다. 그 가까이에 할머니와 할아버지가 손잡고 앉아 있었다. 각자 다른 손에는 책을 들고 있었다.

내가 오브에게 말했다. "내가 **참깨 세상**에서 정말 좋아하는 게 뭔지 알아? 모두가 책을 읽는 거야! 화내거나 싸우는 사람도 없어. 개들은 서로 다 친구야."

오브가 말했다. "**참깨 세상**에서는 모두가 대화를 나눠. 누구나 글이 있는 책을 좋아해. 종일 전화기를 들여다보는 사람은 아무도 없어."

갑자기 **힘든 세상**에서 목소리가 들렸다.

"오로르!"

조지안느 선생님이다.

나는 오브한테 말했다. "이제 가야 해."

오브가 말했다. "오늘 밤에 다시 와."

"네가 저쪽 세계로 나를 보러 오면 정말 좋을 텐데."

개들은 서로 다 친구다.

"여기로 와서 나를 데려가면 되지. 그렇지만 나는 거기서 밤을 보낼 수 없어. 내가 **힘든 세상**에 가는 건, 네가 남을 돕는 데에 내 도움이 필요할 때뿐이야."

"오로르!" 조지안느 선생님이 다른 세계에서 내 이름을 크게 불렀다.

오브에게 작별 인사를 하고, 눈을 감았다. 그리고 집으로 돌아가는 주문을 외웠다. "골칫거리 세상으로." **힘든 세상**으로 돌아가는 게 괴로운가 하면, 그렇지는 않다. 힘들면 **참깨 세상**으로 피하면 되니까. 오브 말고는 내가 사랑하는 사람 모두가 이 세상에 있으니까. 각자 골칫거리는 안고 있지만.

나는 다시 주문을 외웠다. "골칫거리 세상으로." 눈을 뜨자 나는 집에 돌아와 있었다. 선생님이 신기하다는 듯 나를 보았다.

"방금까지 어디 있었어?"

"다른 곳에 있었어요."

"상상의 장소?"

"아니요, 진짜로 있는 곳이요. 아, 그리고 진짜로 현실적인 문제도 있어요. 루시 언니가 자기 자신을 더 사랑하게 만들 방법이 없을까요? 루시 언니는 자기 외모를 싫어해요. 제가 보기에는 괜찮은데. 루시 언니는 계속 음식을 먹고 계속 자기 몸을 미워해요."

선생님이 말했다.

"오로르, 알아야 할 게 있어. 다른 사람의 행복은 네 책임이 아

다른 사람의 행복은 너의 책임이 아니야.

니야. 네 행복이 남의 책임도 아니고."

"그래도 행복해지도록 남을 도울 수는 있죠."

"그래. 시도할 수는 있어. 남을 도우려고 하는 건 아주 좋은 일이기도 해. 그렇지만 인생을 더 밝게 보도록 남을 설득하는 건 불가능한 일이야. 인생을 달리 보는 건 스스로가 해야 하는 일이야."

내 머릿속에는 엄마와 아빠가 여러 일들에 실망하고 슬퍼하던 게 떠올랐다. 나는 내 언니가 괴로워하는 것도 안다. 언니는 학교에서 다른 사람들이 자기를 보는 눈 때문에 괴로워한다. 그리고 루시 언니도 있다. 수학을 아주 잘하지만 자기 몸 때문에 마음이 불편한 루시 언니.

내가 물었다. "행복은 선택이에요?"

조지안느 선생님은 그 말을 잠시 생각하다가 대답했다.

"모든 건 선택이야."

★

오는 토요일은 에밀리 언니의 생일이다. 엄마는 엄청난 선물을 준비했다. 우린 그날 **괴물 나라**에 간다!

에밀리 언니는 오래전부터 **괴물 나라**에 가고 싶다고 했다. 학교 친구들한테 들었는데, **괴물 나라**는 무서우면서도 재밌다고 했다. 신나는 놀이기구도 많고, 용들이 있는 수영장도 있다고. 나는 수영장에 가고 싶었다. 조지안느 선생님한테서 수영을 배웠기 때문이다. 나는 태블릿으로 찾아봤다. **괴물 나라**에 있는 수영장 길이는 50미터. 거기 가면 300미터는 수영해야지! 수영을 많이 하고 싶다. 조지안느 선생님이 운동은 몸에도 좋고 정신에도 좋다고 했다.

"운동하면 머리도 맑아지고, 슬픈 마음도 몰아낼 수 있어."

나는 선생님한테 말했다. "저는 슬픈 적이 없어요!"

"그래, 맞아. 그래서 너는 행운아야. 사람들은 누구나 각자 나름대로 슬픔을 안고 살아가니까."

"루시 언니도 수영을 하면 더 건강해지고 행복해지지 않을까요?"

"오로르, 내가 한 말 잊지 마. 남한테 더 좋은 해결책을 제안할 수는 있지만, 남을 억지로 변하게 만들 수는 없어."

"쥐락펴락하려 하지 않을게요!"

에밀리 언니가 루시 언니한테 **괴물 나라**에 같이 가자고 했다. 나는 그전에 퐁트네에 있는 수영장에서 같이 수영을 배우자고 했다. 루시 언니는 싫다고 했다. '잔혹이들'도 그 수영장에 자주 가는데, 수영복을 입은 자신을 보면 놀려댈 거라고.

내가 루시 언니에게 말했다. "나도 옆에 있을 테니 내가 언니를 보호할게. 조지안느 선생님도 언니를 지킬 거야. 조지안느 선생님은 다른 사람을 괴롭히는 사람을 보면 가만두지 않아."

루시 언니가 말했다. "나는 무서워."

"누구에게나 무서운 게 있어."

"오로르, 너는 무서운 게 없잖아."

"그건 신비한 능력 때문이야."

그래도 엄마한테 말해서 루시 언니가 **괴물 나라**에 수영복을 가져가게 할 수 있었다. 루시 언니는 이번 여행에 무척 들떴다. 이미 1년 전부터 루시 언니는 자기 엄마한테 **괴물 나라**에 가고 싶다고 졸랐다고 했다.

"그렇지만 우리 엄마는 내가 몸무게를 10킬로그램 빼야 거기 데려가겠대."

우리 엄마가 말했다. "루시, 너는 지금도 예뻐."

루시 언니의 눈에 눈물이 고였다.

"오늘 엄마한테는 그냥 에밀리네 집에서 놀다 온다고 말했어요. 그런데 괴물 나라에 간 걸 알면……."

엄마가 말했다. "걱정하지 마. 너희 엄마한테는 아무 말 안 할게."

그리고 나는 엄마 생각을 읽었다.

'자식이 자기 자신을 나쁘게 여기도록 만드는 부모라니. 정말 이해할 수 없어. 루시처럼 똑똑한 딸이 있으면 자랑스러워해야 할 텐데.'

루시 언니는 눈물을 닦은 뒤 가방에서 공책을 꺼냈다. 숫자와 공식이 빼곡 적힌 공책이었다. 끝을 잘근잘근 씹은 연필도 꺼냈다. 그리고 계산을 하기 시작했다. 계산이 끝나자 미소를 지었다. 루시 언니는 정말이지 수학을 아주 잘한다. 루시 언니는 기분이 울적할 때 수학 문제를 풀면서 마음을 달랜다. 우리 아빠도 기분이 나쁘면 소설 쓰기에 집중한다. 엄마는 힘든 일이 있는 날이면 책장을 정리하거나 5킬로미터를 달린다. 그래서 내가 알게 된 게 있다. 일에 집중하거나 자기 자신에게 도움이 되는 무언가를 하는 게 슬픔을 밀어내는 좋은 방법이라는 사실이다.

우리는 **괴물 나라**로 가는 기차를 탔다. 나는 기차가 좋다. 기차에 타면 사람들을 관찰할 수 있다. 아빠는 공공장소에서는 사람을 관찰하는 게 제일 흥미로운 일이라고 했다.

아빠가 말했다. "어떤 사람을 지켜보면서 그 사람의 이야기를 상상해 봐. 누구한테나 각자의 이야기가 있어. 예상 밖의 이야기일 수도 있지. 그래서 어떤 사람이든, 사람은 흥미로워."

나는 기차에서 아빠의 말을 따라 사람을 관찰하기 시작했다! 회색 양복을 입은 남자를 봤다. 지친 모습의 남자는 두꺼운 서류철을 살피고 있었다. 표정은 불안했다. 나는 그의 이야기를 상상했다.

'회사에서는 내가 일을 더 잘하기만 바라겠지. 그렇지만 나는 양복 입기가 정말 싫어. 멀리 달아나서 서커스단에 들어가고 싶어. 광대가 돼서, 묘기를 부리는 단원들과 기린과 코끼리와 함께 세계 곳곳을 돌아다니며 사람들에게 웃음을 선물하고 싶어.'

전부 검은색 옷을 입은 여자도 있었다. 입술도 검게 칠하고, 밝은 오렌지색 머리카락은 삐죽삐죽 세웠다. 코에는 은색 고리가 멋지게 달랑거렸다. 검은색 펜으로 검은색 노트에 뭔가 빠르게 적고 있었다. 나는 그 사람이 가수라고 상상했다. 자기 밴드가 부를 노래 가사를 쓰는 중이다. 헤어진 남자에 대한 이야기고, 연애할 때 남자는 여자한테 겁을 먹는데 그건 여자가 더 성숙하기 때문이라는 내용도 담겨 있다.

멀리 달아나서 서커스단에 들어가고 싶어 하는 남자.

자기가 부를 노래의
가사를 쓰고 있는 가수.

오케스트라를 지휘하고 싶은가 봐!

두꺼운 안경을 쓰고 긴 치마에 붉은색 재킷을 입은 여자도 있었다. 그 굳은 표정을 보며, 나는 그 사람이 교장 선생님이 틀림없다고 상상했다. 표정은 굳었지만, 헤드폰을 쓰고 음악에 맞춰 손을 가볍게 움직이고 있었다.

'오케스트라를 지휘하고 싶은가 봐!'

내가 가까이 있는 사람들을 하나하나 뚫어져라 보고 있자, 엄마가 말했다.

"네 아빠랑 똑같이 늘 사람들을 관찰하네."

나는 엄마한테 물었다. "아빠가 보고 싶어?"

엄마는 고개를 돌렸다. 엄마의 생각이 보였다.

'오로르는 눈치가 너무 빨라.'

엄마는 내 얼굴을 보지 않은 채 말했다.

"네 아빠는 딸들을 무척 사랑하는 좋은 사람이지."

"그런데 왜 엄마는 아빠랑 같이 살지 않아?"

"엄마 괴롭히지 마. 어쨌든 아빠한테는 애인도 있어. 우리한테 올 이유가 없어." 언니가 말했다.

"아빠는 아직 우리를 사랑해."

언니가 낮은 목소리로 무섭게 말했다. "아빠는 너를 더 사랑해!"

엄마도 낮은 목소리로 무섭게 말했다. "그렇지 않아. 그리고 네 아빠가 클로에를 만난 건 내가 네 아빠랑 인생에서 바라는 게 다르다고 결정한 다음이야."

언니가 엄마한테 말했다. "그것 봐! 우리 가족이 깨진 건 엄마 탓이야."

"그건 엄마한테 불공평한 말이야. 그건 누구의 잘못도 아니야."

엄마는 무척 슬퍼 보였다. 그래도 평소처럼 아주 긍정적인 태도로 슬픈 표정을 씻어내고, 환한 미소를 지으며 말했다.

"괴물 나라로 놀러 가는 즐거운 날에 이런 얘기는 그만하자. 오늘은 루시도 있잖니!"

루시 언니가 어깨를 으쓱하며 말했다.

"괜찮아요. 우리 집도 엉망이에요."

★

괴물 나라 정문은 고래 입 모양이었다. 날카로운 이빨에서 물이 뚝뚝 떨어졌다! 안에서 등이 굽은 남자가 나타나 자신을 콰지모도라고 소개했다. 한쪽 눈을 감고 있고, 얼굴에는 온통 흉터가 있었다. 그가 공원을 안내하겠다고 말하며 에밀리 언니와 루시 언니의 어깨를 감싸자 둘은 비명을 질렀다.

엄마가 물었다. "소설에 나오는 그 콰지모도예요?"

아저씨는 착한 괴물이에요?

콰지모도가 말했다. "어머니께서 책을 많이 읽으시는군요." 그리고 ≪노트르담 드 파리≫는 자기 이야기가 맞다고 했다.

언니가 말했다. "엄마는 아빠만큼 책을 많이 읽지는 않아요."

"그렇지 않아! 엄마는 책을 아주 좋아해요." 나는 태블릿에 썼다.

언니가 말했다. "책을 더 좋아하는 사람은 아빠야."

"에밀리, 그건 비교할 일이 아니야." 엄마가 말했다.

언니가 콰지모도에게 물었다. "아저씨는 착한 괴물이에요?"

콰지모도가 말했다. "나는 괴물이 아니야! 나는 평범해. 외모가 다를 뿐이야."

"맞아요, 콰지모도. 저도 사람들한테서 다르다는 말을 들어요."

"나도!" 루시 언니가 말했다.

에밀리 언니가 콰지모도에게 말했다. "나쁘게 말하려던 건 아니었어요. 여기가 '괴물 나라'니까 저는 그냥……."

엄마가 말했다. "다른 사람에 대해 이야기할 때에는 조심해야 해. 사람을 외모로만 판단하면 안 돼."

루시 언니가 말했다. "저는 너무 잘 알아요!"

콰지모도가 우리를 아주 무서워 보이는 놀이기구로 안내했다. '메두사'라는 놀이기구였다. 투명한 뚜껑이 있는 작은 카트를 타고 어두운 터널로 들어갔다.

몇 분 동안 깜깜해서 아무것도 안 보였다. 그러다가 머리카락이 뱀인 여자 얼굴과 딱 마주쳤다. 언니와 루시 언니가 비명을 질렀다. 엄마가 소리쳤다.

"얼굴을 보면 안 돼! 돌로 변해!"

우리는 모두 눈을 꼭 감았다. 으르렁거리는 소리가 엄청 크게 들려서 눈을 다시 떴다. 메두사가 입을 쩍 벌리고 우리를 잡아먹고 있었다! 그리고 별안간 아래로 휙 떨어졌다! 롤러코스터였다! 깜깜한 어둠 속을 달렸다! 언니들은 진짜로 비명을 질렀다! 엄마도 비명을 질렀다! 나도 비명을 지르듯 입을 크게 벌렸지만, 소리는 나오지 않았다. 밑으로 훅 떨어졌다가 왼쪽으로 홱 꺾일 때 전부 옆으로 튕겨 나가는 줄 알았다. 직진하는구나 싶어 마음을 놓았는데, 느닷없이 메두사가 또 나타났다! 다시 모두가 비명을 질렀다. 내 입에선 소리가 나지 않았지만. 그런 다음에는 트랙을 따라 원을 그리며 빙글빙글 돌았다. 우리는 거꾸로 매달렸다가 내려왔다. 그러자 메두사 네 마리가 달려들고, 우리는 펄쩍 뛰었다. 그러다…… 순식간에 햇빛 아래로 나왔다. 에밀리와 루시는 신나서 마구 웃었다. 엄마는 유령이라도 본 것 같았다. 아니, 메두사를 여섯 명이나 본 것 같았다. 나는 태블릿에 썼다.

"끝내준다!"

다음은 '키클롭스'였다! 키클롭스는 촉수들이 무시무시하게 달려 있고 이마 한가운데 커다란 눈이 하나만 있는 거인이다. 그 놀이기구 앞에서 또 다른 거인이 우리한테 인사했다. 키가 3미터도 넘고, 얼굴은 메두사를 오랫동안 마주 본 것 같은 모습이었

나도 비명을 지르듯 입을 크게 벌렸지만, 소리는 나오지 않았다.

팡타그뤼엘이 우리에게 인사했다.

따님들이 좋아할 겁니다.

다. 이름은 팡타그뤼엘, 거인 나라의 왕자였다. 키클롭스한테서 우리를 지켜 주겠다고 했다. 키클롭스가 특히 촐싹거리는 편이라나.

팡타그뤼엘은 키클롭스 촉수에 붙은 캡슐 같은 카트로 우리를 안내했다. 엄마는 거기 들어가기 싫다고 했다.

엄마가 물었다. "정말 무서운가요?"

팡타그뤼엘이 엄마를 자리에 앉히며 말했다. "따님들이 좋아할 겁니다." 팡타그뤼엘은 우리 모두에게 안전벨트를 매라고 말했다.

엄마가 걱정스러운 말투로 대답했다. "나는 싫어할 것 같은데요."

팡타그뤼엘이 플라스틱 천장을 덮으며 말했다. "어머니의 재미도 잃으면 안 되죠."

엄마가 말했다. "그 말이 불길하게 들리네요." 그렇지만 엄마가 나가기에는 너무 늦었다. 촉수가 갑자기 위로 휙 치솟았다. 키클롭스의 사나운 소리가 캡슐 안을 가득 메웠다. 우리는 땅에서 아주 높이 올라갔다. 사방이 고요해졌다. 우리는 전혀 움직이지 않고 허공에 떠 있었다. 버저 소리가 크게 울리고, 키클롭스가 또 크게 으르렁거렸다. 그러고는 온통 난리가 났다!

캡슐이 공중제비를 돌듯이 빙빙 돌기 시작했다. 우리는 거꾸로 매달렸다가, 옆으로 돌았다가, 또 거꾸로 매달렸다. 네 번을 연속으로 돌았다! 비명이 아까보다 훨씬 커졌다. 엄마는 소리쳤다. "내가 왜 탔을까! 왜!" 나는 태블릿을 꽉 움켜쥐었다. 태블릿이 날아가서 망가지면 안 되니까! 그렇지만 나는 불평하지 않았다! 키클롭스도 끝내주니까!

캡슐이 갑자기 아래로 툭 떨어졌다. 바닥으로 쑥 꺼지는 것 같았다. 그러고는 다시 휙 치솟아서 공중제비를 돌기 시작했다. 대여섯 번쯤 연속해서 돌았다. 엄마가 소리쳤다. "그만! 이제 그만!" 캡슐이 바닥으로 휙 떨어져서 땅에 부딪히기 직전에 멈췄다.

팡타그뤼엘이 캡슐의 플라스틱 천장을 열면서 크게 말했다. "굉장하죠?"

엄마는 대답하려고 했지만, 말하는 능력을 잃어버린 것 같았다. 그래서 나는 엄마의 눈을 통해 생각을 읽고, 그 생각을 태블릿에 적었다.

"엄마가 되면 이런 일도 해야 한다고 아무도 말해 주지 않았어."

엄마는 내가 쓴 걸 보고 깜짝 놀라고, 목소리를 낮춰 무섭게 말했다. "오로르, 그거 당장 지워."

"남한테 뭘 부탁할 때에는 공손하게 존댓말을 써야 한다고 엄마가 늘 그랬잖아."

엄마가 말했다. "지우세요!" 그렇지만 공손한 말투는 전혀 아니었다.

언니가 말했다. "또 타고 싶다!"

엄마가 되면 이런 일도 해야 한다고 아무도 말해 주지 않았어.

엄마가 말했다. "절대 안 돼."

루시 언니가 말했다. "뭐 좀 먹으면 안 될까요?"

엄마가 루시 언니에게 말했다. "방금 그렇게 휘둘리고 정말 배고파?"

루시 언니가 말했다. "아주 재밌는 일을 했잖아요! 그리고 저는 늘 배고파요. 점심 먹은 뒤에 '미라의 무덤'에 가고 싶어요. 어제 인터넷으로 검색해 봤는데, 거기 꼭 보고 싶은 방이 있어요."

내가 루시 언니한테 어떤 방이냐고 물어보기 전에, 엄마는 우선 수영장에 가자고, 모두 수영복으로 갈아입고 수영하자고 말했다. "괴물 놀이기구들 탄 걸 싹 씻어 내야지."

루시 언니가 말했다. "점심은 나중에 먹어도 될 것 같아요."

모두 수영하러 가자!

★

　수영장으로 가는 길에 엄마는 팡타그뤼엘도 콰지모도처럼 아주 유명한 소설 속 인물이라는 얘기를 들려줬다. 상상력이 뛰어나고 글을 무척 잘 쓰는 라블레라는 작가 덕분에 수백 년 전에 처음 세상에 나왔다고. 메두사는 옛날 신화에 나오는데 메두사의 얼굴을 본 사람은 돌로 변한다고 한다. 키클롭스도 신화 속 인물인데 수천 년 전에 그리스 작가 호메로스가 쓴 〈오디세이〉라는 서사시에도 등장한다고 했다.

　나는 물었다. "엄마, '신화'가 뭐야?"

　"신화는 옛날이야기 같은 거야. 아주 먼 옛날에는 신들이 세상을 다스린다고 생각했어. 그래서 옛날 사람들은 세상이 어떻게

만들어졌는지, 신들이 어떻게 세상을 다스렸는지, 신화로 설명
했지.”

“아빠한테 들었어. 옛날에 오로르가 여신이었대.”

언니가 말했다. “또 시작이네. 자기가 되게 특별한 줄 알아. 여
신이래!”

“그 말은 옳지 않아. 나는 아빠한테서 들은 대로 말한 것뿐이야.”

“아빠의 여신이 너니까!”

“그건 사실이 아니야!”

엄마가 말했다. “수없이 말했지만, 아빠는 너희 둘을 똑같이
사랑해.”

루시 언니가 뜬금없이 말했다. “아주머니는 책을 많이 아시네
요.”

나는 루시 언니의 생각을 알 수 있었다. ‘에밀리가 동생이랑
더 싸우지 않게 뭐든 해야 해!’ 엄마는 말싸움이 끊겨서 기뻐하
며 미소를 지었다.

“루시, 정말 다정한 말이네.”

“사실인걸요. 작가들도 많이 아시고, 책이 없던 시대에 사람들
입으로 전해지던 이야기들도 많이 아시잖아요.”

엄마가 말했다. “나는 늘 책 읽기를 좋아했어. 지금도 좋아해.”

루시 언니가 물었다. “아주머니도 작가가 되고 싶었어요?”

“나? 그럴 리가. 그렇지만 에밀리와 오로르의 아버지가 진짜

작가여서 좋아. 우리는 늘 책을 읽고 토론도 했는데, 그런 것도 좋았어."

엄마가 고개를 돌렸다. 그렇지만 나는 엄마의 눈으로 생각을 볼 수 있었다.

'내가 더 참을걸. 알랭을 밀어내지 말걸.'

언니도 엄마의 눈에서 생각을 읽기라도 한 듯이 엄마 손을 꼭 쥐었고, 수영장으로 가는 내내 엄마 손을 놓지 않았다.

언니가 그렇게 엄마 손을 잡고 있으니 보기 좋았다. 엄마와 언니는 자주 싸웠고, 엄마는 언니가 자기를 정말 싫어하는 게 아닐까 걱정하고 있었으니까. 아빠와 떨어져 살게 된 건 엄마 탓이라고 언니가 계속 불평했기 때문이다. 아빠 집에 갔을 때 언니가 클로에한테 불만을 이야기한 적도 있다. 아빠가 빵을 사러 간 사이에 언니는 클로에한테 엄마가 매사에 너무 걱정이 많고 자기한테 심하게 간섭한다고 말했다. 클로에는 언니를 팔로 감싸고 자기도 열네 살 때 엄마 때문에 화가 났다고 말했다. 그리고 또 말했다.

"나는 너희 엄마를 딱 한 번 만났어. 서로 편한 입장은 아니었지. 그래도 너희 엄마는 아주 친절했어. 그러기는 쉽지 않아. 너희 엄마가 나한테 뭐라고 하셨게? '우리 딸들한테 잘해 줘서 고마워요.' 그런 말을 하려면 용기가 많이 필요해. 나는 생각했어. 나를 차갑게 대하거나 모질게 대할 수도 있는데 이렇게나 친절

언니가 엄마 손을 꼭 쥐었다.

하다니! 나는 너희 엄마가 좋은 분이라는 걸 알 수 있었어. 에밀리가 지금 엄마 때문에 짜증이 날 수도 있지만, 누구나 엄마한테 그런 기분을 느낄 때가 있어. 그래도 너희 엄마가 늘 화를 내기만 하는 건 아니잖니. 그렇지?"

언니가 고개를 끄덕였다.

"그래, 에밀리는 운이 아주 좋은 거야! 우리 엄마는 늘 화를 냈어. 어떤 일에서도, 어떤 사람에게서도 좋은 면을 보지 않았어. 너희 엄마는 힘들 때도 미소를 잃지 않잖아. 그건 아무나 할 수 있는 일이 아니야. 소중한 능력이야."

수영장으로 가는 동안 엄마 손을 잡은 언니의 눈으로 생각이 보였다.

'불쌍한 엄마. 엄마는 정말 고생하고 있어. 피에르 아저씨를 엄마한테서 떼어낼 수 있으면 얼마나 좋을까. 피에르 아저씨는 착하지만 재미없어. 엄마한테는 더 재미있는 사람이 필요해. 아빠 같은……'

수영장과 가까워지자 목소리들이 들렸다. 여자들 목소리. 날개가 달리고 코가 부리 같고 키가 큰 여자들이 넷 있었다! 여자들은 하프를 들고 노래를 불렀다. 같이 배를 타고 멀리 가자는 노래를. 그리고 사람이 앞에 다가오면, 남자인지 여자인지에 따라서 각각 다른 탈의실을 손가락으로 가리켰다.

엄마가 말했다. "저 여자들은 세이렌이야. 고대 그리스 사람들은 세이렌을 위험한 존재라고 생각했어. 남자들을 유혹해서 선택됐다고 생각하게 만든 뒤에 죽게 만든대."

내가 물었다. "선택된다는 게 무슨 뜻이야?"

언니가 말했다. "애인이 될 가능성이 생기는 거지. 그래봤자 골치 아픈 문제만 생기겠지만."

"애인이 되면 골치 아픈 일이 생겨?"

루시 언니가 말했다. "우리 엄마가 늘 하는 말이야. 그렇지만 엄마는 좋은 남자를 한 번도 못 만났어."

엄마가 애써 미소를 지은 채 말했다. "그 얘기는 그만하고 수영하러 가자!"

수영장에 정말로 용들이 떠 있었다!

나는 그렇게 커다란 수영장은 처음 봤다. 수영장에 정말로 용들이 떠 있었다!

사람들은 용 근처에서 수영을 했는데, 아주 가까이 가면 용이 입에서 불을 뿜었다! 사람들은 용 가까이로 가려고 애썼다. 엄마가 말했다. "불놀이네!"

수영장 물은 파란색이었다. 엄마가 하얀 침대 시트를 빨 때 쓰는 표백제 냄새가 났다. 언니들은 곧장 물에 뛰어들었다. 엄마가 나도 수영장에 들어가라고 했다. 그렇지만 나는 태블릿을 두고 가기 싫었다. 누가 실수로 내 태블릿을 발로 차면 어떻게 하는가.

"태블릿은 엄마가 가지고 있을게."

"그럼 엄마가 수영을 못하잖아."

"네가 먼저 한 다음에."

"엄마는 늘 우리가 우선이래. 정말 좋은 엄마야."

엄마가 환하게 웃었다.

나는 평영을 좋아한다. 조지안느 선생님은 물에서 미끄러지듯 나아가는 개구리를 생각하라고 말했다. 양팔은 앞으로 쭉 뻗어서 양쪽으로 물을 밀고, 발로 물을 찬다. 자유형도 배영도 해 봤는데, 평영이 제일 좋다. 개구리는 물에서 빨리 헤엄치면서도 주위 모든 걸 지켜보고 알 수 있으니까.

나는 수영장 한가운데로 나아가면서 앞을 보고 있었다. 그런데 물속 깊이 들어가던 루시 언니가 갑자기 안절부절못했다. 언니가 루시 언니를 바로 눕혀서 손을 잡고 헤엄쳐, 엄마가 앉아 있던 곳까지 데려갔다. 그렇지만 엄마는 이제 앉아 있지 않고, 걱정하는 얼굴로 일어서 있었다.

어떻게 헤엄치냐고?

나는 개구리헤엄을 좋아해!

엄마는 언니가 루시 언니를 안전한 곳에 끌어올리고 내가 뒤따라오는 걸 지켜보았다. 나는 언니가 지치면 도우려고 가까이 있었지만, 언니는 혼자 힘으로 친구를 구하기로 굳게 마음먹은 것 같았다.

루시 언니가 물 밖으로 나가자, 엄마가 물었다. "무슨 일이니?"

루시 언니가 말했다. "갑자기 무서워서 움직일 수 없었어요. 수영하기에는 제 몸이 너무 커요."

엄마가 말했다. "그렇게 생각하지 마. 누구나 가끔 겁먹을 때가 있어."

엄마가 우리 셋에게 수건을 건넸다. 나는 몸을 닦은 뒤에 태블릿을 집었다.

"엄마, 언니랑 수영해. 나는 루시 언니랑 놀고 있을게."

엄마는 물속에 들어가서 아주 즐거워했다. 엄마와 언니는 가운데로 수영해 갔고, 언니가 용 바로 앞까지 갔다! 나와 수영장 바깥에 나란히 앉은 루시 언니는 용이 입으로 불을 뿜는 걸 보며 고개를 가로저었다.

루시 언니가 말했다. "나도 에밀리처럼 날씬하고 용감하면 얼마나 좋을까."

"루시 언니도 아주 용감해. 그리고 누구나 날씬해야 하는 건 아니야."

갑자기 뒤에서 말소리가 들렸다.

"코끼리가 저능아랑 얘기하고 있네!"

수영하기에는 내 몸이 너무 커.

엄마는 물속에 들어가서
아주 즐거워했다.

햇빛에 내놓은 치즈 덩어리 같네.

도로테! 그리고 잔혹이들까지! 우리는 포위되었다. 루시 언니는 겁먹은 표정이었다. 나는 태블릿에 적었다.

"늘 무리 지어서 다녀야 하지? 그래야 힘 있다고 느낄 수 있으니까."

도로테가 말했다. "말도 못하는 바보가 무슨 생각을 하건 내가 신경이나 쓸 것 같아?"

그리고 도로테는 루시 언니에게 말했다. "햇빛에 내놓은 치즈 덩어리 같네."

루시 언니가 일어섰다. 뺨에 눈물이 흘렀다.

나는 재빨리 태블릿을 도로테 눈앞으로 들어 올렸다.

"잔인하게 행동하면 어른이 된 것 같지? 그렇지만 유치한 게 더 드러날 뿐이야."

도로테가 내 태블릿을 뺏으려 했다. 나는 태블릿을 꽉 쥐었다.

루시 언니가 도로테와 나 사이에 서서 말했다. "그만해."

잔혹이들 중 한 명이 휴대폰 카메라로 루시 언니를 찍었다.

도로테가 말했다. "그 사진, 지금 당장 페이스북에 올려! 수영복 입은 저 못생긴 모습을 세상에 알리자!"

루시 언니가 갑자기 도로테의 수영복을 잡더니 휙 돌려서 수영장에 내던졌다. 그리고 탈의실 쪽으로 달려갔다.

도로테는 수영장에서 빠져나와 물을 뚝뚝 떨어뜨리며 나를 가리켰다.

"저 태블릿 부숴 버려!"

도로테가 잔혹이들에게 소리쳤지만, 나는 벌써 루시 언니를 뒤쫓아서 달리고 있었다.

탈의실 앞 식당에는 사람이 많았다. 루시 언니가 보이지 않았다. 잔혹이들이 나를 잡으려고 소리쳤다. 다른 쪽으로 유인하는 게 좋을 것 같았다. 나는 사람들 사이를 빠져나가며 달렸다. 뒤에서 도로테와 잔혹이들이 쫓아왔다. 식당 문 가까이 왔을 때, 몸을 숙이고 다른 방향으로 내달렸다. 사람들 몸에 부딪히면서도 최대한 빨리 달렸다. 최대한 큰 글자로 쓴 태블릿도 위로 쳐들었다.

"나는 목소리가 안 나와요. 사라진 친구를 찾고 있어요!"

사람들이 재빨리 길을 내줬다. 나는 곧바로 탈의실로 달려갈 수 있었다. 탈의실에도 루시 언니는 없었다. 루시 언니의 옷이 들어 있던 사물함은 비어 있었다. 밖으로 나갔나 봐. 오브가 여기 있으면 얼마나 좋을까. 그러면 2인용 자전거를 타고 오브와 함께 루시 언니를 찾아볼 텐데. 그렇지만 오브를 여기 데려오려면 우선 내가 **참깨 세상**에 가야 한다. 시간이 없었다! 더구나 도로테와 잔혹이들이 수영장 밖으로 달려가고 있었다. 이러다가 잔혹이들이 루시 언니를 따라잡겠다. 그래도 루시 언니는 잡히기 전에 자취를 감췄고, 경비원들이 도로테와 잔혹이들을 막았

다. 곧 벌어질 괴물 퍼레이드 준비 때문이었다.

거인들, 메두사, 키클롭스, 거대한 위 모양에 다리가 셋 달린 괴물이 걸어가고 있었다. 도로테는 사방을 둘러보며 루시 언니를 찾았다. 그러다가 나를 봤다. 도로테는 잔혹이들한테 루시 언니를 뒤쫓으라고 소리치고, 나한테 다가오기 시작했다. 나는 오른쪽으로 도망쳤다. 다리 달린 위 괴물과 부딪칠 뻔했다! 멀리서 비명이 몹시 크게 들렸다. 괴물 퍼레이드 때문에 시끄러운데도 사람들 귀에 다 들릴 만큼 큰 비명이었다. 경비원 두 명이 정문 방향으로 뛰기 시작했다. 나도 정문으로 갔다. 틀림없이 루시 언니의 비명이었다.

다리 달린 위 괴물과 부딪칠 뻔했다!

★

정문으로 가자 사람들이 둘러서 있었다. 사람들이 에워싼 건 엄청나게 겁먹은 남자였다. 예순다섯 살인 우리 외할아버지랑 나이가 비슷해 보였다. 피부색은 검고, 눈 하나는 유리알 같았다. 얼굴 한쪽은 온통 흉터였다. 심한 흉터 때문에 처음에는 무서웠다. 그런데 오히려 할아버지의 눈에 두려움이 가득했다. 친구가 필요한 듯 나를 똑바로 바라봤다. 나는 할아버지에게 미소를 지었다. 한 경비원이 소리쳤다.

"왜 쟤를 노려봐? 겁주려고 그러는 거야?"

다른 경비원이 갑자기 할아버지의 팔을 잡고 뒤로 꺾어서 수갑을 채웠다.

할아버지가 소리쳤다. "나는 아무 짓도 안 했어! 아무 짓도 안 했다고!"

경비원이 팔을 더 세게 꺾으면서 심한 말을 했다.

"닥쳐!"

잔혹이들 중 한 명인 마르졸렌이 경비원들한테 소리쳤다.

"저 괴물이 여자애를 붙잡으려고 했어요. 그래서 걔가 도망쳤어요!"

할아버지가 받아쳤다. "거짓말이야!"

친구가 필요한 듯 나를 똑바로 바라봤다.

나는 할아버지의 생각을 읽었다.

'또 시작이야! 내가 하지도 않은 일을 했다고 뒤집어씌워! 이게 다 내 피부, 내 얼굴 때문이야.'

멀리서 사이렌 소리가 들렸다. 경찰차가 오고 있었다.

"이 남자한테 잡힐 뻔한 아이는 어디로 갔지?"

마르졸렌이 답했다. "여기서 나가서 기차역 쪽으로 갔어요."

잔혹이들 중 한 명인 수잔이 고개를 돌렸다. 수잔은 도로테 일당 중에서는 조용한 편으로, '잔혹이들'에 끼고 싶지는 않지만 어울릴 친구들이 필요해서 끼어 있었다. 수잔은 마르졸렌의 거짓말 때문에 마음이 편하지 않았다. 마르졸렌의 말이 거짓말인지 어떻게 알았느냐고? 내가 수잔의 생각을 읽었으니까!

'마르졸렌이 사실을 말해야 했는데⋯⋯. 루시는 기차역이 아니라 공원으로 달려갔어. 그리고 저 할아버지는 루시를 건드리지도 않았어. 내가 다 봤어.'

나는 태블릿에 커다랗게 글자를 썼다.

"사실을 말해!"

그리고 수잔의 눈에 보이게 태블릿을 높이 들었다. 수잔이 하얗게 질렸다. 내 글을 본 마르졸렌도 하얗게 질렸다. 그러더니 수잔 옆으로 가서 성난 표정을 짓고 수잔한테 귓속말을 했다.

자기와 다른 말을 하면 도로테가 가만두지 않을 거라고.

뒤에서 엄마가 내 이름을 연거푸 큰소리로 불렀다. 돌아서자, 엄마와 언니가 물을 뚝뚝 떨어뜨리며 다가오고 있었다.

엄마가 말했다. "루시가 쫓기는 걸 보고 여기로 달려왔어. 무슨 일이니?"

나는 그사이에 벌어진 일들을 간략히 적어서 보여 줬다.

언니가 말했다. "당장 루시를 찾아야 해!"

뒤에서 도로테의 목소리가 들렸다. 도로테가 나한테 손가락질하며 말했다.

"쟤랑 한패인 뚱보가 나를 공격했어요. 나한테 욕했어요."

에밀리가 소리쳤다. "이 거짓말쟁이! 아니에요, 쟤야말로 학교에서 약한 애들을 괴롭히는 못된 애예요!"

언니가 소리쳤다. "지금은 루시를 찾는 게 중요해! 루시를 본 사람이 있을 거야!"

마르졸렌이 말했다. "저 남자가 루시를 만지려고 했어요! 그래서 루시가 공원 밖으로 도망쳤어요."

나는 수잔의 눈앞에 다시 태블릿을 보여 줬다.

"사실을 말해!"

"누가 거짓말을 하고 있니?"

여자 경찰관이 우리에게 다가오며 물었다. 차분하고 분명한 말투였다. 이 사람한테 빨리 사실을 전하고 싶은데 어쩌지? 경찰관은 모든 사람들을 날카로운 눈으로 보며, 어떻게 된 일인지 제대로 알아내려 했다. 세상을 보는 방식이 나랑 비슷해! 명찰에 이름이 있었다. 세믈러. 옆에는 더 젊은 남자 경찰관도 있었다. 주근깨가 있는 그 경찰관은 내 언니 또래로 보였다. 그렇지만 열네 살에 경찰관이 될 수는 없겠지! 명찰에 적힌 이름은 가르니에였다. 나는 태블릿에 글을 적어서 세믈러 경관에게 보였다.

"루시 언니는 공원 안으로 달려갔고, 저 할아버지는 루시 언니한테 손대지 않았어요!"

세믈러 경관이 말했다. "넌 이름이 뭐니?"

내 이름을 알려 줬다.

"거기에 쓰는 글로만 대화할 수 있니?"

"이건 태블릿이라고 해요. 그리고 네, 저는 태블릿으로 말해요. 그렇지만 저한테는 신비한 힘이 있어요. 사람들 생각을 읽어요!"

세믈러 경관이 말했다. "정말?"

"사실이에요! 오로르는 사람들 생각을 다 알아요!"

그 말을 한 사람은 우리 엄마였다. 엄마가 내 비밀을 어떻게 알았지?

세믈러 경관이 말했다. "혹시 어머니신가요?"

내가 적었다. "경관님도 아주 빨리 꿰뚫어 보시네요."

"네, 제가 얘 엄마예요. 그리고 사라진 아이의 이름은 루시고, 우리 큰딸이랑 제일 친한 친구예요. 저는 루시를 무사히 집에 데려가야 해요. 안 그러면 루시 어머니를 볼 낯이 없어요."

세믈러 경관이 물었다. "루시는 왜 달아났나요?"

언니가 대답했다. "얘네가 루시를 괴롭혔어요. 학교에서 하던 대로 아주 심한 말을 했어요!"

도로테가 끼어들었다. "그 못생긴 코끼리가 나를 풀장에 던졌다고요!"

그때까지 말이 없던 가르니에 경관이 도로테 앞에 서더니 아주 차분한 목소리로 물었다.

"평소에도 친구를 그렇게 불러? 코끼리라고?"

도로테는 그제야 자신이 생각 없이 말했다는 걸 깨달았다. 조지안느 선생님이 그랬다. 아빠 소설에는 나쁜 짓을 저지른 사람이 자기 입으로 자기 죄를 밝히는 이야기가 꼭 나온다고. 나쁜 사람이 자기 안에 있는 악의를 숨기지 못하기 때문이라고. 도로테는 얼른 자기 실수를 무마하려 했다.

"코끼리라고 부르는 건 루시가 코끼리를 아주 좋아하기 때문이에요. 서커스에 나오는 동물들 중에 루시가 제일 좋아하는 게 코끼리예요."

언니가 소리쳤다. "이 거짓말쟁이! 쟤들은 그래서 루시를 코끼리라고 부르는 게 아녜요. 몸이 조금 크다고 못되게 괴롭히는 거

직접 눈으로 봤니?

예요. 쟤들은 루시가 자기 자신을 미워하게 만들려고 해요! 못된 애들이니까요!"

나는 언니가 정말 자랑스러웠다. 엄마도 언니가 자랑스러운지 언니의 허리를 팔로 감쌌다. 그렇지만 나는 등 뒤로 양손에 수갑이 채워진 남자, 얼굴 한쪽이 온통 흉터인 할아버지가 걱정됐다.

나는 그 사람을 가리키며 세믈러 경관한테 태블릿을 보여줬다. "저분은 아무 잘못도 없어요. 수갑을 풀어야 해요."

마르졸렌이 말했다. "비명 소리가 들렸어요! 루시가 저 남자한테서 달아나는 것도 봤어요. 저 남자가 루시를 겁줬어요."

가르니에 경관이 물었다. "루시한테 손대는 걸 직접 눈으로 봤니?"

마르졸렌이 땅을 내려다봤다. 조지안느 선생님한테서 들은 얘기가 생각났다. 선생님이 우리 아빠 책에서 봤는데, 사람은 진실을 말할 수 없을 때에 상대의 얼굴을 똑바로 보지 못한다고 했다. 가르니에 경관은 마르졸렌이 자기 눈을 피하는 걸 알아채고, 마르졸렌한테 다시 물었다.

"직접 눈으로 봤니?"

마르졸렌은 도로테를 흘끔 돌아보았다. 어떻게 해야 할지 우두머리한테서 지시를 받으려는 것이다.

도로테는 마르졸렌한테 진짜로 성난 표정을 지었다. 도로테가 마르졸렌한테 표정으로 전하는 말을 나는 읽을 수 있었다.

'이제 와서 말을 바꾸면, 너 때문에 우리가 다 망하는 거야.'

마르졸렌이 여전히 땅을 내려다본 채 말했다. "네, 손대는 걸 봤어요."

가르니에 경관이 세믈러 경관이랑 눈빛을 주고받았다. 세믈러 경관이 마르졸렌에게 다가왔다.

"이름을 말해 봐. 성까지 다."

마르졸렌이 세믈러 경관한테 말했다. 세믈러 경관이 수첩을 꺼내서 받아쓰고, 마르졸렌의 보호자 연락처도 물어본 뒤에 그 것도 적었다. 가르니에 경관은 도로테와 수잔한테도 똑같은 걸 묻고 역시 수첩에 적었다.

세믈러 경관이 말했다. "자, 마르졸렌. 잘 들어. 아주 나쁜 일을 했다고 어떤 사람을 고발하는 건 아주 심각한 일이야. 그리고 자기 자신과 연관된 사람의 눈치를 보느라 거짓말로 다른 사람을 고발하는 건 아주 잘못된 일이야. 고발된 사람한테 피해를 주기 때문이지. 그리고 그건 너 자신에게도 피해가 돼. 네가 아주 커다란 곤경에 빠질 수도 있으니까."

마르졸렌은 또 땅을 내려다봤다. 입술은 떨리고, 눈은 겁에 질려 있었다.

"루시의 비명만 들었어요. 그리고 저 할아버지의 무서운 얼굴이 보였어요. 루시는 사라지고, 저 할아버지만 남아 있었어요."

가르니에 경관이 물었다. "루시의 비명을 들은 때랑 저분이 혼자 있는 걸 본 때의 시간 간격은 얼마나 되지?"

마르졸렌은 울음을 참느라 꺽꺽거렸다. 마르졸렌은 생각했다. '사실대로 말해야 해. 안 그러면 큰일 나.'

"그렇게 길지 않아요."

세믈러 경관이 물었다. "몇 분?"

"몇 초밖에 안 돼요."

세믈러 경관이 경비원들에게 수갑을 풀라고 말했다. 세믈러 경관은 내 영웅이다! 세믈러 경관은 수갑이 풀린 할아버지의 어깨에 손을 얹고 사과했다. 할아버지는 아직 몹시 언짢은 표정이었지만, 세믈러 경관에게 고개를 끄덕였다. 세믈러 경관이 이름을 묻고 공원에서 무슨 일을 하는지도 물었다.

나는 가까이에서 귀를 기울였다. 이름은 마무드, 정원사였다. 잔디를 푸르게 가꾸고 **괴물 나라** 안팎 공원에서 꽃을 아름답게 돌보는 일을 한다고 했다.

세믈러 경관이 말했다. "큰 실례를 무릅쓰고 여쭙겠습니다. 얼굴은 왜 그렇게 됐는지 알 수 있을까요?"

"오래전에 교통사고를 당했어요."

"힘드셨겠어요."

"익숙해져서 괜찮아요. 하지만 흉터 때문에 사람들이 겁을 내죠. 그 여자아이도 겁을 냈어요."

"어떻게요?"

"그 아이는 마구 달아나고 있었어요. 누구한테 쫓기는 것 같았

죠. 그러다가 내 얼굴을 보고 비명을 지르고 또 달려갔어요."

"어디로 달려갔나요?"

"공원 안쪽으로 갔어요. 저 애들은 경비원한테 기차역으로 갔다고 했지만, 그렇지 않습니다."

마무드가 잔혹이들을 가리키자, 수잔은 땅을 내려다봤다. 자기 잘못을 모두에게 인정한 셈이었다. 다른 사람을 괴롭히는 사람들은 자기가 저지른 나쁜 짓을 마주해야 할 때, 늘 땅바닥을 내려다본다. 보이지 않게 사라지고 싶은 것이다.

세믈러 경관이 수잔에게 다가갔다.

"저분 말이 사실이니? 루시가 공원으로 달려갔는데, 기차역으로 갔다고 말했어?"

수잔은 계속 땅만 봤다. 나는 수잔의 생각을 읽었다. '어떡하지? 사실대로 말하면 도로테가 나를 괴롭힐 텐데.'

나는 얼른 태블릿에 글을 써서 머리 위로 들고, 수잔 귀에도 들릴 만큼 크게 헛기침을 했다. 수잔이 내 글을 봤다.

"사실을 말하면 우리가 보호할게."

그러자 놀라운 일이 벌어졌다. 수잔은 여전히 겁먹은 표정이었지만 나를 보며 고개를 끄덕이고, 도로테를 보며 '이제 너한테 휘둘리지 않아. 나는 너 같은 사람이 되기 싫어!' 하는 표정을 지었다. 나는 도로테가 겁먹은 모습을 처음 봤다. 수잔이 말했다.

"네, 제가 거짓말했어요. 불쌍한 루시는 기차역으로 간 게 아

니라 공원으로 갔어요. 저 할아버지는 루시한테 손끝도 안 댔어요. 제가 거짓말했어요! 제가 정말 잘못했어요. 그렇지만 무서웠어요. 제가 사실대로 말해서 루시가 공원에서 발견되면, 루시는 우리 때문에 학교 안에서나 밖에서나 얼마나 시달렸는지 사람들한테 얘기할 테니까, 그게 무서웠어요. 그리고 루시가 도로테를 풀장에 빠트린 건 도로테가 먼저 루시한테 아주 심한 말을 했기 때문이에요. 저희는 몇 달 동안 그렇게 루시를 괴롭혔어요. 저희가 나쁜 짓을 했어요."

수잔은 울기 시작했다. 언니가 수잔한테 다가가서 수잔을 껴안으며 위로했다. 언니도 오랫동안 수잔한테 시달린 걸 생각하면, 언니의 행동은 아주아주 멋졌다.

언니가 수잔에게 말했다. "이제부터라도 우린 친구가 될 수 있어. 진짜 친구."

그사이 세플러 경관은 모두에게 각기 할 일을 지시하면서 상황을 지휘했다. 가르니에 경관에게 도로테와 마르졸렌과 수잔을 경찰서로 데려가서 진술을 받고, 보호자에게 연락해서 걔들이 무슨 짓을 했는지 알리라고 했다. 도로테 일당은 불만스러운 표정이었다. 세플러 경관은 우리 엄마한테 부탁했다. 루시의 부모에게 연락해서, 루시가 사라졌지만 경찰이 최선을 다하고 있으니 곧 찾을 수 있을 거라고 말해 달라고. 그리고 무전기로 경찰관을 놀이동산에 더 많이 보내라고 말하고, 마무드에게도 도와

달라고 했다. 루시가 숨을 만한 곳을 마무드가 잘 알고 있을 테니까.

마무드가 말했다. "이 놀이동산 구석구석 모르는 데가 없죠. 지난 20년 동안 매일 아침 6시 반부터 여기서 일했어요."

나는 태블릿을 쳐들었다.

"저도 돕고 싶어요."

세믈러 경관이 말했다. "어머니랑 같이 집에 가는 게 좋겠어. 밤늦게까지 수색을 계속할 수도 있어."

"제 신비한 능력으로 일을 빨리 해결할 수 있어요!"

세믈러 경관은 우리 엄마한테 주소와 전화번호를 묻고 받아쓰셨다.

세믈러 경관이 나에게 말했다. "신비한 힘이 필요하면 전화할게." 그렇지만 그 말은 사실, 내가 너무 어려서 도움이 되지 않는다는 뜻이었다. 열한 살이면 어리지 않다! 그리고 남을 돕는 건 내가 제일 잘하는 일이다!

★

집에 돌아와서도 엄마는 안절부절못했다. 루시가 사라진 건 자기 탓이라며, 루시 옆에서 잠시도 떨어지지 않았어야 한다고 말했다. 언니도 속상한 얼굴로 말했다.

"도로테 일당이 나타났을 때 내가 옆에서 루시 편이 되어 줬으면 이런 일은 없었을 텐데."

내가 태블릿에 적었다. "그건 알 수 없는 일이야. 내가 루시 언니 옆에 있었지만 걔네들은 이미 못된 짓을 하기로 작정하고 있었어. 도로테가 다른 애들한테 내 태블릿을 뺏어서 부수라고 명령하기도 했어! 그러니까 언니는 자기 자신을 탓하지 마. 엄마도."

엄마가 말했다. "남을 괴롭히는 사람들이 왜 문제인지 아니? 이렇게 피해자들이 죄책감을 느끼게 만들거든. 오히려 잘못이 피해자 자신에게 있는 것처럼 생각하게 만들어."

루시 언니의 엄마도 우리 엄마를 그렇게 대했다. 엄마는 기차를 타고 돌아오는 내내 루시 언니의 엄마인 마르틴느 아주머니에게 계속 전화했지만 전화기가 꺼져 있었다. 문자 메시지도 많이 보냈다. 집에 돌아와서도 문자 메시지를 보냈다. 엄마는 마르틴느 아주머니의 미용실로 가서 직접 소식을 전하겠다고 했다. 루시를 찾으러 **괴물 나라**에 같이 가 보자고 말해야겠다고.

나는 엄마한테 미용실에 같이 가자고 했다. 언니도 같이 가겠다고 했다. 엄마는 혼자 가서 엄마들끼리 말하는 게 좋겠다고 했다.

언니가 말했다. "루시 엄마가 엄마를 괴롭힐 걸. 루시 엄마는 주변 사람들을 다 괴롭혀. 특히 루시를 괴롭혀! 엄마 혼자 가면 안 돼."

"나도 언니랑 같은 생각이야. 다 같이 가야 해."

엄마는 언니와 나를 보며 미소를 지은 채 말했다. "우리 셋 중에 누가 엄마지?"

미용실에 엄마랑 같이 가서 다행이었다. 소식을 듣자, 마르틴느 아주머니는 아주 못되게 행동했기 때문이다.

아주머니는 잠을 제대로 못 자는 것처럼 깡말랐다. 분홍색 바지에 딱 붙는 분홍색 티셔츠를 입고 미용실 앞에서 담배에 불을 붙이고 있었다. 방금 한 개비를 피우고 연달아 또 피우려는 것이었다.

"루시는?" 마르틴느 아주머니의 목소리는 벌써 화가 난 것 같았다.

루시 언니의 엄마. 마르틴느.

"일이 생겼어요." 엄마는 그날 있었던 일들을 들려주었다. 마르틴느 아주머니는 비명을 지르고 엄마한테 마구 욕을 퍼부었다. 여기에는 차마 쓰지도 못할 욕들을! 그러면서 엄마랑 언니를 겁주는 말도 했다.

"루시를 잃어버려? 다 당신 탓이야! 루시가 내일까지 못 돌아오면, 은행에서도 잘리게 만들겠어! 엄마 자격이 없는 사람이니까 딸들을 전남편이 데려가게 만들겠어! 무책임하고 멍청하고, 믿어서는 안 되는 사람이니까!"

나는 정말 빨리 글을 적어서 태블릿을 아주머니 앞에 내밀었다.

"우리 엄마는 최고예요. 루시 언니는 자기 엄마가 자기를 좋아하지 않는다고 자주 말했어요! 루시 언니 몸을 싫어하잖아요! 그리고 아주머니처럼 남을 괴롭히는 사람들 때문에 루시 언니가 사라진 거예요!"

"감히 어디서!" 아주머니가 소리쳤다. 게다가 나를 때리려고 했다! 아주머니의 손이 내 뺨에 닿기 전에 언니가 막았다. 그때 우리 옆에 누가 오토바이를 세웠다. 멋진 가죽점퍼를 입고 검은 선글라스를 쓴, 목에는 커다란 뱀 문신이 있는 여자였다. 그 사람은 급하게 다가와서는 아주머니에게 말했다.

"마르틴느, 제정신이야? 어린애를 때리려고 해?"

"루시가 없어졌어! 그런데 얘가 나한테 나쁜 엄마래!"

엄마는 그 사람에게 어떻게 된 일인지 설명했다. 그 사람의 이름은 폼이고, 엄마가 다니는 은행 고객이어서 엄마도 아는 사이였다. 폼은 놀라서 마르틴느 아주머니의 어깨에 손을 얹고 말했다.

"어서 내 오토바이에 타. **괴물 나라**까지 쏜살같이 데려다줄게. 같이 루시를 찾아보자. 그 전에 오로르랑 오로르 어머니, 에밀리 한테 사과부터 해."

내가 적었다. "제 이름을 아시네요!"

"오로르를 모르는 사람은 없지! 자, 여기 마르틴느가 할 말이 있을 거야."

"어린애한테 엄마 노릇을 제대로 못한다는 말을 듣고 내가 가만히 있을 거 같아? 게다가 저 여자는…… 절대 가만두지 않을 거야…….

폼이 말했다. "그만! 더 말하지 마. 좋은 엄마를 협박해? 너는 그럴 자격이 없는 사람이야. 그리고 오로르를 때리려고 했잖아! 그것만으로도 감옥에 갈 수 있어!"

마르틴느 아주머니는 한 대 맞은 듯한 모습이었다. 고개를 숙이고 흐느끼기 시작했다.

아주머니가 나에게 나직이 말했다. "미안해. 나는 사람들한테 무턱대고 화를 내. 특히 내 딸한테."

폼이 말했다. "앞으로는 절대 그러지 마."

아주머니가 말했다. "노력할게." 아주머니가 돌아서서 담배에 불을 붙이는 사이, 폼은 우리 엄마한테 속삭였다.

"마르틴느는 불행해요. 지금도 불행하고, 행복한 적이 한 번도

없었죠. 그렇지만 그게 변명이 될 수는 없어요. 마르틴느는 늘 말하죠. 루시가 날씬해지면 루시한테 잘하겠다고. 그렇지만 루시가 어떤 모습이든, 마르틴느는 루시한테 잘할 리 없어요. 마르틴느는 열일곱 살에 갑자기 루시를 낳았고, 자기 딸인 루시를 볼 때마다 딸 때문에 자신의 어리고 젊은 시절을 잃어버렸다고 생각하니까요."

집으로 돌아와서, 은하수를 크게 그린 카드를 만들었다. 카드에 글도 썼다.

나를 항상 지켜 주는 언니가 최고야!

나는 언니의 방으로 갔다. 문은 열려 있었다. 언니는 헤드폰을 쓰고 페이스타임을 하면서 친구랑 노래를 부르고 있었다. 휴대폰 속의 친구도 같은 노래를 부르고 있었다. 나는 언니 손에 카드를 쥐여 줬다. 언니가 카드를 읽고 내 뺨에 뽀뽀했다. 그리고 다시 페이스타임을 하며 노래를 불렀다. 나는 언니와 놀고 싶었지만, 하루 동안 많은 일을 겪었으니 친구와 쉴 시간이 필요하리라 생각했다. 휴대폰 액정으로 만나는 파리에 사는 친구라 해도⋯⋯.

엄마는 주방에서 오락가락하며 전화로 아빠에게 오늘 일들을 이야기하고 있었다. 아빠는 당장 지하철과 기차를 타고 우리에게 오겠다고 했다. 지금이야말로 힘을 합해야 할 때라고. 그 말을 들은 엄마의 얼굴에 미소가 떠올랐다.

아빠가 오고 있어! 우리는 다시 한 가족이 돼! 몇 시간만이라도!

엄마는 수화기를 내려놓고 주방 창가에 기대서 고개를 절레절레 흔들며 입술을 깨물었다. 엄마의 생각이 보였다.

'사람들은 루시가 사라진 게 내 탓이라고 생각하겠지. 대답하기 곤란한 질문들이 쏟아질 거야. 모두 내가 루시를 제대로 돌보지 않았다고 생각할 거야. 나는 평생 죄책감을 느끼겠지.'

나는 엄마한테 달려가서 양팔로 엄마를 안았다.

"아무도 엄마 탓이라고 생각하지 않아! 내가 꼭 진실을 밝힐게!"

엄마는 눈이 휘둥그레져서 물었다. "내 생각을 어떻게 알았니?"

나는 생각했다. 내 신비한 능력을 마침내 엄마한테 알릴 때가 됐나? 그렇지만 그때 엄마의 전화기가 울렸다. 엄마는 얼른 전화를 받았다.

엄마가 나한테 속삭였다. "경찰이야." 엄마는 통화에 집중했다. 전화한 남자의 목소리는 아주 직설적이고 권위적이었다. 통화를 마친 뒤에 엄마가 나에게 말했다.

"루시를 아직 못 찾았대. 주베 형사라는 분이 사건을 맡았는데, 지금 우리 집으로 오고 있대! 나를 탓할 게 분명해!"

"엄마를 탓하게 두지 않을 거야!"

사람들은 루시가 사라진 게 내 탓이라고 생각하겠지.

엄마는 정말 걱정에 싸여 있었다. 피에르에게 전화해서 어떻게 해야 할지 물어보겠다고 했다.

"피에르 아저씨는 경찰과 이야기하는 법을 알아?"

"물론 모르지! 그래도 걱정하지 않아도 된다는 말을 해 줄 테고, 지금 나한테는 그런 위로가 필요해."

"형사와 대화하는 법은 아빠가 잘 알걸. 아빠는 늘 경찰 이야기를 쓰니까."

"그건 어떻게 알았니?"

"조지안느 선생님이 알려 줬어. 선생님은 아빠 소설을 아주 좋아해."

엄마가 말했다. "나도 아주 좋아해." 엄마는 슬픔을 드러내지 않으려고 입술을 깨물었다. 그리고 다시 크게 미소를 지었다.

"네 말이 맞아. 아빠를 기다릴게. 그리고 걱정하지 않아도 된다는 말은 내가 나 자신한테 들려주면 돼."

그렇지만 엄마가 그런 말을 할 때에는 엄마가 정말 걱정하고 있다는 뜻이다!

현관에서 초인종이 울렸다.

엄마가 말했다. "피에르일 거야. 아까 통화했을 때 집으로 온다고 했거든."

"나는 내 방에 있을게. 내가 필요하면, 사람들이 엄마를 나쁘게 생각할까 봐 걱정이 되면, 언제든지 내 방을 노크해. 내가 엄마 옆에 있을게."

나는 방에 들어가서 문을 닫았다. 나한테 필요한 건 **참깨 세상**이었다. 얼른 **참깨 세상**으로 가서, 거기서 시간을 좀 보내야 했다. 오늘 **힘든 세상**에서 일어난 일들은 내 주변 사람들 모두에게 너무 힘들었다. 그러니까 조금 더 행복한 곳에 잠시 들러서 마음을 편하게 한 뒤에, 앞으로 어떻게 엄마를 도울 수 있을지 생각해야 한다. 침대에 누워서 태블릿에 커다란 별을 띄웠다. 별을 뚫어져라 보면서 말했다. '참깨!'

참깨 세상은 여전히 아름다웠다. 구름도 추위도 어두운 그림자도 없었다. 빵집 주인이 카운터 뒤에서 초콜릿 빵 두 개를 집어 건넸다. 그러면서 지난밤에 우리 엄마 아빠가 레스토랑에서 손을 잡고 웃고 있는 모습을 보았다고 했다.

빵집 아주머니가 말했다. "오로르가 항상 그렇게 행복한 건 당연한 일이야. 부모가 행복할수록 자식도 행복하지."

오브가 우리의 2인용 자전거를 타고 나타났다. 오브는 나를 껴안고 말했다.

"오늘은 정말 멋진 모험을 펼치자!"

나는 자전거 뒷자리에 올라탔다. 나는 정말 빨리 페달을 밟으며 번개처럼 출발했다.

오브가 말했다. "오로르, 오늘은 정말 바람처럼 달리네!"

"운동을 해야 해. 나쁜 생각을 떨치는 데는 운동이 좋아."

"오늘 있었던 일들을 얘기하고 싶어?"

"규칙은 지켜야지. '**참깨 세상**에서는 **힘든 세상** 이야기를 꺼내지 않는다.' 그렇지만 힘든 세상에 네가 와야 할지도 모르겠어."

"내가 필요하면 당연히 가야지! 우리는 친구니까! 여기 와서 나를 데려가기만 하면 돼."

나는 오브한테 말하고 싶었다. 내가 다시 **힘든 세상**에 돌아갔을 때 루시 언니는 이미 집으로 돌아오고, 우리 엄마는 아무 잘못이 없다는 게 밝혀지고, 엄마와 언니와 나는 아빠와 함께 즐거운 시간을 보내게 되면 얼마나 좋을까. 그렇지만 여기는 **참깨 세상**이다. 걱정거리를 이야기할 곳이 아니다! 그래서 나는 오브한테 말했다.

"모험을 시작하자!"

오브는 자전거로 파리를 가로지르자고 했다! '파르크 드 베르시'라는 공원에 가자고! 거기 연못에는 거북들이 살고 있다고! 183년을 산 거북도 있는데, 우리랑 얘기를 나누면 좋아할 거라고 했다.

"거북이 이름은 귀스타브야! 같은 이름을 가진 귀스타브라는 유명한 작가와 같이 살던 거북이래."

내가 말했다. "거북이는 정말 오래 살아. 그렇지?"

"그 연못에는 귀스타브 친구인 장 밥티스트도 있어. 장 밥티스트는 337년을 살았는데, 옛날이야기들을 들려줘. 어렸을 땐 샤

거북이는 정말 오래 살아. 그렇지?

를이라는 작가와 함께 살았대. 샤를이 쓴 이야기들은 지금도 사랑받고 있어. 신데렐라, 장화 신은 고양이……."

"신데렐라 이야기는 누구나 좋아하지. 그렇지만 여자가 행복해지는 데 꼭 왕자가 필요할까? 왕자한테 신경 끄고, 그냥 당당하고 똑똑하면 안 돼?"

"너랑 나처럼!" 오브가 말했다.

우리는 센강에 도착해서 강변을 따라 자전거를 몰았다. 베르시 공원까지는 가는 길이 꽤 멀었다. 엄마 아빠와 함께 자동차를 탔어도 30분은 걸렸을 것이다. 파리를 빙 두르는 이 큰길을 지나갈 때, 아빠는 '현대 사회의 나쁜 면이 모두 모인 곳'이라고 말하곤 했다. 그렇지만 **참깨 세상**에서 오브와 나는 어디든 아주 빨리 갈 수 있다. 교통 체증은 전혀 없으니까! **힘든 세상**에서도 파리는 세상에서 제일 아름다운 도시다. **참깨 세상**에서 파리는 모두가 서로 좋아하는 곳이기도 하다. 자동차를 운전하는 사람들도 친절하고, 서로 손을 흔들어서 인사하고, 우리 자전거가 지나갈 때에는 미소를 보낸다.

공원에 도착해서 커다란 연못으로 곧장 갔다. 귀스타브와 장 밥티스트는 연못 한쪽 끝에 있는 동굴에 살고 있었다. 오브는 귀스타브와 장 밥티스트를 만날 수 있는 곳을 정확히 알고 있었다. 오브와 나는 잔디밭에 자전거를 세웠다. 우리는 연못가에 앉아서 초콜릿빵을 먹었다. 햇빛은 눈부시고, 하늘은 새파랬다. 몇

오브, 안녕!

분 지나지 않아서 물에서 텀벙거리는 소리가 들렸다. 두 거북이 우리한테 미소를 보내며 잔디밭으로 올라왔다.

한 거북이 말했다. "오브, 안녕!"

오브가 말했다. "안녕, 장 밥티스트! 안녕, 귀스타브! 내 단짝 친구를 소개할게. 오로르야! 저 멀리 **힘든 세상**에서 여기까지 인사하러 왔어."

장 밥티스트가 말했다. "아, **힘든 세상**. 샤를이 자기 동화가 사람들한테서 사랑받는 이유를 말한 적 있는데, 행복한 결말을 믿을 수 있게 해 줬기 때문이랬어."

귀스타브가 말했다. "내 옛날 친구 귀스타브는 공주가 되기를 꿈꾸던 어떤 여자가 시골 의사랑 결혼해서 지루한 생활에 괴로워하는 이야기를 썼어."

내가 말했다. "그럼, 일이 잘못되는 신데렐라 이야기를 썼네요!"

장 밥티스트가 말했다. "**힘든 세상**에서는 신데렐라 이야기가 늘 잘못되지."

"오로르! 오로르!"

갑자기 **힘든 세상**에서 목소리가 들렸다. 엄마다.

나는 오브한테 말했다. "집에 가야 해. 이따 다시 올게."

오브가 말했다. "나는 항상 여기에 있어."

귀스타브가 말했다. "너랑 또 책 이야기를 할 수 있으면 좋겠구나."

장 밥티스트가 덧붙였다. "살아가면서 문제에 부딪혔을 때 동화에서 많은 깨달음을 얻을 수 있는 이유도 이야기하면 좋겠구나."

엄마가 소리쳤다. "오로르! 오로르! 형사님이 너랑 얘기하고 싶대!"

귀스타브가 말했다. "아, 형사가 찾아? 너라면 틀림없이 형사를 잘 도울 수 있을 거야."

오브가 말했다. "남을 돕는 건 오로르의 특기예요."

나는 귀스타브와 장 밥티스트에게 작별 인사를 하고, 오브와 포옹했다. 그리고 눈을 감고 속삭였다. "골칫거리 세상으로."

★

"오로르! 오로르!"

눈을 떴다. 내 방 침대로 돌아왔다. 나를 부르는 또 다른 목소리가 들렸다.

"오로르, 어서 와!"

아빠!

나는 거실로 달려갔다. 아빠가 거실에서 환하게 웃고 있었다!

아빠는 나를 번쩍 들어 올렸다가 꽉 껴안았다.

아빠가 말했다. "우리 공주님, 어디 있었어?"

언니가 거실 반대쪽에서 나타나 말했다. "나는? 나는 공주라고 안 부르면서!"

아빠가 말했다. "너는 '우리 천사' 잖아."

에밀리가 말했다. "공주랑 천사는 달라."

내가 적었다. "천사도 공주만큼 좋아!"

아빠는 미소를 크게 지으며 말했다. "이 이야기는 이제 그만하자."

엄마가 말했다. "아빠 말이 옳아. 주베 형사님 앞에서 그런 얘기 꺼내는 거 아니야."

주베 형사가 말했다. "안녕, 오로르." 나는 몸을 돌려서 주베 형사를 처음으로 봤다. 우리 아빠보다 나이가 많아 보이고, 검은색 정장을 입고 있었다. 아빠는 정장을 입지 않는다. 나는 **괴물 나라**에서 본 메두사를 떠올렸다. 메두사를 본 사람은 돌로 변한다는 전설도 생각났다. 주베 형사의 얼굴은 돌을 깎아서 만든 것 같았다. 나한테는 친절하지만, 나쁜 사람한테는 엄할 게 눈에서 보였다.

나는 태블릿에 적었다. "안녕하세요, 형사님."

"낮에 괴물 나라에서 있었던 일들은 어머니께 들었단다. 루시가 공격당할 때 옆에 있었다고? 무슨 일이 있었는지 자세히 들려주겠니? 작은 일 하나도 빼놓지 말고."

안녕하세요, 형사님.

"잠시만 시간을 주세요." 나는 즐겨 앉는 의자에 앉아 최대한 빨리 글을 썼다. 한 줄 한 줄, 이야기 전체가 완성되어 갔다. 아빠가 나를 지켜보며 말했다.

"나도 오로르만큼 빨리 쓸 수 있으면 좋겠다."

나는 주베 형사에게 태블릿을 건넸다. 주베 형사는 내 글을 쭉 읽으며 여러 번 고개를 끄덕였다. 도로테가 루시 언니를 '코끼리'라고 부른 대목에서는 형사의 입술이 찌푸려졌다. 주베 형사는 다 읽은 뒤 태블릿을 나한테 돌려주며 말했다.

"글을 아주 잘 쓰는구나. 이 글을 나한테 보내줄 수 있을까?"

"먼저 이메일 주소를 주셔야죠."

"아, 그렇지." 그가 명함을 건네고 말했다. "오로르는 형사가 되어야 하겠네. 세세한 것까지 잘 관찰했어! 오로르를 내 부관으로 임명하고 싶구나. 그런데 궁금한 게 있어. 여기 보면, 도로테의 생각을 읽었다고 적혀 있어. 도로테가 '루시가 나보다 똑똑한 게 화가 나. 내 머리가 별로 좋지 않은 걸 루시 때문에 자꾸 깨닫게 돼.' 하고 생각했다고. 오로르, 너는 도로테의 생각을 어떻게 알았니?"

모두가 나를 보고 있었다. 주베 형사에게 대답하지 않을 수 없는 상황이었다. 나는 간절히 생각했다. 조지안느 선생님이 이 자리에 있으면 얼마나 좋을까. 경찰에 사실대로 말하지 않는 건 나쁜 일이라는 것도 안다. 하지만 선생님은 내가 생각을 읽을 줄 안다는 사실을 밝히면 안 된다고 했다. 엄마와 아빠와 언니가 그 사실을 알면 몹시 불편해질 거라고. 지금은 우리 가족 앞에서 내 비밀을 밝히기에 적당한 때가 아니라고 결론지었다. 그래서 나는 태블릿에 글을 쓰고, 주베 형사만 볼 수 있게 눈앞에 내밀었다.

"비밀을 알려 드릴게요. 그런데 우선, 우리 엄마 아빠의 의심을 사지 않고 단둘이 이야기할 핑계를 만드세요. 아셨죠?"

주베 형사는 고개를 한 번 끄덕이고, 엄마와 아빠한테 말했다.

"오로르와 잠깐 발코니로 나가도 될까요? 조용히 물어볼 게 있어요."

엄마가 말했다. "오로르가 무슨 잘못이라도 했나요? 아니죠?"

"전혀 아닙니다. 잘 아시겠지만, 아직 수사가 진행 중입니다. 제가 따님에게 몇 가지 도움을 청할 텐데, 제가 돌아간 뒤에도 따님에게 무슨 얘기였는지 물어보지 않으셔야 합니다. 동의하십니까?"

아빠가 말했다. "네, 동의합니다." 엄마는 아빠가 두 사람의 의견을 대표하는 듯 먼저 대답한 게 못마땅했지만, 입술만 찡그리고 다른 말은 꺼내지 않았다.

주베 형사가 말했다. "자, 같이 나갈까?"

주베 형사와 나는 우리 아파트에 있는 작은 발코니로 나갔다. 발코니에서는 주차장밖에 안 보인다. 그래도 밤이면, 달이 밝지

저는

사람들의 눈에서

생각을 읽어요.

않은 때면, 별이 아주 많이 보인다. 오늘은 구름이 너무 많았다. 하지만 주베 형사는 밤하늘에는 관심이 없었다. 주베 형사는 문을 닫고 발코니에 놓인 작은 테이블 앞에 있는 의자에 앉으라고 나한테 손짓했다.

"자, 오로르, 그 비밀이 뭔지 들려주겠니?"

나는 태블릿에 적은 글을 주베 형사에게 내밀었다. "저는 사람들의 눈에서 생각을 읽어요."

"정말?" 주베 형사는 내 말을 믿지 않는 것 같았다. "사람들 생각을 읽는다고?"

"제 신비한 힘이에요!"

"그럼, 내가 지금 무슨 생각을 하고 있지?"

내가 적었다.

"얘는 상상력이 참 풍부하네. 현실감이 전혀 없어. 사람들 눈에서 생각을 읽어? 정말 어이없네!"

주베 형사는 조금 놀란 것 같았다.

"오로르, 정말 놀랍구나. 정확히 내 생각 그대로야. 나에 대해서 다른 것도 알아낼 수 있니?"

내가 적었다.

"딸을 걱정해요. 이름은 마리옹이고, 스물네 살이에요. 건축가가 되려고 하고, 파리에 살고 있어요. 마리옹이 오늘도 프레데릭과 만나는지 걱정하시죠? 마리옹은 프레데릭을 아주 좋아하는데, 형사님 생각으로는 프레데릭이 부잣집에서 자란 한심한 녀석이고……."

주베 형사가 그만하라고 손을 올렸다.

"신비한 능력을 완전히 인정해. 이 능력을 또 알고 있는 사람이 있니?"

"조지안느 선생님만 알고 있어요. 다른 사람한테는 말하지 않기로 했어요. 엄마나 아빠나 언니나 또 누구나. 다른 사람들은 제 능력을 불편하게 생각할 테니까요."

"일리가 있는 생각이야. 누가 내 생각을 다 들여다본다면……무섭지. 누구나 무서워할 거야."

"저는 그래도 무섭지 않아요! 그렇지만 엄마가 지금 무서워하고 있는 건 사실이에요. 루시 언니를 아직 못 찾았으니까요. 그리고 루시 언니의 엄마는 지금 몹시 화가 나서 우리 엄마를 비난하고 있어요. 루시 언니의 엄마가 경찰에게도 우리 엄마를 나쁘게 말했을 거예요."

"오로르는 정말이지 모르는 게 없구나. 그래, 맞아. 괴물 나라와 공원 곳곳을 다 뒤졌는데도 아직 루시를 못 찾았어. 이제 경찰견을 동원하기로 했지. 기차역도 확인했단다. 기차역에는 보안 카메라가 있어서 오가는 사람이 모두 녹화되거든. 루시가 기차를 탄 증거는 없었어. 루시는 정말로 그냥 사라졌어. 나는 너희 어머니가 보호자 역할에 소홀했다고 생각하지 않지만, 그래, 루시의 어머니에 대해서는 네 말이 맞아. 마르틴느 씨는 아주 화가 많은 사람이야."

"우리 엄마가 감옥에 가나요?"

"그렇지는 않을 거야. 어쨌든 이제 안으로 들어가자. 그리고 방금 나눈 이야기는 영원히 비밀에 부치자."

엄마는 주베 형사와 나를 보며 우리가 무슨 얘기를 나눴는지 짐작하려 했다.

엄마가 물었다. "오로르가 도움이 됐나요?"

"아주 큰 도움이 됐습니다."

"그렇지만 불쌍한 루시를 못 찾으면 저는 은행 일자리도 잃게 되겠죠?"

주베 형사가 말했다. "은행 일은 제가 뭐라 말씀드릴 입장은 아닙니다. 그렇지만 마르틴느 씨가 힘들게 만들 수는 있겠어요. 네, 그것 때문에 사회생활에 지장을 받을 수도 있습니다."

언니가 말했다. "그렇지만 루시 엄마가 형편없는 사람인데도요?"

엄마가 말했다. "그렇게 말하면 못써."

언니가 말했다. "엄마는 왜 그렇게 친절해? 루시 엄마는 정말 나쁜 사람이야. 루시를 욕하기만 하고 한 번도 루시 편을 들어준 적이 없어. 루시한테 뚱뚱하다고 하고, 루시가 똑똑한 걸 싫어해. 그리고 이제는 엄마를 괴롭히려고 하잖아! 루시가 사라진 건 엄마 잘못이 아니야. 감옥에 가야 할 사람은 도로테 패거리야!"

주베 형사가 말했다. "맞습니다. 걔들한테는 확실히 큰 문제가

엄마한테 나쁜 일이 생기게 두지 않을 거야!

있죠. 그리고 솔직히 말하자면 실종 상태가 오래될수록 찾을 확률이 낮아집니다. 그게 걱정이에요."

주베 형사가 간 뒤에 엄마는 울기 시작했다. 아빠가 엄마를 감싸 안고, 엄마가 얼굴을 묻고 울 수 있게 어깨를 빌려줬다. 언니가 나한테 다가와서 내 손을 잡고 귓속말했다.

"나 무서워."

"엄마한테 나쁜 일이 생기게 두지 않을 거야!"

"그렇지만 루시를 못 찾으면……."

"틀림없이 찾을 수 있어."

아빠는 돌아가야 했다. 클로에가 장염에 걸렸다고 했다. 그래도 클로에는 아빠가 급히 우리에게 온 사정을 잘 이해했고, 자기도 오고 싶지만 올 수 없어서 아쉽다고 했다. 엄마는 표정이 조금 굳었지만, 아빠한테 먼 길을 달려와 줘서 고맙다고 했다. 아빠는 우리 모두에게 포옹으로 인사하고, 언니와 나에게 다음 주 주말에 깜짝 놀랄 계획이 있다고 말했다. 주말은 금방이다! 그리고 아빠는 엄마한테 마르틴느가 엄마를 곤경에 빠트리도록 놔두지 않겠다고 말했다.

아빠가 간 뒤, 엄마는 피곤해서 일찍 자겠다고 했다. 나는 엄마의 생각을 읽었다.

'루시를 찾지 못하면 내일 당장 내 인생은 엉망이 되겠지.'

언니도 피곤해서 방으로 가겠다고 했다. 그렇지만 언니는 잠을 자지 않고 페이스북 친구들과 대화를 나눌 게 틀림없었다. (언니는 늘 페이스북 친구들과 대화를 나눈다. 책을 읽으면 자리에 앉아서도 세상 곳곳을 여행할 수 있고, 마음을 가라앉히는 데에도 더 좋을 텐데.) 나는 내 방으로 가서 생각하고 또 생각했다. 계획 하나가 머릿속에서 떠오르기 시작했다. 시간을 확인했다. 오후 8시 48분. 내일 아침에 해가 몇 시에 뜨는지 검색했다. 오전 6시 48분. 지금 잠자리에 들어서 5시 30분에 일어나 **참깨 세상**에 얼른 다녀와야겠다. 잠을 푹 자야 한다. 내일은 아주 바쁜 날이 될 테니까. 오브를 처음으로 **힘든 세상**에 데려오는 날. 그리고 최선을 다해서 루시를 찾아야 한다!

나는 태블릿에 알람을 맞추고 침대에 누워 눈을 감았다. **힘든 세상**은 사라졌다. 평소에 나는 꿈을 다 기억한다. 그런데 그날은 하나도 기억나지 않았다.

전에 아빠한테 들었는데, 잠을 깊이 못 자는 어른이 많다고 했다. 걱정거리가 많으면, 꿈을 절대로 기억하지 못한다고. 나는 언제라도 걱정거리가 없었다! 그런데 그날은 '루시를 구해야 해! 엄마를 구해야 해!' 하고 생각하며 잠자리에 들었다. 그래서 꿈을 기억할 수 없었나? 처음으로 걱정거리가 있었기 때문에? 나한테 아무리 신비한 능력이 있어도 **힘든 세상**은 점점 힘들어지고 있기 때문에?

달콤한 코코아.

5시 30분에 알람이 울렸다. 나는 옷을 입고 주방으로 가서 코코아를 만들었다. 엄마가 전날 사 놓은 바게트를 내가 방금 만든 달콤한 진갈색 코코아에 담가서 먹었다. 빵과 코코아는 하루를 시작하기에 제일 좋은 방법이다. 특히 오늘처럼 중요한 날에는! 방으로 돌아가서 태블릿을 켜고 큰 별을 화면에 띄웠다. 아름다운 별을 들여다보면서 마법의 주문을 외웠다.

'참깨!'

오브의 방에 와 있었다. 오브는 엄마와 아빠, 여덟 살짜리 남동생 그레구아와 함께 산다. 오브의 방 벽은 무지개 색으로 칠해져 있다. 침대 시트는 오브가 제일 좋아하는 색인 노란색이다. 오브는 페퍼라는 장난감 개를 꼭 끌어안고 깊은 잠에 빠져 있었다. 나는 **참깨 세상**에서 몇 번 오브랑 같이 잠들었다. 그렇지만 두 번은 중간에 **힘든 세상**으로 돌아가야 했다. 엄마가 들어와서 나한테 잘 자라고 인사했기 때문이다. **참깨 세상**에 있으면 그게 문제다. **힘든 세상**에서 누가 나한테 말을 걸면, 나는 **힘든 세상**으로 돌아가야 한다. 안 그러면 내가 살고 있는 이 아름다운 다른 세상을 들킬지도 모른다. 그러니 얼른 현실 세계로 돌아가야 했다. 나는 오브의 어깨를 살그머니 흔들며 속삭였다.

"일어나. 중요한 일이 있어!"

오브가 눈을 떴다. 오브는 나를 보자 미소를 짓고 두 팔로 껴안았다.

"아직 해도 안 떴는데 여기에 온 걸 보니, 아주 안 좋은 상황이구나."

나는 그동안 벌어진 일들을 다 설명했다. 루시 언니의 행방을 아직 알 수 없고, 엄마는 곤란한 상황에 처할 위기고, 그래도 나한테 계획이 있는데, 지금 빨리 **힘든 세상**으로 가야 한다고. 해

가 곧 떠오를 테니까.

오브가 말했다. "잠깐만 기다려. 파자마 차림으로 모험을 벌일 수는 없잖아."

오브는 벌떡 일어나서 옷을 들고 욕실로 갔다. 잠시 후, 오브는 옷을 챙겨 입고 옆구리에 바게트를 끼고 나타났다.

"모험을 하면 배가 고파져. 힘든 세상에서 펼치는 모험은 이번이 처음이니까 빵은 꼭 가져가야지!"

우리는 침대에 걸터앉았다. 나는 오브의 손을 잡고 말했다. "눈을 감고, 셋을 센 다음에 주문을 외우면 돼. 하나, 둘, 셋……."

하지만 오브는 이미 다 알고 있었다. 내가 주문을 외우는 걸 벌써 여러 번 봤으니까. 내가 시작한 문장을 오브가 완성했다.

"골칫거리 세상으로!"

우리는 순식간에 내 침실에 와 있었다. 오브는 내 방 벽에 있는 별과 성운 그림들에 큰 관심을 보였다. 내가 그린 엄마와 아빠 그림에도 관심을 보였다. 나는 오브한테 또 설명했다. 여기서는 내가 태블릿에 글을 써야 대화할 수 있고, 오브의 모습은 아무도 볼 수 없다고.

오브가 말했다. "나는 좋아. 나는 평소처럼 너한테 말하고, 너는 생각하는 걸 나한테 글로 전해. 누구한테 쓰느냐고 물어보는 사람이 있으면, 비밀 친구한테 쓴다고 대답하면 돼. 그러면 사람들이 너를 제정신이 아니라고 생각하겠지? 괜찮아. 재미있고 창

의적인 사람들은 누구나 약간 제정신이 아니니까!"

우리는 살금살금 주방으로 갔다. 주방에서 메모지에 짧게 편지를 썼다.

엄마, 나는 루시 언니를 찾으러 나가! 걱정하지 마. 태블릿은 항상 가지고 있을 테니까 엄마 메시지는 언제라도 받을 수 있어. 엄마 말대로 길을 건널 때에는 양쪽을 다 잘 살필게. 그리고 모르는 사람이랑 말하지 않을게! 어쨌든 루시 언니가 어디에 있는지 꼭 알아낼게!

엄마의 신비한 딸 오로르.

시간을 확인했다. 5시 58분. 해가 뜨기 전까지 남은 시간은 40분. 나는 오브한테 말했다. 자전거를 타고 가다가 그다음에는 기차를 타야 한다고. **괴물 나라**는 멀고, **힘든 세상**에서는 참깨 세상에서 하듯 순식간에 다른 곳으로 가는 일은 할 수 없다고.

"여기 있는 내 자전거는 2인용이 아니야."

오브가 말했다. "괜찮아. 나는 핸들에 앉아서 가면 돼."

우리는 아주 조용히 아파트를 나왔다. 나는 자전거에 채운 자물쇠를 풀 열쇠도 잊지 않고 챙겼다.

"힘든 세상에서는 자전거에 자물쇠를 채워야 해?"

여기에서의 삶은 엉망이고

우리가 자전거를 타고 거리로 나갈 때 오브가 물었다.

"맞아. 참깨 세상에서는 모든 게 완벽하지만 여기는 엉망이야."

오브가 하늘을 쳐다보며 말했다. "엉망이고, 잿빛이야."

퐁트네의 텅 빈 거리를 지나가며, 오브는 내게 왜 오래된 건물을 허물고 새 건물을 짓는지, **힘든 세상** 사람들은 왜 플라스틱 분위기가 가득한 식당에서 파는 햄버거와 감자튀김을 좋아하는지 물었다.

"여기도 괜찮은 음식은 있어. 그렇지만 돈이 많은 사람은 많지 않아. 사람들이 밖에서 큰돈을 들이지 않고 사서 먹을 수 있는 음식은 대개 패스트푸드야."

오브가 말했다. "돈이 많지 않은 사람도 사서 먹을 수 있는 값에, 몸에도 좋은 음식을 팔면 좋지 않아?"

나는 고개를 갸웃하며 이렇게 말할 수밖에 없었다.

"여기는 힘든 세상이야."

오브는 자전거 핸들 위에 잘 앉아 있었다. 거리는 텅 비어 있었다. 가로등 불빛이 기차역으로 가는 길을 밝혀 주었다. 나는 승차권 판매기에서 기차표를 샀다. 오브 것도 샀다.

오브가 말했다. "아무도 나를 못 보는데……."

"규칙은 항상 지켜야지. 기차를 타려면 표를 사야 해."

열차 객실에는 아주 일찍 일하러 가는 사람 몇 명뿐이었다. 오브는 모든 것에 호기심을 보였다. 왜 사람들 모두가 지친 모습인 사람들이 다 지쳐 보여! 다들 잠을 제대로 못 자는 거야?

지, **힘든 세상**에서는 잠을 제대로 못 자는 사람이 아주 많다는 게 사실인지 물었다. 내가 오브의 질문에 답하느라 태블릿에 계속 글을 써서 오브에게 보여주자, 맞은편에 앉은 여자 승객이 나를 이상하게 봤다. 나는 그 사람의 생각을 정확히 읽을 수 있었다. '쟤가 지금 뭘 하는 거지? 태블릿에 글을 써서, 허공에 있는 누군가에게 보여주는 것처럼 행동하네?'

나는 그 사람을 보며 미소를 지은 채 태블릿에 적었다.

"재미있는 사람에게는 비밀 친구가 꼭 있어요!"

괴물 나라 역에서 내릴 때, 몇 명이 우리와 함께 내렸다. 청바지와 티셔츠와 모자 달린 점퍼 차림에, 키가 2.5미터나 되는 남자도 함께 내렸다. 눈에 익은 모습이었다. 나는 태블릿에 빠르게 적었다.

"거인 왕자 팡타그뤼엘 아니신가요?"

팡타그뤼엘이 놀라서 물었다. "나를 기억하니?"

"왕자 옷은 왜 안 입으셨어요?"

"놀이동산에 가서 갈아입어."

"그럼, 진짜 왕자가 아니라는 뜻인가요?"

팡타그뤼엘은 빙긋 웃으며 말했다. "아, 현실에서도 나는 왕자야. 여기 아주 일찍 왔네, 부모님이랑 집에 있어야 하지 않니?"

"우리는 어제 사라진 루시 언니를 찾으러 왔어요."

"나도 그 얘기는 들었어. 가엾어라. 경찰이 사방을 다 찾아보

아주 똑똑한 왕자님이시다!

앗다지?"

"우리가 찾을 거예요."

"우리라니?"

"저랑 제 친구 오브요. 왕자님 눈에는 안 보이겠지만, 저는 볼 수 있어요!"

팡타그뤼엘은 나와 내 자전거를 찬찬히 살펴보았다.

팡타그뤼엘이 말했다. "오브가 핸들에 앉아 있니?"

오브가 내 귀에 속삭였다. "아주 똑똑한 왕자님이시다!"

나는 팡타그뤼엘에게 말했다.

"네, 핸들에 앉아 있어요. 오브가 그러는데, 왕자님의 관찰력에 감탄했대요!"

"놀이동산은 10시가 돼야 문을 열어. 내가 일찍 온 건, 여기서 한 가지 일을 더 맡고 있기 때문이야. 놀이동산을 청소하는 일을 해. 아침마다 세 시간씩 청소하지. 그다음에 왕자 의상으로 갈아입어. 두 가지 일을 하면 돈을 더 벌 수 있어. 지금 돈이 필요하거든. 나는 사랑하는 사람이랑 같이 살고 있는데, 그 사람이 아파."

"이런, 저도 슬프네요. 많이 편찮으세요?"

팡타그뤼엘은 고개를 끄덕였고, 나는 더 물어보면 예의에 어긋난다는 걸 깨달았다. 그래서 팡타그뤼엘과 눈을 마주친 뒤에 태블릿에 적었다.

"제가 처음으로 태블릿으로 말하는 법을 배울 때, 저는 절대로 해내

거인이랑 친해지다니, 정말 좋아!

지 못할 거라고 생각했어요. 조지안느 선생님이 저한테 딱 한 마디를 계속 들려줬어요. '용기'."

팡타그뤼엘은 내 어깨를 어루만지며 말했다. "고마워. 살아가려면 용기가 많이 필요해."

괴물 나라 정문에 다다랐다. 팡타그뤼엘은 수첩을 꺼내서 번호를 적고 그 장을 찢어서 나한테 줬다. 도움이 필요하면 연락하라고.

오브와 내가 팡타그뤼엘에게 손을 흔들며 작별 인사를 할 때 오브가 말했다. "거인이랑 친해지다니, 정말 좋아! 괴물 나라에도 정말 가 보고 싶어. 재밌을 거 같아!"

그렇지만 우선, 루시 언니가 사라진 공원으로 가야 했다. 해가 곧 떠오를 것 같았다. 저 앞에 남자가 보였다. 잔혹이들 때문에 누명을 썼던 마무드 할아버지였다. 커다란 갈퀴를 들고 아주 예쁜 꽃밭 근처에서 낙엽을 모으고 있었다. 내 자전거가 다가가자, 할아버지는 겁먹은 표정으로 변했다. 나는 글을 적은 태블릿을 들어 보였다.

"안녕하세요, 마무드 할아버지!"

"내 이름을 어떻게 알고 있니?"

나는 재빨리 설명했다. 내가 어제 여기 있었고, 내 언니가 루시 언니의 제일 친한 친구이며, 그 못된 애들과 경비원이 마무드 할아버지를 심하게 대하는 것도 보았고, 오늘은 루시 언니를 찾으려고 친구 오브와 함께 왔다고 전부 설명했다.

"친구 오브? 무슨 얘기냐?"

"제 친구는 **참깨 세상**이라는 곳에 살아요. 여기 **힘든 세상**에 저를 만나러 왔는데, 저 말고 다른 사람 눈에는 안 보여요."

"말도 안 돼. 당장 집으로 가거라! 너랑 얘기하는 걸 누가 보기라도 하면 나만 곤란해져."

오브가 내 귀에 속삭였다. "마무드 할아버지한테 꽃밭이 참 예쁘다고 전해 줘." 나는 오브의 말을 적어서 할아버지에게 보였다. 할아버지는 고개를 절레절레 흔들며 말했다.

"더 말하지 않을 거다! 내가 못 견뎌!"

내가 물었다. "할아버지도 딸을 잃어버린 적이 있죠?"

할아버지는 속마음을 들키기라도 한 듯이 나를 뚫어져라 봤다. 물론 나는 할아버지의 생각을 읽었다.

'안젤리크가 없어졌을 때, 다시는 못 볼지도 모른다는 생각에 정말 힘들었어.'

할아버지가 당황하며 물었다. "어떻게 알았니?"

나는 내가 가진 신비한 능력을 설명했다. 그리고 할아버지의 딸 이름이 안젤리크인 걸 안다고도 말했다.

할아버지가 말했다. "점점 더 겁나는구나."

"누구를 겁주려는 게 아니에요. 제 이름은 오로르고, 사람들을 돕는 게 저의 일이에요! 이렇게 이른 아침에 제 친구 오브랑 여기 온 것도 사람들을 도우려는 목적 때문이에요. 엄마가 큰 곤경에 처하게 됐거든요. 루시 언니의 엄마가 우리 엄마를 비난하고 있어서……."

마무드가 내 말을 가로채며 말했다. "그래, 나도 어제 다 들었다. 경찰이 그 아이를 찾느라 사방을 다 뒤지고 있을 때, 걔 엄마가 친구랑 같이 오토바이를 타고 왔더구나. 나를 마구 비난했어. 나한테 손가락질하면서, 얼굴이 이런 사람은 아이들이 노는 곳에 있으면 안 된다고 했지. 친구라는 사람이 옆에서 말렸단다. 그래도 그 여자는 계속 떠들더라. 자기 딸을 잃어버린 여자를 체포해야 한다고. 자기 딸을 데려와서 사라지게 만든 죄가 있다고. 그렇지만 나는 사라진 아이가 못된 애들한테 얼마나 괴롭힘을 당했을지 알 수 있어. 그 못된 애들이 나한테도 누명을 씌웠으니까."

"그래도 경찰은 결국 할아버지의 말을 믿었죠. 저도 할아버지의 도움이 필요해요. 엄마를 곤경에서 구해야 해요."

"너는 왜 보통 사람들처럼 말하지 않니?"

"저 같은 사람을 장애인이라고 한대요."

"나랑 같은 처지구나."

오브가 나한테 물었다. "여기 힘든 세상에서는 누구나 문제가 있지 않아?"

"여기 사람들은 장애인을 '보통' 사람과 너무 거리가 먼 사람으로 생각해."

할아버지가 말했다. "내가 누구보다 잘 알지. 나는 열 살 때, 우리 아버지가 교통사고를 냈을 때부터 이 얼굴로 살았어."

"자동차에 불이 났죠?"

할아버지는 고개를 끄덕였다. 그렇지만 나는 할아버지의 생각을 읽을 수 있었다. '이 이상한 아이가 사고 얘기는 더 이상 물어보지 않으면 좋겠어.' 조지안느 선생님은 내가 생각을 읽는 것 때문에 불편하다고 느끼는 사람이 있으면, 얼른 다른 얘기를 꺼내야 한다고 말했다. 그래서 나는 선생님한테서 배운 대로 이야기를 바꿨다.

"해가 떴어요. 이제 조금 있으면 엄마가 일어나서 저한테 문자 메시지를 보낼 거예요. 얼른 집으로 돌아오라고요. 루시 언니네 엄마는 오늘 아침에 우리 엄마가 일하는 은행에 가서 엄마를 나쁘게 말할 거예요. 엄마가 직장을 잃을지도 몰라요! 서둘러야 해요. 경찰이 어디 어디를 수색했는지 알려 주시겠어요?"

할아버지는 잠시 망설였다. 정말 내키지 않는다는 표정이었다.

"경찰이 개까지 동원해서 찾았지만 못 찾았어. 우리가 어떻게 찾겠니?"

오브가 내 귀에 속삭였다. "우리는 경찰과 다르게 생각할 거라고 말해."

나는 태블릿에 오브의 말을 적고 내 생각을 덧붙였다.

"루시 언니가 완전히 길을 잃었을 수도 있어요. 우리도 찾아봐야죠!"

저랑 제일 친한 친구니까,
저한테는 진짜로 진짜죠.

할아버지는 주위를 힐끔 둘러보고, 손목시계를 힐끔 봤다. 그리고 눈을 감았다. (중대한 결정을 내리려는 게 틀림없었다!) 할아버지가 다시 눈을 떴다. 나는 할아버지의 눈을 보며, 얼마나 겁먹었는지 알 수 있었다.

'이 아이랑 같이 있는 걸 누가 보기라도 하면, 나는 또 곤경에 빠질 거야.'

"곤경에 빠질 일은 절대 없어요! 제가 어디서든 말할 거예요. '마무드 할아버지는 좋은 분이에요! 오브도 그렇게 생각해요!'"

할아버지가 물었다. "보이지 않는 네 친구가 있다는 게 진짜로 진짜니?"

"저랑 제일 친한 친구니까, 저한테는 진짜로 진짜죠."

"반박할 말이 없네." 할아버지는 갈퀴를 꼭 쥐며 말했다. "따라오너라!"

루시 언니의 흔적은 없었다.

★

30분 동안 오브와 나는 마무드 할아버지를 따라 공원 구석구석
을 살펴보았다. 속이 비어 있는 커다란 나무들이 있는 숲도 있었
다. 숨기에 딱 좋은 곳이었다. 루시 언니의 흔적은 없었다. 백조와
오리가 노니는 아름다운 연못도 있었다. 루시 언니의 흔적은 없었
다. 풀들이 웃자란 풀숲도 있었다. 사람들의 눈에 띄지 않게 숨기
좋은 곳 같았다. 오브와 나는 그 풀숲을 기어다니며 찾아다녔다.

호숫가에 잡초들이 무성했다. 우리는 그곳을 뒤져야 한다고
말했지만, 할아버지는 우리를 말렸다. "거기는 어제 경찰견들이
다 훑었어."

오브가 말했다. "그래도 우리는 숨는 장소를 잘 찾는다고 말
씀드려." 나는 땅굴 두 개를 할아버지에게 보여 줬다. 사람이 숨
을 만큼 큰 땅굴이었다. 루시 언니의 흔적은 없었다. 공원 끄트
머리에 있는 바위산 근처에 동굴이 있는데, 거기에도 루시 언니
의 자취는 없었다고 했다.

할아버지가 말했다. "경찰견들이 어제 거기도 갔어."

그래도 우리는 할아버지에게 라이터를 빌려서 동굴 안으로 들어갔다.

내가 오브한테 물었다. "어두운 거 무서워?"

오브가 말했다. "너도 알겠지만 참깨 세상은 진짜로 어두운 때가 없으니까. 어쨌든 너는 힘든 세상에서도 어두운 걸 무서워하지 않지? 아무리 많이 어두워도."

"응. 그런데 여기는 정말 어둡네!" 나는 라이터 불빛으로 앞을 비추며 말했다. "루시 언니는 틀림없이 어두운 걸 무서워하지 않아. 루시 언니가 우리 언니랑 나한테 말한 적 있거든. 루시 언니는 자기 엄마나 못된 애들 때문에 화가 나면 집에 있는 벽장 안에 숨는대. 학교에서는 빗자루와 걸레들을 두는 어두운 청소 도구실에 숨는댔어. 루시 언니 열쇠고리에는 조그마한 손전등이 달려 있어. 주머니에는 항상 수첩이랑 연필을 가지고 다녀."

오브가 말했다. "저기 봐!"

동굴 구석에 루시 언니가 있나? 그럼 얼마나 좋을까! 그렇지만 오브가 가리킨 것은 작은 종이쪽이었다. 누가 거기 흘렸을지 알 게 뭐람. 그래도 나는 쪽지를 집어서 불빛에 비춰 봤다. 그랬더니 그림이 보였다!

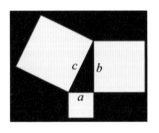

그 아래에는 이런 글자도 있었다!

$$a^2 + b^2 = c^2$$

오브가 말했다. "암호야!"

내가 말했다. "수학 공식이야! 루시 언니는 여기 있었어!"

우리는 얼른 밖으로 나갔다. 동굴 입구에서 기다리고 있던 마무드 할아버지에게 쪽지를 보여 줬다.

할아버지가 물었다. "걔가 쓴 것 같니?"

나는 고개를 끄덕였다.

"이해가 안 되네. 경찰관들, 경찰견들을 모두 어떻게 따돌렸지? 어제 내가 경찰을 여기로 안내했어. 분명히 경찰이 동굴 안도 수색했어."

"어쨌든 경찰은 이 쪽지를 못 찾았어요."

오브가 나한테 속삭였다. "마무드 할아버지께 여쭤 봐. 루시 언니네 엄마가 경찰관들이랑 같이 있었는지."

오브의 질문을 본 할아버지가 말했다.

"그래, 걔 엄마도 해가 질 때 여기 와서 경찰관들이랑 경찰견들이랑 같이 다녔어. 엄청나게 많이 소리치면서 화냈어. 자기 딸을 미쳤다고 욕하고, 이런 일을 만든 딸 친구도 멍청하다고 욕했어."

내가 적었다. "그 친구가 우리 언니예요."

저기 봐! 암호야!

이건 수학 공식이야!

오브가 속삭였다. "루시 언니는 틀림없이 자기 엄마가 소리치는 걸 들었을 거야. 그래서 겁먹고 동굴에서 도망친 게 분명해."

"바로 그거야! 그렇게 된 게 틀림없어! 그런데 어떻게 경찰한테 안 들키고 동굴에서 나갔지?"

할아버지가 말했다. "동굴 반대쪽에 비상구가 있단다."

"그리로 안내해주세요!"

우리는 모두 동굴 안으로 들어갔다. 이제 해가 완전히 떠서 동굴 입구로 햇빛이 들어왔다. 할아버지는 루시 언니가 쪽지를 떨어뜨린 자리로 갔다. 그 뒤는 바위가 벽을 이루고 있었다. 그런데 잘 보니, 벽 뒤로 공간이 있었다. 그리고 정말 문이 있었다. 문에는 '비상구'라는 글자까지 적혀 있었다.

"공원을 만들 때에는 동굴에 비상구를 설치하도록 정해져 있어. 아이들이 동굴 안에서 놀다가 입구가 막히는 상황이 생길지도 모르니까."

"어제 경찰이 여기도 봤나요?"

"비상구를 보여 주기는 했지. 괴물 나라 후문으로 이어진다는 말도 했어. 그 후문은 여기 직원들만 아는 곳이야."

"동굴 비상구로 나가면, 괴물 나라 후문이 보이는 거죠?"

"그렇지. 운이 좋으면 후문이 열려 있을 수도 있어. 눈에 잘 띄지 않고 직원들만 알고 있는 문이라서 종종 잠그지 않고 그냥 두기도 해. 후문으로 종일 배달되는 물건이 들어오기도 하거든. 그렇지만 배달은 오후 6시면 끝나. 경찰과 그 무서운 엄마는 여기에 6시 반쯤 왔어."

"그럼, 루시 언니가 자기 엄마 고함 소리를 듣고 겁먹어서 비상구를 찾아낸 뒤에 괴물 나라 안으로 몰래 도망쳤을 수도 있겠네요?"

오브가 물었다. "그렇지만 경찰과 경찰견들이 괴물 나라 안쪽도 샅샅이 뒤지지 않았어?" 나는 그 질문을 그대로 태블릿으로 옮겨 할아버지에게 내보였다.

할아버지가 대답했다. "분명히 그랬지."

"그렇지만 루시 언니가 숨어 있을 만한 어두운 곳은 생각하지도 못했겠죠." 그렇게 쓴 뒤에 아주 기발한 생각이 떠올랐다. 나는 그 생각을 오브에게 보여줬고, 오브는 다시 나한테 속삭였다. "거인 왕자님을 다시 만나야 해!"

팡타그뤼엘이 나한테 준 쪽지를 꺼내서 그 전화번호로 메시지를 보냈다.

거인 왕자님, 지금 도움이 필요해요! 후문에서 만날 수 있을까요?

곧장 메시지가 왔다.

5분 뒤에 후문에서 만나.

팡타그뤼엘은 시간에 딱 맞춰서 나타났다. 후문에는 경비원이 있었다. 팡타그뤼엘은 괴물나라 안쪽에 서서 경비원을 사이에 두고 밖에 있는 우리와 대화해야 했다. 경비원은 나를 수상쩍게 봤다.

경비원이 팡타그뤼엘에게 말했다. "공짜로 넣어 주라니, 동생이나 조카라도 돼?"

내가 적었다. "경찰 업무로 왔어요!"

경비원이 웃었다.

"그렇겠지. 나는 우주비행사야. 화성에서 방금 도착했어."

"주베 형사님이 나를 부관으로 임명했어요. 우리는 사라진 루시 언니를 찾고 있어요. 서둘러야 해요. 사라진 지 거의 하루가 다 되어 가요! 제발 우리를 들여보내 주세요."

경비원이 눈을 굴리더니, 마무드 할아버지와 팡타그뤼엘에게 말했다.

"얘 좀 이상하네요. 그리고 왜 말은 안 하고 태블릿으로 이러는 거예요?"

마무드 할아버지는 경비원에게 화를 내며 소리치고 싶은 표정이었다. 그렇지만 마음을 가라앉히고 한참 경비원을 쏘아본 뒤에 말했다.

"나도 얘랑 똑같아. 우리는 조금 다를 뿐이야. 문제 있어?"

경비원은 자기가 올바르지 않은 말을 했다는 걸 깨닫고 움찔했다.

경비원이 우리에게 문을 열어주며 말했다. "들어가세요. 그 아이를 꼭 찾길 바랍니다."

괴물 나라 한가운데로 가는 동안 나는 팡타그뤼엘에게 동굴에서 발견한 쪽지를 보여 줬다. 삼각형이랑 암호를 남긴 사람이 루시 언니가 틀림없다고, 루시 언니는 수학을 아주 잘한다고 설명했다. 팡타그뤼엘은 쪽지를 살펴보다가 점점 눈이 휘둥그레졌다.

"사라진 애가 수학을 정말 잘하는구나! 여기 쓴 건 기하학에서 가장 유명한 공식이야. 고대 그리스의 피타고라스라는 학자가 정의한 거야. 이 그림이 뭔지 아니?"

나는 고개를 저으며 적었다. "저는 수학을 몰라요."

"피타고라스가 발견했는데, 삼각형의 세 변에 맞춰서 정사각형을 그리면, 제일 큰 사각형의 면적은 나머지 두 사각형의 면적을 합한 것과 같아. 거기 적힌 공식 있지? $a^2 + b^2 = c^2$. 그게 수천 년 전에 피타고라스가 만든 바로 그 공식이야."

"이런 걸 어떻게 다 아세요?"

팡타그뤼엘은 고개를 숙인 채 말했다.

"나도 예전에는 그랬어. 수학을 정말 잘했어. 그렇지만 공부에는 소질이 없었지. 지금은 이렇게 놀이공원에서 거인이 됐고."

"멋진 거인이에요!"

"멋진 수학자가 됐어야 했어."

"지금도 될 수 있어요!"

"그래, 누가 알겠니. 어쨌든 이 공식이 왜 중요한지 아니? 나는 그때 선생님이 했던 말을 아직도 정확히 기억해. '평면 세상에서 거리를 잴 수 있고, 우주의 기하학을 이해할 수 있다.'"

오브가 나에게 말했다. "루시 언니는 숨어 있을 때 마음을 가라앉히려고 이 공식을 적은 거야. 마무드 할아버지한테 물어봐. 할아버지의 딸은 사라졌을 때 어디에 있었는지."

나는 할아버지에게 오브의 질문을 이야기했다. 할아버지가 말했다. 10년 전, 딸 안젤리크가 열일곱 살이었을 때, 당시 사귀던 남자한테서 이제 다른 여자를 사랑하게 됐으니 헤어지자는 말을 들었다. 안젤리크는 너무 괴로워서 계속 울고 잠도 자지 않았다. 자기는 못생겼고, 다시는 자신을 사랑해줄 사람을 만나지 못할 거라고 생각했다. 그러다가 어느 날 사라졌다. 이틀 동안 찾아다녔지만 나타나지 않았다. 그러다가 형사가 물었다. '따님이 세상에서 제일 좋아하는 게 뭔가요?' 마무드 할아버지는 축구라고 말했다. 안젤리크가 파리 생제르망 팀의 열성적인 팬이라고.

"내가 작지만 중요한 이 얘기를 경찰관한테 한 건 이른 아침이었어. 형사가 서둘러 연락을 취했어. 10분 뒤에 경찰차 세 대가 파리 생제르망 팀의 홈구장으로 달려갔지. 그리고 체육관 입구에서 잠들어 있는 내 딸을 발견했어."

"그거예요! 루시 언니도 똑같이 했을 거예요! 루시 언니도 자기한테 편안한 곳으로 갔을 거예요. 루시 언니가 제일 좋아하는 수학이랑 연관된 곳이요!"

나는 팡타그뤼엘을 보며 물었다.

"괴물 나라에 수학이랑 관련 있는 장소가 있나요?"

"이집트 미라 놀이기구를 타면, 숫자가 가득한 방을 지나가."

"얼른 거기로 가요!" 그때 생각났는데, 어제 루시 언니가 거기에 가고 싶다고 했다. 인터넷으로 무슨 방 얘기를 읽었다고 했다. 거기가 틀림없었다. 숫자가 가득한 방!

팡타그뤼엘이 말했다. "저쪽 끄트머리에 있어."

내 태블릿에 불쑥 메시지가 떴다. 엄마다! 몹시 슬퍼하고 있는 엄마!

오로르, 어쩌려고 한밤중에 자전거를 타고 나간 거야! 엄마는 너무 걱정되고, 화도 조금 났어. 이 메시지 보자마자 답장해. 그리고 곧장 집으로 와! 사랑하는 엄마가.

내가 물었다. "이집트 미라는 여기서 얼마나 가야 해요?"

팡타그뤼엘이 말했다. "걸어서 10분."

"제 자전거를 같이 타고 가실래요?"

"그 자전거를 타기에는 내가 좀 크네. 그 자전거는 너랑 오브가 타면 되겠다. 나는 빨리 걸어갈게."

나는 마무드 할아버지에게 어제 주베 형사에게 받은 명함을

괴물 나라에
수학이랑 관련 있는
장소가 있나요?

건넸다.

"주베 형사한테 전화해서 지금 바로 괴물 나라로 오라고 해 주세요."

"나 같은 사람이 하는 전화를 받을까?"

"오로르가 부탁했다고 하면 받을 거예요. 저는 주베 형사의 부관이니까요!"

오브가 말했다. "오로르, 시간이 없어. 빨리 가자!"

나는 팡타그뤼엘에게 물었다. "이집트 미라 놀이기구는 어떻게 생겼어요?"

"앞에 미라가 있는 거대한 피라미드야."

"찾기 쉽겠네요!" 오브와 나는 자전거에 올라탔다. 오브가 핸들 위에 앉았고, 나는 최대한 빨리 페달을 밟았다.

거대한 피라미드로 달려가는 도중에 오브가 물었다. "놀이기구가 닫혀 있으면 어쩌지?"

나는 대답할 수 없었다. 겨드랑이에 태블릿을 끼고, 양손으로 자전거 핸들을 잡고 있었으니까. 그렇지만 '미라의 무덤'에 도착하자, 입구에 유니폼을 입은 남자가 서 있었다. 그가 쓴 모자에는 '경비'라는 글자가 적혀 있었다.

남자가 나를 노려보며 소리쳤다.

"이렇게 이른 시간에 여기서 뭐 해? 부모님은 어디 계시니?"

나는 태블릿을 들어 올렸다. "저 안에 들어가야 해요! 경찰 업무예요!"

"경찰 업무? 지금 경찰이 해야 할 업무가 있다면, 너를 붙잡는

나는 빨리 걸어갈게.

것뿐이야. 놀이공원에 입장료도 안 내고 몰래 들어왔으니까."

"법을 어긴 게 아니에요! 저는 주베 형사 부관이에요! 팡타그뤼엘 왕자님이 저를 들여보내 줬어요. 왕자님도 곧 도착할 거예요!"

"팡타그뤼엘? 그런 이름은 처음 듣는다. 경비 사무소로 따라와. 경찰에 연락해서 너를 집으로 돌려보내야겠다."

"경찰이 찾고 있는 사람이 '미라의 무덤' 안에 있어요! 빨리 찾아야 해요! 협조하세요!"

경비원이 몹시 화를 내며 말했다. "감히 나한테 명령을 해?"

오브가 나한테 속삭였다. "좋은 생각이 났어. 저기, 관 모양의 탈것이 보이지? 그 옆에 커다란 조종판이랑 커다란 빨간 버튼도 보이지? 내가 셋을 세면, 자전거에서 뛰어나가자. 저 관을 타고 빨간 버튼을 누르면, 피라미드 안으로 들어갈 수 있어. 알았지?"

경비원이 나를 노려보고 있어서 나는 태블릿에 뭘 쓸 수도 없었다. 그래서 나는 오브한테 알았다고 고개를 끄덕였다. 내 고갯짓을 본 남자는 더 화를 냈다.

"지금 나한테 고개를 끄덕인 거야? 똑바로 대답 안 해?"

좋은 아이디어가 떠올랐다. 나는 태블릿에 적었다.

"아저씨 뒤에 미라가 걸어가요!"

"뭐?" 그가 고개를 돌렸다. 바로 그때 오브가 소리쳤다. "하나, 둘, 셋!" 나는 자전거에서 뛰쳐나갔다.

우리는 모래색 관에 올라탔다. 내가 손을 뻗어서 출발 버튼을

눌렀다. 킥킥대는 소리와 비명이 크게 울려 퍼졌다. 거대한 문이 열리고, 우리가 탄 관이 앞으로 휙 출발했다! 경비원은 어리둥절 보다가 우리에게 소리를 질렀다.

순식간에 우리는 안개가 자욱한 곳에 와 있었다. 관은 흔들대면서 앞으로 가다가, 어둠 속으로 쑥 내려갔다. 사방에 미라와 해골들이 있었다. 나는 오브가 비명을 지를 줄 알았다. **참깨 세상**에는 무서운 게 전혀 없으니까. 그렇지만 오브는 눈을 동그랗게 뜨고 앞을 바라보고 있었다. 아주 어두운 터널을 쏜살같이 내려가는 사이에, 파라오와 박쥐와 유령 들이 우리에게 달려들었다. 그러다가 아래로 푹 떨어졌는데, 그 방은 벽 사방에 온통 숫자들이 있었다!

"봐!" 정신없이 시끄러운 소리가 가득했지만 그걸 뚫고 들릴 만큼 큰 목소리로 오브가 외쳤다. 그렇다, 나도 봤다. 숫자가 가득한 방 한구석에서 손전등 불빛이 보였다. 아주 작은 불빛은 아래를 향하고 있었다.

나는 소리치고 싶었다. '루시 언니!'

우리가 탄 관은 앞으로 휙 나아갔다. 루시 언니를 놓쳤다. 갑자기 끽― 소리가 나면서 관이 탁 멈췄다. 누가 전기를 끊은 것이다! 당장 나오라고 소리치는 목소리가 멀리서 아득하게 들렸다. 이제 혼쭐날 줄 알라고, 경찰이 오고 있다고, 감옥에 가게 될 거라고!

오브가 말했다. "내려서 걸어가자."

나는 태블릿에 글을 써서 오브한테 보였다.

"선로를 따라 되돌아가면 숫자 방이 나올 거야!"

경비원들이 우리를 찾고 있었다. 놀이기구 입구의 큰 문을 활짝 열고, 길고 어두운 터널을 따라 손전등 불빛을 비추며 들어왔다. 목소리와 불빛들이 점점 우리 쪽으로 다가왔다. 오브와 나는 달리기 시작했다. 숫자 방에 가까워지면서, 중얼거리는 작은 목소리가 들렸다. 그 방에 다다르자, 목소리가 점점 확실하게 들렸다. 지치고 겁먹은, 조용한 목소리였다. 그래도 분명히 들을 수 있었다.

"삼각형의 면적은 $\frac{1}{2}bh$…… 부등변 사각형의 면적은 $\frac{1}{2}(b_1 + b_2)h$ …… 정육면체의 부피는 $s \times s \times s$…… s는 한 면의 길이이고……."

루시 언니!

오브와 나는 루시 언니에게 달려갔다. 루시 언니는 구석에 웅크려 앉아 있었다. 아주 지치고 겁먹은 모습이었다. 숫자가 가득 적힌 작은 수첩을 손전등 불빛으로 비추고 있었다. 루시 언니가 우리 발소리를 듣고는 벌떡 일어났다.

루시 언니는 두려움에 울면서 말했다. "엄마! 엄마! 때리지 마세요. 멍청이라고 하지 마세요……."

그러다가 앞에 있는 사람이 나인 걸 알았다.

루시 언니가 자그맣게 말했다. "오로르!"

내가 적었다. "나야!"

"나를 찾아냈구나!"

"내가 찾아냈어!"

루시 언니는 내 어깨에 얼굴을 묻고 울기 시작했다. 내가 언니를 다독일 때, 사람들 목소리가 바로 옆까지 다가왔다. 갑자기 우리는 수많은 손전등 불빛 세례를 받게 됐다. 그리고 경비원이 성난 목소리로 나한테 소리쳤다.

"이제 혼쭐날 줄 알아!"

루시 언니가 나한테 안긴 채 바들바들 떨었다. 나는 언니를 꽉 안았다.

또 다른 목소리가 들렸다. "혼쭐날 일은 전혀 없습니다."

주베 형사!

주베 형사가 다가와서, 루시 언니의 어깨에 다정하게 손을 얹었다.

주베 형사가 말했다. "네가 루시겠구나."

루시 언니는 고개를 계속 끄덕였다. 주베 형사가 나를 보며 미소를 지었다.

"오로르, 첫 사건을 해결했구나!"

나는 '이제 시작일 뿐이죠!'라는 말을 적고 싶었지만 루시 언니가 계속 울고 있었다. 친구가 울 때에는 계속 친구를 안아 줘야 한다.

★

　루시 언니를 찾고 보름이 지났다. 조지안느 선생님은 우리 집에서, 우리 엄마 앞에서 최고로 멋진 소식을 전했다.

　"오로르, 다음 학기부터 일반 학교에 가게 됐어!"

　나는 신났을 때 깡충깡충 뛰는 사람이 아니다. 그렇지만 나는 정말로 깡충깡충 뛰었다! 진짜 학교! 내 또래 아이들이랑 어울려 지낼 수 있어! 친구를 사귈 수 있어! 더 좋은 건, 지금 언니가 다니는 바로 그 학교에 간다는 거다. 처음 1년은 조지안느 선생님이 항상 나랑 같이 다니기로 했다. 그 새로운 세상에서 내가 제대로 생활할 수 있게 '그림자'가 되어서 도와준다고.

　엄마랑 아빠도 무척 기뻐했다. 나를 아주 자랑스러워했다. 언니도 기뻐하면서 말했다. "항상 너를 도와주겠지만, 그렇다고 작은 문제가 생길 때마다 매번 나한테 달려와서 도와달라고 하면 안 돼."

내가 적었다. "나는 문제 생길 일이 없어."

언니가 말했다. "진짜 학교에 다니면, 너한테도 문제가 생길 거야."

조지안느 선생님이 말했다. '일반 교육 환경'에 '적응'하는 게 나한테는 정말 힘들 거라고. 그래도 자기가 항상 옆에 있을 테고, 내가 잘 해낼 거라고 믿는다고. '적응'이라는 말은 처음 듣는 단어였다!

"친구가 생기면 정말 좋겠어요." 나는 '이곳 **힘든 세상**에서도'라는 말은 적지 않았다. 그런 말을 적으면, **참깨 세상**에 대해 설명해야 할 테니까. **참깨 세상**은 아무도 모르게 나 혼자 간직할 비밀이다.

선생님이 말했다. "당연히 친구들도 생기지. 나도 학교에서 너무 딱 달라붙어 있지 않을게. 그래야 오로르가 친구들을 사귈 수 있겠지."

학교에서 견학하러 오라고 했다. 내가 엄마와 아빠, 조지안느 선생님과 같이 가도 되냐고 묻자 네 사람이 다 같이 와도 좋다고 했다. 그리고 또 말했다. "특별히 준비한 날이 있으니 그날 오렴. 너도 보면 좋아할 거야. 그리고 우리 학교 학생을 찾아낸 공을 세웠으니, 교장으로서 오로르를 특별히 맞이하고 싶단다."

내가 엄마, 아빠, 조지안느 선생님과 함께 나타나자 교장 선생님은 학교 곳곳을 보여 주었다. 그러고 나서 내가 다닐 교실이

어디인지 손가락으로 가리켰다. 그리고 카마일라르 선생님을 소개해줬다. 내 담임 선생님이 될 거라고 했다. 아주 좋은 사람 같았다. 카마일라르 선생님은 내가 루시를 찾아낸 이야기를 다 들었다며, 학교 친구들이 나를 질투할지도 모른다고 덧붙였다.

내가 적었다. "걱정하지 마세요. 저는 그런 일로 자랑하지 않아요."

"나도 그렇게 믿는단다. 그렇지만 네 대화 방식 때문에 처음에는 남다르게 보일 수도 있어. 미리 마음의 준비를 하는 게⋯⋯."

"괴롭힘을 당하지는 않을 거예요! 잘 어울려 지내기 위해 최선을 다할 거예요. 다른 애들과 말하는 방법은 다르지만."

조지안느 선생님이 말했다. "아직은 남들과 다르게 말하고 있지만, 같은 방식으로 말하게 될 수도 있어요."

나는 그냥 고개를 갸웃했다. 조지안느 선생님은 내가 남들처럼 말할 수 있기를 바라지만, 아무리 말하려 애써도 내 입에서는 아무 소리도 나오지 않았다. 그런 신비한 능력은 아직 내 것이 아니다. 아빠는 팔로 나를 감싸면서 두 선생님에게 말했다.

"오로르는 놀라운 아이죠. 말을 하게 되는 시기도 오로르 스스로가 잘 알 겁니다."

엄마가 말했다. "맞아요. 오로르는 이미 아주 많은 걸 해냈어요. 아이 아빠도 저도 오로르가 말 때문에 너무 부담을 갖는 건 바라지 않아요. 대화는 태블릿으로도 아주 잘 나누고 있어요."

엄마와 아빠가 의견을 같이했다. 그것도 나를 두고!

엄마와 아빠가 외견을 같이했다. 그것도 나를 두고!

교장 선생님이 말했다.

"오로르는 틀림없이 학교생활도 잘할 거야. 조지안느 선생님이 옆에서 도울 테고. 자, 이제 5분 뒤면 전교생이 다 모인단다. 곧 아주 재미있는 일이 벌어질 테니까 기대해도 좋아."

강당에 학생들이 가득했다. 전교생이 다 모였다. 교장 선생님이 연단으로 올라갔다. 옆에 루시 언니도 있었다! 학생들이 박수를 치기 시작했다. 루시 언니가 처음에는 몹시 수줍어하다가 박수 소리에 미소를 지었다. 교장 선생님이 박수를 멈추게 하는 사이에 에밀리 언니가 강당을 훑어보다가 우리를 발견하고 손을 흔들었다. 에밀리 언니는 담임 선생님에게 허락을 구하고는 우리 쪽으로 달려와서 엄마랑 아빠랑 조지안느 선생님이랑 나를 얼싸안았다. 우리는 예전처럼 모두 하나가 되어 뒤쪽에 앉았다. (언니는 조지안느 선생님까지 팔로 감쌌다. 이제 우리 모두가 선생님을 가족으로 여기고 있다는 걸 선생님도 알았을 것이다.) 교장 선생님은 지금부터 학생 몇 명이 나와서 전교생 앞에서 발표할 거라고 말했다. 도로테와 잔혹이들이 연단으로 올라갔다.

나는 눈이 휘둥그레졌다. 반기는 박수 소리는 전혀 없었다. 대신 여기저기 웅성거리는 소리만 들렸다. 그 아이들을 좋아하는 사람은 전혀 없고, 많은 아이들이 아주 오랫동안 두려워했단 게 드러났다. 강당은 조용해졌다.

겁먹은 듯한 도로테는 쪽지를 꺼내서 읽기 시작했다. 다른 사람을 괴롭히는 게 왜 나쁜지, 남한테 해를 끼치는 게 왜 아주 못된 일인지 말하고, 다른 사람을 괴롭히는 사람은 자신도 그만큼 겁먹고 있으며 자신의 두려움을 숨기려고 다른 사람을 괴롭힐 때가 많다고 말했다. 도로테 자신은 이제 루시를 비롯한 여러 학생들한테 저지른 잘못을 깨닫고 모두에게 사과하고 싶다고 말했다. 특히 루시에게 사과하고 싶다고.

잔혹이들 하나하나가 차례로 전교생 앞에서 사과했다. 마지막에는 박수가 터졌다. 루시 언니가 아주 오랫동안 자신을 괴롭힌 도로테와 아이들을 포옹하자, 박수갈채가 쏟아졌다.

그런 뒤에 루시 언니는 자기를 함부로 대한 사람들 앞에서 할 수 있는 최고의 일을 했다. 자기가 얼마나 똑똑한지 보여 준 것이다! 루시 언니는 칠판 앞으로 갔다. 그리고 세상을 바꾼 공식 이야기를 들려주었다.

$$F = G \frac{m_1 \times m_2}{r_2}$$

루시 언니가 말했다. "이 공식으로 유명한 수학자 뉴턴은 중력의 법칙을 설명했어요. 우리가 사는 지구는 우주의 중심이 아니라는 걸요. 갈릴레오라는 유명한 천문학자가 주장한 '지구는 태양 주위를 도는 여러 행성 중 하나'라는 말이 옳다는 걸 설명했죠. 우리 대부분은 우리가 모든 것의 중심이라고 생각하지만, 아주 거대한 우주에서 우리는 아주아주 작은 입자에 불과하다는 것도요."

전교생 모임이 끝난 뒤 언니는 교실로 돌아가고, 조지안느 선생님은 치과 예약이 있어서 치과로 가야 했다. 선생님은 치과에 가기 싫어했지만(선생님이 그랬다. "치과를 좋아하는 사람이 어디 있어?") 가지 않을 수 없었다. 그래서 엄마와 아빠가 나를 데리고 점심을 먹으러 갔다! 우리는 내가 좋아하는 카페에 갔다. 나는 크로크무슈와 감자튀김을 주문했다. 감자튀김은 내가 좋아하는 음식이지만, 몸에 아주 좋은 음식이라고 할 수는 없어서 자주 먹지는 않는다. 그래도 오늘은 축하할 게 아주 많은 날이니까!

아빠가 말했다. "오로르가 루시를 찾아냈고, 오로르가 새 학교를 다니게 됐고, 루시가 못된 애들을 용서했고……."

엄마가 끼어들었다.

"그리고 루시 엄마는 분노 조절 장애 치료를 받고 있고, 루시한테 앞으로 정말 다정한 엄마가 되겠다고 말했대."

아빠가 말했다. "그것도 대단한 변화네. 그 얘기는 어디서 들었어?"

엄마가 말했다. "좁은 세상이잖아."

아빠가 말했다. "나도 좋은 소식이 있어."

내가 적었다. "어서 들려줘!"

"내 소설을 영화로 만들겠다는 사람이 있어서 돈이 생겼어."

"정말 멋지다! 나도 출연할 수 있어?"

"그건…… 아빠가 알아볼게. 그렇지만 사실, 시드니라는 제작자는 항상 통화 중이고 계속 말만 해. 영화라는 건 이렇고, 영화 일은 이렇게 진행돼, 영화는 어쩌고저쩌고. 아마 실제로 일이 이루어지는 건 아무것도……."

"아빠, 우울한 말은 그만!"

"뭐, 괜찮아. 영화가 만들어지는지 아닌지를 떠나서, 저작권료로 받은 돈은 변함없으니까. 지금 사는 동네에서 더 넓은 아파트로 이사할 수 있게 됐어. 클로에도 새 프로젝트를 맡아서 방 세 개짜리 아파트를 구할 수 있어. 이제 오로르랑 에밀리가 오면 각자 자기 방에서 잘 수 있는 거야!"

엄마가 말했다. "이제 클로에도 정말 원하던 아기를 가질 수 있겠네!"

엄마가 말하자마자 나는 엄마의 눈에서 생각을 읽었다.

'바보, 바보, 바보! 왜 이렇게 한심한 말을 할까.'

하지만 아빠는 엄마의 손을 도닥이며 말했다.

"앞날을 누가 알겠어? 중요한 건, 사람들이 이혼을 어떻게 보더라도, 우리는 우리 애들 덕분에 이렇게 늘 함께한다는 거야."

아빠가 말하는 동안 나는 나도 모르게 생각했다.

'아빠랑 클로에랑 아기를 가져도 좋아. 나 같은 딸만 아니면! 아빠의 공주님은 영원히 나여야 하니까!'

다행히 아빠는 내 생각을 읽을 수 없다! 어쨌든 아빠가 엄마 손을 꼭 쥐며 말하는 걸 보면서 나는 기뻤다.

"우리, 아직 친구지? 그렇지?"

엄마는 고개를 숙이고 눈물을 참으려 애쓰며 말했다.

"그럼, 우리는 친구지."

친구. 그날 밤, 우리 집에 피에르가 엄마를 만나러 와서 나랑 이야기를 나눴다. 피에르는 내 이야기에 관심을 보이려고 애썼다. 그리고 멋진 엄마가 있어서 정말 좋겠다고 계속 말했다. 피에르와 할 이야기가 다 떨어지고(내가 누구 앞에서 할 말이 떨어지는 경우는 거의 없는데!) 방으로 가려고 할 때, 엄마가 피에르에게 진지하게 할 말이 있다고 했다. 엄마는 이제 이런 관계를 계속할 수 없다고 했다. 지금부터 그냥 친구 사이로 지내고 싶다고. 피에르는 아주 슬픈 목소리로 엄마 없는 생활은 상상할 수도 없다고 말했다. 나는 방문을 닫고 **참깨 세상**으로 갈 때라고 생각했다.

테아트르 거리는 아름다운 초저녁이었다! 오브와 함께 2인용 자전거를 타고 아주 맛있는 피스타치오 아이스크림을 파는 가게로 갔다. 그리고 공원 벤치에 앉아서 이야기를 나눴다. 오브가 루시 찾는 걸 도와주고 **참깨 세상**으로 돌아간 뒤로, 처음 만난

거였다. 그래서 서로에게 들려줄 이야기가 아주 많았다. 내가 이제 학교에 다닐 거라고 말하자, 오브는 아주 기뻐하면서도 걱정했다. 오브가 뭘 걱정하는 건 처음 있는 일이었다. 오브는 내가 **힘든 세상**에서 친구들을 사귀면, 자기를 찾아오는 일이 없어지지 않을까 하고 걱정했다.

나는 오브를 껴안으며 말했다. "우리는 영원히 친구야. 그리고 나는 언제라도 참깨 세상에 놀러 오고 싶을 거야. 여기는 모두가 다정하고 언제나 색이 밝아."

오브가 말했다. "나는 힘든 세상에서 절대 못 살아. 거기는 잿빛일 때가 너무 많아."

내가 말했다. "그렇지만 잿빛인 데에는 좋은 점도 있어. 잿빛인 날이 많기 때문에 푸르른 날을 더 아름답게 느낄 수 있어. 밝고 행복한 날만 계속될 수는 없어. 잿빛도 삶의 일부야."

"그래서 오로르는 참깨 세상에 오는 걸 좋아하지! 잿빛은 없으니까!"

"그래, 맞아. 그렇지만 힘든 세상에는 잿빛이 있어서, 사람들한테 문제가 있어서, 내가 중요한 일을 할 수 있어!"

며칠 뒤에 태블릿으로 메시지가 왔다. 주베 형사였다. 주베 형사가 자신이 일하는 경찰서로 오라고 했다.

부탁할 게 있어. 중요한 일이야! 내 동료들도 만나 볼래? 모두가 오로르와 친해지고 싶을 거야.

엄마와 아빠가 같이 가겠다고 했다. 조지안느 선생님도 같이 가겠다고 했다. 나는 선생님에게 부탁했다. 경찰서까지 나를 데려다주고, 내가 주베 형사와 이야기하는 동안 근처에서 기다려 달라고 했다.

"끝나면 메시지를 보낼게요."

그래서 그날 조지안느 선생님과 수업을 마친 뒤 우리는 경찰서 앞으로 갔다. 선생님은 나를 꼭 안아 준 뒤, 경찰이 내가 하고 싶지 않은 일을 부탁하면 거절해도 된다고, 관심이 없는 일은 하지 않는 게 내 권리라고 말했다.

"걱정하지 마세요. 저는 다른 사람한테 끌려다니지 않아요!"

선생님이 말했다. "그건 나도 아주 잘 알지!"

경찰서로 들어가자 주베 형사가 환하게 웃으며 나를 반겼다.

"이렇게 와 줘서 정말 기쁘다, 오로르." 주베 형사는 나를 회의실로 데려갔다. 커다란 탁자 주위로 동료 형사 다섯 명이 앉아 있었다. 여자 셋, 남자 둘.

"오로르, 여기 모인 사람들은 모두가 최고의 형사야. 너의 신비한 능력에 대해서는 이미 다 말해 뒀어. 그런데 내 말을 안 믿네! 네가 저 사람들의 생각을 하나하나 말하면 다들 믿을 거야."

저는 다른 사람한테 끌려다니지 않아요!

나는 형사들을 한 명씩 살펴봤다. 그리고 한 명씩 가리키면서 태블릿에 각자의 생각을 적었다.

"어린애 생일 파티에서나 하는 마술 쇼 같은 걸 하다니. 지루해……"

그리고

"주베 선배가 지난번에 회의를 소집했을 때에는 몇 시간이나 계속됐는데, 이번에는 그러지 않으면 좋겠네."

그리고

"내가 애들을 학교에서 데려오는 일을 또 빼먹으면 금요일 밤 탱고 강습에 못 가게 하겠다니. 마르크는 나를 어린애 취급해. 이젠 정말 질려."

그리고

"그쯤 하면 될 것 같네요!"

마지막 말은 생각이 아니라, 어느 형사의 목소리였다. 내가 탱고 강습 일을 밝히자 그 형사가 크게 말했다.

내가 적었다. "지어낸 얘기가 아니에요!"

주베 형사가 말했다. "그건 모두가 알고 있단다. 여기 있는 모두가 같은 생각일 텐데……"

다른 형사가 말했다. "정말 대단하네요."

또 다른 형사가 말했다. "놀라워요!"

주베 형사가 말했다. "그리고 우리한테 정말 도움이 될 사람이지. 오로르 네가 우리랑 같이 일할 마음이 있다면."

나는 주베 형사의 말을 잠시 생각한 뒤에 적었다.

여기 모인 사람들은 모두가 최고의 형사야.

좋은 일을 하는 거라면 기꺼이 돕겠어요.

"좋은 일을 하는 거라면 기꺼이 돕겠어요."

"좋은 일을 많이 하게 될 거야."

"모험도 많이 하나요?"

"경찰은 사람들이 빚은 혼란을 다룬단다. 그리고 사람들이 빚는 혼란은 늘 모험이지."

"그건 저도 확실히 깨달았어요! 루시 언니를 찾아다니면서 알게 됐죠. 그렇지만 걱정이 있어요. 여기 계신 분들이랑 조지안느 선생님을 빼고, 저의 신비한 능력을 아는 사람은 아무도 없어요. 그러니까 그건 우리만 아는 비밀로 할 수 있을까요?"

"그건 약속하마. 우리 동료들 모두가 약속할 거야."

모두가 고개를 끄덕였다. 마지막 질문이 남았다.

"저는 부관으로 일하나요?"

"오로르, 너는 늘 내 부관이야. 자, 중요한 게 또 있어. 여기서 우리가 너한테 맡기는 일, 우리와 함께 해결하는 사건은 반드시 비밀로 해야 해."

"제 신비한 능력처럼 비밀이에요!"

"바로 그거야!"

나는 더없이 환하게 웃었다. 탁자를 돌면서 한 사람씩 악수를 나눴다. 그리고 주베 형사한테 말했다.

"언제라도 일할 준비가 됐어요!"

주베 형사가 말했다. "중요한 사건이 생기면 곧장 너를 부를게."

사람들이 빚는 혼란은 늘 모험이지.

어떤 일이 벌어질지 모르니까

모험이죠!

집으로 돌아가는 길에 조지안느 선생님은 내가 평소보다 즐거워 보인다며 경찰서에 간 일이 잘되었나 보다고 말했다.

나는 그냥 고개만 끄덕였다. 그래도 선생님은 주베 형사가 나한테 부탁한 게 정확히 뭔지 자꾸만 물어봤다. 그래서 대답할 수밖에 없었다.

"경찰 일이에요. 특급 비밀이에요!"

"재밌겠네!"

"나는 오로르니까요! 내가 하는 일은 뭐든 재밌어요. 내가 하는 일은 뭐든 모험이죠!"

"그래서 다음은?"

"또 오로르의 멋진 모험!"

"무슨 사건인데?"

"전혀 몰라요. 어떤 일이 벌어질지 모르니까 모험이죠!"

끝
(그리고 계속…….)

오로르에 대하여

더글라스 케네디

아이들은 문제 많은 어른 세계를 어떻게 볼까? 여기에 대해 뮤지컬 천재, 스티브 손드하임이 쓴 가사가 있다.

말할 때 조심해
애들이 들어
행동을 조심해
애들이 봐
그리고 배워

사실, 나는 몹시 불화가 심한 부모 밑에서 자라며 일찍부터 어른 세계의 문제들을 보아 왔다. 그리고 내가 힘든 이혼을 하는 동안 내 소중한 두 아이는 가족이라는 꿈이 깨어지는 상황을 겪어야 했다. 이제 내 두 아이는 성인기에 접어들었고, 내가 수십 년 전에 그랬듯 그 아이들도 자기 부모보다 훨씬 큰 분별력을 갖췄다.

그래서일까…….

지금 독자들 손에 들려 있는 이 책에 대해 생각하기 시작했을 때, 내가 어디든 가지고 다니는 작업 수첩에 이렇게 적었다.

'다른 사람들의 문제를 다 들여다볼 수 있는 아이. 그러면서 자신은 슬픔이나 아픔이 없다고 생각하는 아이. 그리고 다른 사람을 돕는 게 자기 의무라고 생각하는 아이.'

《오로르》를 처음 구상한 것은 1년 반 전이다. 내 친구 스테판 라이저가 점심을 함께하며 어린이를 위한, 그리고 자폐증이라고 알려진 발달 장애를 다루는 책을 쓸 생각이 없는지 물었다.

나에게 소설가로서 자폐증 문제를 다뤄보지 않겠냐고 물어본 사람은 이전에도 있었다. 친구들도, 동료들도 나에게 그런 질문을 했다. 물론 그것은 내 아들 맥스가 자폐증 스펙트럼 안에 있으며, 다섯 살 때 이후에 더 나아질 가망이 없다는 진단을 받았기 때문이다. 맥스의 인지 능력 가능성을 테스트한 '전문가' 두

명은 맥스가 독립적이고 지적인 삶을 살아갈 가능성이 전혀 없다고 말했다. 이제 스물여섯이 된 맥스는 런던대학교에서 석사 학위를 받았고, 외부의 도움 없이 혼자 살아가며, 공연 사진가로 활동을 시작했다. 그리고 내가 아는 사람들 중에 가장 교양 있는 사람이다. 이것은 이른바 '전문가'라는 사람의 말을 그대로 믿으면 안 된다는 좋은 예다. 그리고 심한 장애를 초월하려는 맥스의 엄청난 의지를 보여주는 예이기도 하다.

그러나 오로르를 생각하기 시작할 때, 자폐증으로 규정되는 인물을 만들고 싶지는 않았다. 자신에게 장애가 있다는 생각을 전혀 하지 않고, 자신의 자폐증을 멋지게 활용할 줄 아는 인물을 만들고 싶었다. 더 쉽게 말하면, 일상의 현실에 바탕을 두고 있지만 판타지 같은 이야기를 만들고 싶었다.

오로르는 마법을 쓸 줄 안다. 다른 사람의 눈을 통해 생각을 읽을 줄 안다. 입으로 말하지는 않지만, 태블릿으로 의사소통을 한다. 자신을 평범한 열한 살짜리 아이라고 여기며, 자신과 친한 사람들의 문제를 아주 잘 알고 있다. 부모는 힘들게 이혼한 뒤에 아직도 남은 문제들과 마주하고 있다. 언니인 에밀리는 학교에서 집단 괴롭힘을 당하고 있으며 특별한 보살핌이 필요한 동생에게 사람들의 관심이 쏠려 있는 것이 못마땅하다. 에밀리의 친구인 루시는 수학 신동이지만 그 뛰어난 실력과 체중 때문에 끝없이 괴롭힘을 당한다.

오로르의 주변 사람들은 모두 슬픔을 갖고 있지만 오로르는 전혀 슬퍼하지 않는다. 하지만 자신의 세상에서 탈출할 필요는 있었다. 모두가 서로를 다정하게 대하는 곳, 부모가 아직 함께인 곳, 오로르 자신도 다른 사람들처럼 입으로 말할 수 있는 곳, 현실에서 오로르가 남몰래 몹시 바라는 한 가지 '친구'도 있는 곳으로.

오로르의 목소리를 찾아내는 것이 이야기에서 가장 중요한 요소였다. 나는 현명하면서도 순수한 열한 살짜리 아이의 마음으로 들어가야 했다. 정도 많고, 옳고 그름에 대한 윤리 의식도 투철한 아이. 그러면서도 호기심 많고, 재미있는 것도 아주 좋아하는 아이. 또한 여덟에서 열세 살 사이의 어린이들이 몰입해서 읽는 책인 동시에 어른들도 진심으로 감동할 수 있는 책이 되기를 바랐다. 내 글에 특별한 생명을 불어넣을 그림을 그릴 일러스트레이터로는 처음부터 조안 스파르를 염두에 두었다. 오늘날 활동하는 가장 뛰어난 미술가로 손꼽을 수 있는 조안 스파르와 함께 작업하고 싶었다.

처음부터 우리는 서로를 존중하고 서로의 창의력을 믿었다. 우리 동네에 있는 카페에서 처음 만나서 오로르 이야기의 윤곽을 들려주기 시작하자, 조안은 내가 말하는 사이에 즉시 그림을 그리기 시작했다. 그리고 우리는 이야기에 대해 서로 의견을 나누웠다. 나는 몇 달 동안 집필에 열중했다. 다른 사람들에게 보여줄 만큼 다듬어진 초고가 나왔을 때, 나는 맨 먼저 조안에게 원고를 보냈다. 곧 정말 마음에 드는 글이라는 이메일이 왔다. 몇 주 뒤, 오로르 일러스트레이션을 받았다. 이야기를 천재적으로 시각화한 조안의 그림에 나는 쓰러지고 말았다는 표현으로는 부족하다. 내가 조안에게 보낸 편지에 적은 것처럼 조안은 '마법 같은 일을 해냈다'.

나와 조안은 오로르를 통해 가족, 관계의 복잡성, '힘든 세상'에서 필요한 연민과 관용과 이해, 그리고 세상을 남다르게 인지하는 사람들의 특성 등에 관한 아주 현대적인 이야기를 만들었다. 그리고 우리는 오로르를 통해서 우리 시대의 영웅, 누구나 동일시할 수 있는 주인공을 만들었다. 인생의 힘든 굴곡을 점점 더 많이 알아가는 시기와 순수한 시기, 두 시기 사이 어디쯤 있는 아이를 통해 청소년의 문제와 성인의 문제를 모두 보여준다는 점에서 우리 책이 과감한 시도를 했다고 말할 수 있다. 그리고 오로르에게는 세상사의 혼란이 멋진 모험이 된다.

© Denis Felix

조안 스파르 Joann Sfar

프랑스 최고의 일러스트레이터이자 시사만화가, 라디오 칼럼니스트, 영화 감독, 애니메이션 제작자이다.

프랑스 니스에서 태어났으며 철학과 미술을 공부했다. 저작《교수의 딸》로 앙굴렘 국제 만화 페스티벌에서 신인상과 르네 고시니상을 수상했고, 감독 데뷔작인 영화 〈세르주 갱스부르, 영웅적인 삶〉은 세자르 영화제에서 최우수 영화상을 수상했다. 자신의 만화를 3D로 직접 제작한 〈랍비의 고양이〉는 안시 국제 애니메이션 영화제에서 대상, 세자르 영화제에서 최우수 애니메이션상을 수상했다. 국내에도 출간된《꼬마 뱀파이어》시리즈는 세계적인 인기를 얻었으며, 생텍쥐페리의 작품을 재해석해 출간한《어린 왕자》는 〈리르〉지 선정 최우수 만화상, 앙굴렘 국제 만화 페스티벌 청소년상을 수상하고 한국을 포함해 전 세계 23개국에 번역 출간됐다.

이렇게
하루하루 살다보면
세상도 바뀌겠지

이렇게
하루하루 살다보면
세상도 바뀌겠지

2030 에코페미니스트 다이어리

여성환경연대 기획

안현진 진은선 황주영 배보람
용윤신 김주온 유비 김신효정
지음

이매진

이매진의 시선 08

이렇게 하루하루 살다보면 세상도 바뀌겠지

2030 에코페미니스트 다이어리

1판 1쇄 2020년 1월 30일
기획 여성환경연대
지은이 안현진 진은선 황주영 배보람 용윤신 김주온 유비 김신효정
펴낸곳 이매진 **펴낸이** 정철수
등록 2003년 5월 14일 제313-2003-0183호
주소 서울시 은평구 진관3로 15-45, 1018동 201호
전화 02-3141-1917 **팩스** 02-3141-0917
이메일 imaginepub@naver.com
블로그 blog.naver.com/imaginepub
인스타그램 @imagine_publish
ISBN 979-11-5531-113-4 (03300)

• 환경을 생각해 재생 종이로 만들고, 콩기름 잉크로 찍었습니다.
• 값은 뒤표지에 있습니다.
• 이 도서의 국립중앙도서관 출판시도서목록(CIP)은 서지정보유통지
  원시스템 홈페이지(http://seoji.nl.go.kr)와 국가자료공동목록시스템
  (http://www.nl.go.kr/kolisnet)에서 이용하실 수 있습니다(CIP 제어 번호:
  CIP2020001567).

머리말

이렇게 하루하루 살다보면
세상도 바뀌겠지?

"언제까지 이렇게 살아야 할까?"

막연한 물음이 머릿속을 가득 채울 때가 있다. 정답을 얻으려고 시작한 질문은 아니지만 때로는 자조가 희망의 물꼬를 터주기도 한다. 이런 질문은 아주 오래전부터 사회의 변화를 이끌어왔다.

청년이 놓인 현실에 답하거나 '얘들이 도대체 무슨 생각인지' 알아내려는 다양한 세대론이 등장했다. 밀레니얼 세대, 제트 세대, 88만원 세대, 엔포 세대, 사토리 세대, 바링허우 세대 같은 담론들이다. 이런 담론 안에서 여성 청년이 겪는 삶의 굴절은 세밀히 고려되지 않을 때가 더 많았다.

2016년부터 한국 사회에 페미니즘이 해일처럼 몰려오고 있다. 사회에 만연한 강간 문화와 성폭력, 일상 곳곳에 스며든 성차별과 성별 분업, 경력 단절 등 세대론이 지적하지 않은 여성들의 문제를 풀 답이 페미니즘에 있기 때문이었다.

고민은 남는다. 10분 쓰고 버리는 플라스틱 컵과 비닐봉투는 100년이 지나도 썩지 않는다. 동물들은 비좁은 우리에 평생 갇혀 1개월, 길어야 3년이라는 짧은 생을 살다 살해당한다. 개발을 한다며 숲은 깎이고 잘리며, 그 속에 깃들인 존재들은 삶을 잃어버린다. 모든 것이 너무도 쉽게 편리함과 돈벌이를 위한 자원으로 여겨지는 이 세상은 정말 괜찮은 걸까. 저임금-장시간 과로 사회와 소비주의, 환경 파괴와 기후 위기처럼 한 담론만으로 해결할 수 없는 사회 문제에 우리는 어떻게 대안을 만들 수 있을까.

—

요즘 '인간과 동물' 또는 '인간과 자연'이라는 위계적 이분법을 넘어서서 관계를 맺을 필요성을 느끼는 사람들이 많아지고 있다. 텀블러나 장바구니처럼 일상에서 작은 대안을 실천하는 이들도 늘어난다. 페미니즘의 문제의식과 생태적 실천을 연결할 방법을 찾으려 에코페미니즘을 공부하는 사람들도 많아지고 있다. 그렇지만 에코페미니즘을 향한 관심과 의지가 뚜렷한 삶의 지향으로 이어지기에는 문턱이 여전히 높다. 대부분의 2030세대는 도시를 기반으로 살아간다. 그래서 대안적 삶을 고민하면서도 자기를 둘러싼 환경 때문에 실천을 주저하는 사람이 많다. 노동, 주거, 공동체 등 무엇 하나 나 한 명의 의지만으로 바꾸기 어렵고, 내 삶에 필수적인 의식주를 소비에 기대고 있기 때문이다. 저녁이 없는 삶이나 여가를 꿈꿀 수 없는 여건 탓에 손이 덜 가는 간편한 제품을 찾기도 하고, 잠깐이라도 숨을 돌리고 싶어 소비로 스트레스를 풀기도 한다.

"귀농은 싫지만 에코페미니즘은 하고 싶어!"

에코페미니즘에 처음 입문한 사람들이 내뱉은 말이었다. 그랬다. 1~2년마다 사는 곳을 옮겨야 하는 도시 주거 빈민에게 마을 또는 지역 공동체는 턱도 없는 말이었다. 손기술도, 자급의 능력이나 의지도 없는 브라운 핑거 인간은 귀농은커녕 귀촌도 꿈꾸기 힘들었다. 돈도 없고 시간과 마음의 여유도 없어서 인간관계가 사라진 잉여에게 선물 경제는 허구 속 존재로만 느껴졌다. 도시에서 임금 노동자로 일하면서 에코페미니즘을 실천하고 싶다고 말하면 너무 욕심 부리는 걸까? 비슷한 고민을 안고 있는 사람들을 찾다보니 여성, 장애, 환경, 노동, 정치 등 여러 분야에서 연구하고 활동하는 이들을 만나게 됐다. 에코페미니즘이라는 접점에서.

이 책은 현생에서 각기 다른 조건과 상황을 끌어안고 있어서 에코페미니즘에 발 담그기를 주저하는 사람들을 위해 기획됐다. 여성환경연대는 2017년 여성 청년의 관심과 문제의식을 담아 '에코페미니즘, 상상하고 질문하다'는 주제로 '2030 에코페미니즘 포럼'을 시작했다. 일과 노동, 몸의 정치, 동물권이라는 세 키워드를 통해 바라본 2030세대의 에코페미니즘을 토론하는 자리였다. 다음해인 2018년에는 퀴어, 월경, 저출생과 인구 정책, 장애 등 몸을 중심으로 한 네 가지 키워드에 관해 의견을 나눌 수 있었다. 2020년, 그때 만난 필자들하고 함께 나눈 마음을 여덟 가지 이야깃거리로 다듬어 이 책을 출간하게 됐다.

—

우리는 2030세대의 여러 고민 중에서도 '몸'에 관한 이야기로 시작한다. 안현진은 뚱뚱한 여성이 당하는 차별을 겪으며 다양한 몸이 존중되는 몸 다양성이 필요하다고 말한다. 진은선은 장애여성의 섹슈얼리티에 관련된 경험을 풀어내면서 보편과 정상의 기준에 의문을 제기한다. 황주영은 존재를 평등하게 인지하는 에코페미니즘의 관점을 통해 퀴어한 몸과 자연에 관해 설명한다.

다음으로 자기를 둘러싸고 있는 사회 구조에 주목한다. 2030세대들이 어떤 상황에 놓여 있는지 진단하고, 전환을 위한 고민을 시작할 계기를 마련한다. 배보람은 생태적 삶을 향한 갈망과 일회용품을 소비하는 현실 사이의 딜레마를 근본적으로 해결하려면 개인이 아니라 체계가 변화해야 한다고 짚는다. 용윤신은 일하는 여성의 감정에 주목하면서 여성 노동을 둘러싼 사회적 환경이 만들어낸 문제를 환기시킨다. 김주온은 기본소득으로 이윤 중심의 사회를 넘어 다른 사회 모델을 상상하는 가능성을 열어가자고 제안한다.

나아가 다른 존재와 나의 연결, 사회 안에서 일어나는 관계맺음이 만들어내는 가치에 관해 설명한다. 유비는 비거니즘을 통해 인간-동물 이분법에서 벗어나 종 차별을 끝내자고 말한다. 김신효정은 가정과 사회에서 돌봄의 주역인 여성이 도리어 자기를 돌보지 못하는 역설을 짚고, 생산과 소비를 재구성하는 자기 돌봄 선언과 자급을 제안한다.

—

이 책은 어떻게 살아야 삶이 나아질 수 있는지를 고민하는 사람에게 거창한 담론이나 대안을 제시하지는 않는다. 그러나 우리가 안고 있는 고민과 문제의식을 드러내고 모으면서 정답에 좀더 가까워질 수 있지 않을까. 언제나 '더 중요하고 커다란' 문제에 밀려 소외된, 2030세대가 품은 질문의 실마리를 담았다. 이렇게 하루하루 살다보면 세상도 바뀌지 않을까? 우리는 1년 뒤가 아니라 10년 뒤를 바라보려 한다.

책이 나올 때까지 함께한 모든 분들에게 진심으로 감사드린다. 에코페미니즘에 향한 기대와 상상을 책으로 풀어낼 수 있게 자리를 깔아준 여성환경연대, 책을 향한 작은 열망을 마지막까지 붙들고 진짜 책으로 만들어준 출판사 이매진에 고마운 마음을 전한다.

글쓴이 8명을 대표해,
안현진 씀

몸 다양성

지워진 몸들의 이야기

지금 여기에 살아가는 모든 몸을 존중하라

안현진

내 몸을 원망하는 나

몸에 관한 기억을 떠올려본다. 언제부터 내 몸에 관한 서러움과 미움, 원망이 내 안에 자리하고 있었다. '먹고 싶은 거다 먹어도 살찌지 않으면 좋겠다, 내가 10킬로그램만 더 말랐으면 더운 날 민소매를 입을 수 있을 텐데.' 이런 생각을 매일같이 했다.

내 몸에 관한 내 감정은 실망을 넘어 미움에 가까워졌다. '물만 먹어도 배가 불러서 살이 빠지면 좋겠다, 허벅지 살을 이만큼만 잘라내고 싶다, 굶다가 건강이 나빠지거나 죽어도 좋으니 한 달만 굶어서 살을 빼면 좋겠다. 그러면 다이어트 하라는 잔소리를 그만 들어도 될 텐데, 아무도 내 몸을 비난하지 않을 텐데.'

처음부터 내 몸이 원망스럽지는 않았다. 이 사회는 타인의 몸과 외모에 지나친 관심을 기울이고, 사회가 요구하는 기준에서 벗어난 몸들을 가혹하게 대한다. 내 몸을 사랑하기는 힘들고, 내 몸을 미워하기는 쉬운 세상이다. 너무 많은 사람이 외모에 관한 대화를 나누고, 그 대화 속에 너무 쉽게 뚱뚱한 여성을 대상으로 삼은 비난이 오간다. 심지어 엘리베이터, 대중교통, 카페 같은 공공장소에서 처음 보는 사람이 나한테 살을 빼라면서 일장 연설을 늘어놓는 일은 달마다 찾아오는 불쾌한 이벤트다. 사람들은 마치 자기에게 비만인 여성을 계도할 권리라도 있는 양 무례한 시선과 말을 던진다.

"지금은 네가 상처받겠지만, 나중에 다이어트에 성공하면 나한테 감사할 거야."

검열에 갇힌 몸

이 사회가 뚱뚱한 여성의 몸을 받아들이지 않는다고 처음 느낀 순간이 아직도 생생하게 떠오른다. 수능이 끝나고 옷을 사려고 백화점에 간 날이었다. 마음에 드는 옷을 고를 때마다 내 몸에 맞는 사이즈가 없다는 답이 돌아왔다. 어느 옷가게에 가도 가장 큰 옷 사이즈가 '66'이었다. 품이 넉넉한 옷도, 프리 사이즈 옷도 맞지 않았다. 내 몸에 문제가 있다는 생각이 들기 시작했다. '이 모든 매장에 있는 옷들이 하나도 안 맞으면 내가 비정상인 게 아닐까?'

그 뒤로 뚱뚱한 내 몸을 다른 사람들이 이상하게 여길까 봐 내 몸을 감추기 시작했다. 조금이라도 날씬해 보이려고 검은색 옷만 입었고, 여름에도 카디건과 긴 바지로 맨살이

안 드러나게 했다. 사람들은 내가 군것질하는 모습을 보면 그렇게 과자를 먹으니 살이 빠지지 않는다고 잔소리를 늘어놓았다. 그 뒤로는 그런 말들이 두려워 새벽에 편의점에 가 몰래 간식을 샀다.

몸에 관한 강박과 불안이 점점 심해졌다. 반복된 다이어트와 요요 현상 때문에 살이 더 쪘지만 다이어트를 멈출 수 없었다. 거울을 보고 사람들을 만날 때마다 뚱뚱한 여자는 비정상이라는 말이 머릿속에서 맴돌았다.

문제는 마네킹이야

옷가게를 지나칠 때면 마네킹을 보며 생각했다. '저 정도로 살을 빼야 저 옷이 잘 어울리겠지. 그런데 사람이 저런 몸을 갖는 게 가능하기나 한가?' 옷가게에서 쉽게 볼 수 있는 마네킹은 '키 178센티미터, 가슴둘레 34인치, 허리둘레 24인치, 엉덩이둘레 35인치'였다. 한국 여성의 평균 신장은 162.3센티미터, 허리둘레는 29인치로 마네킹하고 비슷한 신체 사이즈인 여성은 10만 명 중 1명 정도뿐이다. 남성 50명 중 1명이 남성용 마네킹하고 비슷한 신체인 현실에 비교되는 수치다.

옷가게에서 쉽게 볼 수 있는 마네킹은 '키 178센티미터, 가슴둘레 34인치, 허리둘레 24인치, 엉덩이둘레 35인치'였다(출처=여성환경연대).

여성환경연대는 의류 사이즈 실태를 조사하고 '문제는 마네킹이야'라는 캠페인을 진행했다(출처=여성환경연대).

'마네킹 같은 몸매'라는 말이 아름다운 몸을 칭찬하는 데 쓰인다는 점을 생각하면 남성에 견줘 여성에게는 터무니없는 미의 기준이 부여되고 있는 셈이다. 왜 여성에게만 불가능한 몸이 아름다움의 기준으로 강요되는 걸까.

불가능한 몸을 미의 기준처럼 내세우는 여성용 마네킹을 보면서 의류 매장에서 판매하는 옷들은 알맞은 사이즈로 만들어지고 있는지 궁금했다. 프리 사이즈가 맞지 않는다거나 오프라인 매장에서는 몸에 맞는 사이즈가 없어 옷을 사지 못한다는 많은 여성들의 경험담이 떠올랐다. 여성환경연대에서는 이 문제를 해결하기 위해 의류 사이즈 실태를 조사하고 '문제는 마네킹이야'라는 캠페인을 진행했다. 의류 브랜드에서 판매하는 여성용 프리 사이즈 옷은 대부분 'S'(55)나 'M'(66) 사이즈였고, 한국 의류 브랜드의 3분의 2(74.2%)는 한정된 사이즈의 옷만 팔고 있었다.

체형에 맞는 옷을 살 수 없어 자기 몸을 비관하는 여성이 한둘이 아닌데 왜 이제껏 의류 업체에 불만을 품지 않은 걸까? 왜 66사이즈가 넘어가면 옷을 사기 어려운 현실이 당연하게 받아들여질까? 왜 체형 때문에 겪는 어려움을 사회 문제가 아니라 개인 탓으로 여길까?

사람들은 기성복 브랜드의 의류 사이즈를 기준으로 자

기 체형이 '정상'인지를 점검한다. 기성복 브랜드가 S(55), M(66), L(77) 등 세 사이즈만 판매하면 사람들이 생각하는 허용 가능한 체형 범위가 좁아지게 된다. 의류 브랜드가 판매하는 옷 사이즈를 바탕으로 그 사회의 표준 신체 사이즈가 만들어진다. 사이즈 다양성은 표준을 벗어난 체형을 가진 사람들만 느끼는 고민이 아니라 한 사회가 어떤 몸을 용인하는지를 둘러싼 문제였다. 66 사이즈 이하만 정상 체형으로 여기는 사회가 기이하게 느껴졌다.

왜 모든 주인공은 예쁘고 날씬할까

미디어 속 여성의 몸은 어떻게 묘사되고 있을까. 어느 텔레비전 드라마나 영화를 봐도 주인공은 모두 예쁘고 날씬한 사람들이다. 운명적인 사랑을 만나 달콤한 연애를 하는 사람도, 친구하고 우정과 의리를 나누는 사람도, 고난과 역경을 견디고 원하던 성취를 하는 사람도, 배신당한 뒤 복수에 성공하는 사람도 모두 날씬하다. 드라마 출연자 907명 중 비만인 사람은 2.8퍼센트밖에 되지 않고(2016년 한국여성민우회 미디어운동본부가 진행한 '미디어의 몸 다양성 확보를 위한 실태 조사'), 여성 배우는 연예계 뉴스에서 주연을 하려면 살을 빼라는 말을 듣는다. 날씬하지 않으면 사랑도, 우정도, 성취도 할 수 없다.

마른 몸만 미디어에 등장하는 현실이 당연하게 받아들여지는 반면 뚱뚱한 몸은 견고한 편견에 갇혀 있다. 비만인은 개그 프로그램에 단골로 나오는 소재다. 식탐 많은 부자가 등장하는 〈개그콘서트〉의 '아빠와 아들', 뚱뚱함에 자부심을 가지고 경쟁심을 발휘하는 '큰세계', 사랑보다 식욕이 앞서 프러포즈에 실패하는 '사랑이 Large', 비만인이 살 빼는 과정을 보여준 '헬스보이'와 '헬스걸' 등 비만 자체가 개그 소재로 흔히 쓰인다.

또한 비만인 배우가 맡는 역은 어떤 사회적 성취보다 먹는 일을 좋아하는 사람이거나 상식을 무시하는 '주책맞은' 조연 캐릭터일 때가 많다. 주인공 친구로 등장해 웃음을 주는 감초라는 평을 받는 비만인 캐릭터도 많은 영화와 드라마에 등장한다. 가끔 비만인이 인정 많은 사람이나 야심 찬 인물로 묘사되기도 하지만, 이런 역도 남성 배우에게만 허락될 뿐이다. 비만인 배우나 코미디언이 주체적으로 식욕과 미련함, 푼수짓을 소재로 삼는다고 한들 그런 시도가 비만인에 관한 고정 관념을 강화한다는 사실은 달라지지 않는다. 뚱뚱한 사람을 조연이나 주변에 그치게 하는 미디어를 통해 우리는 외모에 따른 사회적 역할과 이미지를 학습한다.

살찐 게 죄인가요

비만인을 둘러싼 편견을 반영하듯 온라인에서는 비만 혐오를 반영한 단어들이 등장하고 있다. 뚱뚱한 사람의 숨소리를 뜻하는 '파오후', 뚱뚱한 사람이 먹는 모습을 비하하는 '쿰척쿰척', 안경 끼고 여드름 난 돼지의 줄임말인 '안여돼' 등 모두 뚱뚱한 사람을 멸시하는 유행어다. 비만인이 음식을 요구하는 다큐멘터리의 한 장면을 캡처해 '짤방'으로 쓰거나 비만 여성의 사진이 게시판에 오르면 '줘도 안 먹는다'고 성희롱하기도 한다.

온라인에서 벌어지는 이런 풍경은 사람들이 비만인을 어떻게 생각하는지 잘 드러낸다. 못생겨서 성적 매력이 없는 사람, 지나치게 예민해 쉽게 화내는 사회성 없는 사람, 땀이 많아 냄새나는 더러운 사람 등이 비만인을 둘러싼 대표적인 편견이다. '게을러서 자기 관리도 못하는 사람'이라는 고정관념에 젖은 말도 빠지지 않는다.

이런 인식은 구직 활동이나 직장 생활에서 차별로 이어지기도 한다. 기업 인사 담당자의 62.8퍼센트는 채용 과정에서 지원자의 외모가 평가에 영향을 준다고 답했는데, '자기 관리를 잘할 것 같아서'나 '대인 관계가 원만할 것 같아서'를 이유로 들었다. 개인이 지닌 업무 능력이나 대인 관계 능력 등이 아니라 체형과 외모가 주는 이미지로 사람을 판단한다는 말이다.

다이어트 신화와 자기 관리의 환상

비만인을 '게으르고 자기 관리 못하는 사람'으로 여기는 혐오 인식은 '비만은 개인의 노력에 따라 관리될 수 있다'는 인식에서 출발한다. 이런 인식에는 뷰티/다이어트 산업이 만든 환상이 영향을 미친다. 뷰티/다이어트 산업과 미디어는 끊임없이 마른 몸만이 아름답고 건강하며, 관리를 받아 쉽게 외형을 바꿀 수 있다는 환상을 심어준다. 꿀벅지, 베이글 몸매, 복근녀 등 여성 외모에 관한 신조어는 끊이지 않고, 포털 사이트에서는 '3개월 만에 20킬로그램 감량에 성공한 ○○○' 같은 기사가 실시간 검색어 순위에 오른다. 다이어트 업체들은 연예인의 비포와 애프터 사진을 보여주면서 '당신도 쉽게 뺄 수 있다'고 꼬드긴다. '다이어트에 성공해 제2의 인생을 찾았다'는 다이어트 성공 신화는 언제나 잘 팔리는 뉴스다.

다이어트 업체 덕에 감량에 성공했지만 줄어든 체중을 유지하지 못해 소송을 당하는 연예인도 있다는 사실은 잘 알려지지 않는다. 미디어에 등장하는 다이어트 연예인들이 수백만 원을 내며 몸 관리에 힘을 쏟는 사실이나 '맛있게 먹어도 100칼로리'라며 칼로리 제한 다이어트 식품을 광고하는 연예인들이 하루에 5시간씩 운동한다는 현실도 잘 조명되지 않는다. 더욱이 '쉽게' 살을 뺐다는 그 연예인들이, '건강한 방식'으로 다이어트에 성공했다는 그 연예인들이 거식증에 시달리거나 혹독한 다이어트 때문에 건강을 잃었다는 사실은 더욱더 보도되지 않는다.

자기 관리의 기준은 왜 마른 몸이어야 하는가? 편향된 언론 보도와 리얼리티 예능은 다이어트 신화를 만들어내며 체중 감량을 부추기지만, 군살 없는 몸매를 위해 소모된 막대한 비용과 시간, 망가진 건강은 숨기려 한다. 사람의 몸이 '관리'만으로 자유자재로 조절할 수 있는 대상이라면 체중 감량에 성공한 사람을 '독하다'고 말할 일도, 미디어에서 다이어트 과정을 보여주며 놀라워할 일도 없지 않았을까. 사람의 몸을 제한된 기준에 맞춰 마르게 통제하는 일이 '자기 관리'라면, 우리는 사람의 몸을 조절하고 통제하려는 욕망과 환상을 거부해야 한다.

거식증과 비만, 극단에 몰린 여성 건강

마르지 않은 당신은 아름답지도 않고 행복하지도 않다는 메시지가 반복되는 동안 여성들은 마른 몸을 만들기 위해 건강을 해치는 선택을 강요받는다. 마른 몸을 향한 압박은 여성들에게 훨씬 더 가혹하다. 사회가 정한 정상 체중을 벗어날 때는 차별 또한 이중으로 가해진다. 비만을 둘러싼 편견이 만들어낸 차별, 그리고 여성은 아름다워야 한다는 관념이 만들어낸 차별이다.

2017년 여성가족부 실태 조사에 따르면 여성의 외모 만족도는 67.1퍼센트로, 저체중 여성도 15.9퍼센트는 다이어트를 하고 있다고 답했다. 다이어트를 하고 있다고 답한 저체중 남성은 1.4퍼센트뿐이라는 결과에 대비된다. 또한 지난 5년간 폭식증 등 섭식 장애로 병원을 찾은 환자의 89퍼센트가 여성이라는 통계는 여성들이 몸매 관리를 둘러싸고 받는 압박이 건강을 상하게 하는 데 이른 현실을 보여준다.

소득이 낮은 여성일수록 고도 비만율이 높은 경향도 나타난다. 국민건강보험공단이 2017년에 낸 자료에 따르면 남성은 소득이 높을수록 비만율이 높지만 여성은 소득이 낮을수록 비만율이 높다. 전체 비만율은 남성이 여성에 견줘 1.8배 정도 높지만 초고도 비만율은 여성 0.61퍼센트와 남성 0.24퍼센트로 여성이 2배 넘게 높다. 남성보다 낮은 전체 비만율에 가려진 여성 초고도 비만율도 살펴야 한다. 소득에 따른 건강 불평등 문제도 국가와 사회가 책임져야 한다.

마른 몸 선망 사회, 책임은 누구에게

10~30대 여성의 섭식 장애 비율이 높아지는 문제와 건강 불평등 때문에 소득이 낮을수록 비만율이 높아지는 현실은 멀리 떨어져 있지 않다. 외모 차별과 건강 불평등으로 여성 건강권이 위협받고 있는 현주소를 나타낸다. 그런데 체형에 연관된 여성 건강 문제에서 오로지 '자기 관리'나 '노력' 같은 개인의 책임만 강조될 뿐 미디어, 기업, 국가 등 누구도 제대로 된 사회적 책임을 지고 있지 않다.

2018년, 5년간에 걸친 장기 계획을 담은 국가 비만관리 종합대책에 따라 먹방 규제를 위한 가이드라인 형성 계획, 교육 과정에 식생활 교육을 포함하고 보건소 업무에 건강관리를 포함하게 개선하는 정책이 시행되고 있다. 그렇지만 이런 정책은 암과 질병을 유발하는 비만을 국가 차원에서 관리한다는 선언일 뿐 여성의 몸에 가해지는 외모와 건강을 둘러싼 차별을 해소하려는 변화는 아니다.

마르지 않은 여성을 혐오하는 사회가 낳은 폐해를 해결하기 위해 사회적 책임이 필요하다는 인식은 턱없이 부족하다. 먹방을 규제하기 전에 지나치게 마른 몸을 동경하게 만드는 미디어와 안전성이 입증되지 않은 다이어트 식품과 산업을 규제해야 한다. 사진 없는 이력서, 블라인드 면접, 서비스직 여성 노동자의 외모와 체형에 관련된 내규 적발 등 외모 차별 없는 직장을 만들려고 노력해야 한다.

몸 다양성을 요구하는 사회

사회 여론과 트렌드에 맞춰 미디어와 기업이 조금씩 변화하는 모습을 보여주고 있기는 하다. 거식증의 위험을 알리는

"여자애가 왜 이렇게 많이 먹어?" "다이어트해." "조신하게 얌전히 있어." 여성환경연대는 청소년들에게 '여자답게', '소녀답게', '학생답게'라는 말로 몸과 활동을 억압받은 경험을 물었다(출처=여성환경연대).

활동에 앞장선 모델 이사벨 카로가 세상을 떠난 뒤 프랑스와 영국, 스페인, 이탈리아, 이스라엘 등에서 44(XS) 사이즈 이하의 모델을 기용하는 행위를 법으로 금지했다. 플러스 사이즈 모델이 패션 잡지 표지 모델로 등장하는 한편, 모델 몸매를 보정하지 않고 겨드랑이 털, 튼 살, 뱃살 등을 그대로 보여주는 속옷 브랜드가 마르고 늘씬한 몸매를 강조한 속옷 브랜드를 앞서는 일도 벌어졌다.

마른 몸을 선호하는 미디어와 패션계의 경향은 여전하지만, 다양한 몸을 포용하는 트렌드가 점차 자리를 잡아가고 있다. 많은 사람이 소셜 네트워크 서비스에서 '몸 긍정'과 'body positive'라는 해시태그를 달고 평범하고 자연스러운 몸 사진을 인증한다. 획일화된 아름다움의 기준에서 벗어나 자기 몸을 있는 그대로 긍정하자는 '몸 긍정Body positive 운동'은 패션과 뷰티 광고에서도 큰 영향력을 발휘하고 있다. 그동안 획일화된 미의 기준에서 벗어난 몸들이 미디어와 광고에 등장하지도 못한 상황을 생각하면 이런 변화가 반갑다. 다양한 몸이 미디어에서 가시화되면 더 다양한 몸 이미지와 사회적 역할을 학습할 수 있게 되기 때문이다.

내 몸하고 화해하기

탈코르셋 운동이 확산되면서 나는 왜 다이어트 압박에서 벗어나기 어려운지 고민하게 됐다. 한때는 건강을 위한 다이어트라며 변명도 했지만, 체중을 줄이면 내 외모를 바라보는 시선이 달라지는 것도 사실이기 때문에 다이어트가 외모 꾸미기 수단인지 순수하게 건강을 생각한 행동인지 딱 잘라 말하기 어려웠다. 내 몸을 긍정하고 자존감을 높이면 외모 스트레스에서 자유로워질 수 있다고 생각했지만 외모 압박에서 벗어나는 일이 말처럼 쉽지는 않았다.

결국 마음 수련만으로 내 몸하고 화해하는 일은 불가능하다는 현실을 받아들이게 됐다. 내 몸에 관한 인식은 내 생각만으로 구성되지 않고 주변의 말과 행동, 사회적 경험과 관계를 통해 만들어지기 때문이었다.

조금 느리지만 확실한 길을 가기로 했다. 비만을 바라보는 주변과 사회의 인식을 바꿔나가기로 했다. 미디어에 등장하는 다양한 몸들을 더 응원하고, 여성의 체형과 건강권이 사회적 문제라는 점을 알리고, 비만 혐오에 문제를 제기하고, 더 다양한 몸을 존중하라고 요구하는 행동은 내 몸하고 화해하는 과정의 새로운 시작점이다.

지워진 몸들의 이야기를 세상에 드러내기

다양한 몸들이 사회 곳곳에서 등장하는 변화에 기뻐하느라 바쁘지만, 그런 몸들이 더 많은 곳에서 드러나고 몸들에 관한 이야기가 더욱 많아질수록 좀더 세밀한 몸 담론이 필요해진다. '왜 제한된 사이즈의 옷만 팔았을까?'처럼 '정상의 기준'을 둘러싼 작은 질문을 시작으로 우리 사회가 기준에서 벗어난 몸을 어떻게 대하는지, 몸에 관한 기준을 만들고 유지하는 사회적 권력 관계란 무엇인지를 둘러싼 논의와 실천들이 확장되리라 믿는다.

작은 질문과 경험, 상상을 통해 우리는 서로 연결될 수 있다. 동정이나 혐오의 대상이 아니라 관계 맺고 생각하고 말하고 활동하는 몸으로 인식되는 변화, 그리고 서로 연결된 사실을 확인하는 시도만으로도 더 많은 연대의 가능성을 만들 수 있다. 더 많은 탈락되고 잊힌 몸들에 관해 이야기해야 한다. 아름다움을 비롯한 어떤 기준에 따라 차별받거나 배제되지 않는 '보편'의 모습을 바꾸려는 노력만이 모든 몸이 존중받을 수 있는 사회를 만드는 길이다.

어떤 기준에 따라 차별받거나 배제되지 않는 '보편'의 모습을 바꾸려는 노력만이 모든 몸이 존중받을 수 있는 사회를 만드는 길이다(출처=여성환경연대).

여성환경연대 기획, 《외모 왜뭐 ─ 모든 몸을 위한 존중》, 북센스, 2018

왜 화장은 예의라고 할까? 왜 브래지어를 해야 할까? 왜 365일 다이어트를 하라고 할까? 왜 조신하게 행동하라고 할까? 왜? 여성에게만? 여성환경연대는 3년 동안 청소년하고 함께하는 외모/몸 다양성 교육을 100회 넘게 진행했다. 그러면서 들은 이야기들 중에 현장에서 만날 수 없는 사람들에게 꼭 전하고 싶은 이야기를 골라 담았다. 우리 사회가 여성에게 요구하는 외모와 몸에 관한 기준에 의문을 품기 시작한 입문자를 위한 책이다.

록산 게이 지음, 노지양 옮김, 《헝거 ─ 몸과 허기에 관한 고백》, 사이행성, 2018

페미니스트는 자기 몸을 혐오하지 않을까? 시선 강간 같은 폭력의 시선에서 벗어난 몸은 자유로울까? 《나쁜 페미니스트》를 쓴 록산 게이가 남긴, 몸에 관한 솔직한 고백이다. 책장을 넘기는 내내 괴로우면서도, 타인의 인정을 향한 욕망과 혐오, 폭력 사이에서 이러지도 저러지도 못하던 긴 밤들을 위로받을 수 있었다.

장애

자연스럽지 않게, 계속 살아가기

보편성과 정상성에 도전하는 몸들을 만나다

진은선

장애와 자연스럽게 살아가기

장애를 가진 몸으로 살아가는 삶은 어떤 걸까. 나는 같은 장애를 가진 쌍둥이 언니가 있다. 일란성 쌍둥이라서 얼굴도 장애도 비슷한데, 언니의 몸과 내 몸은 비슷하면서도 다르다. 평소에는 잘 인식하지 못하다가 어떤 순간 '아, 이럴 때 다르구나' 깨달을 때가 있다. 이건 아직도 무척 흥미롭다.

밥 먹을 때 나는 오른손에 힘이 덜하기 때문에 왼손이 편하고 언니는 반대로 오른손을 쓴다. 그래서 왼손을 쓰는 내가 왼쪽을 맡고 언니가 오른쪽을 맡아 가까이 있는 반찬을 챙겨주는 일상도 익숙하다. 이런 일상이 지니는 진가는 집에 있을 때보다 집밖에서 식기나 장소가 불편할 때 가장 크게 발휘되는데, 대부분의 사람들은 이 장면을 보고 다정해 보인다고 말한다.

아주 솔직하게 이야기하면, 자매의 우정이 깊다기보다는 아주 오래전부터 각자의 몸에 가장 편한 방식으로 맞춰온 '룰'이라고 할 수 있다. 이 룰은 내가 할 수 없는 일을 보완하면서 최선의 방법을 찾으려고 언니와 나 사이에 암묵적으로 합의된 약속이다. 싸우거나 감정이 상해도 이 룰은 절대 깨지 않는다.

호흡이 맞지 않을 때는 음식을 떨어트리거나 쏟기도 하지만, 언니와 나 사이에 이런 상황들은 이미 예상했거나 예상하지 못해서 더 웃긴 일이 된다. 우리 둘은 영화관을 가면 팝콘과 콜라는 꼭 먹어야 한다. 전동 휠체어를 바짝 붙여 그 위에 팝콘과 콜라를 올려놓는 일이 늘 큰 과제였다. 이 과제를 달성하면 그날은 좀 여유롭게 영화를 보는 날일 정도로 애를 써야 하는 일이다. 어느 날은 언니가 뚜껑을 열어준다고 하다가 내 쪽으로 콜라를 다 엎질렀는데, 둘 다 웃느라 정신이 없어서 영화가 무슨 내용인지 기억도 나지 않는다.

언니하고 함께 있을 때 내 장애를 보완할 수 있는 방법을 찾기도 하고, 그러다가 실수하면 심각해지거나 우울해하지 않으면서 공감하는 웃음 포인트도 있다. 몸에 관해 서로 솔직하게 드러낼 수 있는 관계가 이런 웃음 포인트를 공유할 수 있게 한다. 그러나 사회에서 장애는 부정적인 존재로 인식된다. 장애인은 행사 때만 나오는, 내 주변에 없는 사람들이다. 그래서 어쩌면 당연하게도, 장애를 가진 몸은 건강하지 않은, 매력적이지 않은 몸이다.

너를 생각해서 하는 말이야

나는 척추가 앞으로 휘어 있다. 주변 친구들과 자꾸 내 몸을 비교하게 되기도 하고 몸을 드러내는 옷 자체를 안 입게 되었다. 20대 초중반이 지나서는 내 몸을 숨겨야 했다.

지금은 휠체어를 이용하지만 예전에 절뚝거리면서 걸었다. 그때 거울에 비치는 내 모습을 보는 게 가장 싫었다.

나는 내 몸을 잘 안다고 생각했는데, 낯설 때가 많다. 몸이 계속 변화하기도 하고, 특히 다른 사람에게 내 몸을 설명해야 할 때 어렵다. 문득 내 몸을 자세히 본 적이 있나 고민이 들었다.

— 〈2030 섹슈얼리티모임 레드립 기록집 #RE_드립〉

장애가 있는 몸은 콤플렉스가 되기도 하고, 내가 원하지 않더라도 많은 사람들에게 드러나는 몸이었다. 평소에는 잘 살던 익숙한 몸이지만, 어느 순간 낯설게 느껴지는 몸이 돼 내 일상하고 부딪히기도 했다. 태어날 때부터, 또는 어릴 때부터 장애를 가진 몸으로 살아온 사람들에게 장애는 당연히 익숙해진 감각이다. 만약 비장애인/장애인처럼 몸의 차이를

발달장애여성 반차별 투쟁단 〈반가워, 만세팀〉이 벌인 차별에 대항하는
일인 시위.

구분 짓는 언어가 없었다면, 내가 '장애인'인 줄 모르고 살아가는 사람이 대부분일지도 모르겠다.

나도 처음부터 장애가 있다는 사실을 알지는 못했다. 언니하고 있을 때 장애는 크게 문제되지 않았다. 그런데 내 존재를 다르게 보는 시선이나 말들 때문에, 그때 처음으로 인식했다. "아, 내가 장애인이구나." 장애가 무엇인지 깊게 생각해보거나 내 몸에 관해 고민한 경험도 없는데, 나처럼 많은 장애여성들이 주변 사람들, 이를테면 부모나 친구, 활동보조인에게 '너를 생각해서 하는 말'로 통제되는 경험이 많았다. 나한테 장애가 있다는 사실을 알게 된 때는 '장애인'이라는 이유로 차별받을 때였다. 엘리베이터나 접근성 문제 때문에 어떤 공간에서 배제되거나 분리될 때, 장애를 비하하거나 혐오하는 말을 아무 생각 없이 쓸 때, 장애가 부정적인 방식으로 사용되고 사람들이 나를 불편하게 여길 때였다. 그러면서 '장애'를 가진 몸으로 살아가는 삶이 점점 더 불편해지기 시작했다.

또 한편으로는 내 몸을 긍정할 수 있는 힘을 가지기가 어려운 사회이기 때문에 불편함이 클 수밖에 없지만 많은 장애여성들이 오랜 시간 호흡을 맞춰온 내 몸하고 타협하며 지내왔다. 나도 장애가 있는 손이나 발은 힘이 없어서 섬세한 작업을 하기는 어렵지만, 끊임없이 변하는 내 몸을 확인하면서 내가 어떤 일을 할 수 있는지, 그리고 보조는 어떻게 요청해야 하는지 내 나름의 방식을 찾았다. 가장 중요한 전제 조건은 이런 내 몸의 속도와 방식이 존중받을 수 있는 환경이 얼마만큼 주어질 수 있느냐다. 이 전제가 충족되지 않을 때는 내 몸을 제대로 직면하기가 어렵다. 휘고, 짧고, 힘없는 몸은 드러내고 싶지 않아도 드러날 수밖에 없기 때문에 몸을 최대한 숨기거나 이른바 '정상'이라는 기준 안에 들어가려고 끊임없이 노력했다.

그러나 내 경험은 단지 '장애'의 문제로 해석될 뿐 여성의 경험으로 이야기되지 않았다. "머리는 길러서 뭐해, 관리도 못하면서." "화장은 누가 해줬어? 아침에 준비하려면 남들보다 몇 배는 더 바쁠 텐데 대충 바르고 다녀." "너는 어떻게 남들 하는 거 다하고 살려 그러니?" 이런 말들은 장애여성이 지닌 몸의 경험을 좁게 만들었다.

장애여성의 경험이 만날 때

장애여성공감에는 20대와 30대인 지체 장애여성과 뇌병변

장애여성이 모여 자기의 섹슈얼리티 경험을 말하는 '2030 장애여성 섹슈얼리티모임 레드립'(레드립)이 있다. 장애, 섹슈얼리티, 독립, 노동, 관계 등 다양한 주제들을 둘러싸고 장애여성의 관점에서 말하고, 서로 지지하고, 사회적으로 알리는 자조 모임이다.

레드립은 비장애, 이성애, 남성 중심 사회에서 발생하는 차별 경험들이 젠더 관점에서 해석되지 않는다는 문제의식에서 시작됐다. 장애여성의 경험이 단순히 '장애'만으로 해석되는 상태를 경계하며, 경제적 상황, 나이, 비/결혼 유무, 성적 지향과 성별 정체성 등 다양한 정체성을 지닌 사람들이 모여서 교차되는 경험을 말하고 자기의 언어를 만드는 활동을 한다.

장애여성들의 첫 만남은 '해방감'으로 시작됐다. 일상에서 또래인 장애여성을 만나기가 어렵고 장애여성의 경험을 말할 수 있는 자리는 더더욱 없기 때문에 각자에게 중요한 의미를 지니는 모임이었다. 섹슈얼리티가 무엇인지, 나한테 그런 경험이 있기는 한지, 어떤 이야기부터 시작해야 할지 고민하는 과정의 연속이었다.

처음부터 쉽지는 않았다. 이 공간이 더는 낯설지 않고 여기 있는 사람들하고 내 경험을 얘기해도 괜찮을 때까지 각자

속도에 맞게 연습을 거듭했다. 자기 이야기를 끄집어내고 신뢰를 쌓아가면서 몸, 생리, 연애, 섹스, 자위 등을 주제로 삼아 내 경험에 집중했다. 이렇게 장애여성들이 모여 자기 몸을 인식하는 과정은 몸의 주체성에 관한 고민으로 이어졌다.

몸의 경험을 상상하는 것

난 생리를 안 할 줄 알았다. 처음에는 어떻게 해야 할지 모르고 집에 왔는데 새빨간 피를 보니까 너무 놀랐다. 난 아직 마음에 준비가 안 되었는데 생리를 시작하니까 심리적으로 무서움도 있었고 누구에게도 말하기 어려웠다.

첫 시작은 초등학교 4학년이었는데……. 부모님이 기뻐하고 이런 느낌이 아니라 호르몬 주사 맞춰서 못하게 해야겠다고 이야기했다. 난 그 말에 반박을 할 수 없었다.

나는 첫 생리가 기뻤다. 가족들한테 축하해달라고 하고 혼자 신나서 아픈 거는 상관이 없었다. 그런데 엄마가 나 혼자서 어떻게 뒤처리를 할지 걱정했다. 나는 그냥 하다 보면 요령이 생기겠지 뭐, 이런 식으로 생각했었는데, 엄마가 기뻐하기보다 걱정하는 게 느껴져서 슬펐다.

— 〈2030 섹슈얼리티모임 레드립 기록집 #RE_드립〉

장애여성들은 생리를 이야기할 때 비슷한 경험을 만났다. 장애여성들은 이런 말을 들었다. "너 혼자 그걸 어떻게 처리하냐." "결혼도 못하고 애도 안 낳을 건데 생리는 해서 뭐하냐. 호르몬 주사를 맞고 생리를 하지 않는 게 더 낫지 않겠냐."

부모, 친구, 시설 종사자에게 내 생리는 보호받거나 통제해야 하는 대상이었다. 이런 말들은 장애여성이 생리를 부정적으로 인식할 수밖에 없게 만든다. 또한 생리를 자연스러운 일이라고 말할 때 생리를 하지 않거나 생리를 하지 않기로 선택한 여성들의 몸은 비정상적이라고 이야기된다. 그리고 장애여성의 생리는 비장애여성이 하는 생리하고는 다르게 뭔가 특별한 경험이 있으리라는 인식도 존재하기 때문에 다양한 장애여성들이 자기의 생리에 관해 이야기하는 일은 매우 중요하다.

내 몸에 맞는 섹스토이가 있었으면 좋겠다. 손을 고정할 수 있게 찍찍이가 있다거나, 다양한 방식이 있다면 좋을 것 같은데.

영화나 드라마에 나오는 장애여성의 섹슈얼리티는 월경이 귀찮아서 자궁을 적출하는 이야기만 나오는지 안타깝다.

자위를 생각했을 때 꼭 손으로 해야 한다는 관념을 깨야 한다고 생각한다. 내가 좋아하는 몸의 감각을 찾는 것도 중요하고, 그 방법도 다양한데, 장애여성의 자위에 대한 상상력이 좁아지는 것 같아.

— 〈2030 섹슈얼리티모임 레드립 기록집 #RE_드립〉

미디어에 나오는 장애여성의 섹슈얼리티는 장애여성이 수동적인 위치에서 대상이 되거나 피해자가 되는 데 머무른다. 이 사이에 존재하는 장애여성의 다양한 이야기는 잘 드러나지 않는다. 장애여성들은 자위에 관한 경험을 이야기하면서도 장애여성의 섹슈얼리티는 다양하게 상상되지 않는 문제에 부딪혔다. 생리, 자위, 섹슈얼리티 전반에 걸쳐 내 몸에 관한 고민을 이어가는 과정은 내 몸에 관한 생각과 욕망을 알아가는 일일뿐 아니라 타인과 내 관계에서 나를 설명할 수 있는 언어를 가지는 일이다. 물론 많은 여성이 자기의 몸을 직면하고 내 몸에 맞는 방법을 찾는 일은 아주 중요하다. 그러려면 몸에 관한 고민을 놓지 않은 채 나만의 방법을 찾아가려는 끈질긴 시도와 실패를 반복해야만 한다. 내 경험을 직면하는 일이 쉽지 않을뿐더러 독립된 공간이 주어지지 않을 때도 많기 때문에, 장애여성이 시도와 실패를 하는 데는 오랜 시간이 필요하다. 이 과정에서 분명히 여러 의미를 얻기는 하지만 개인적인 노력에 그치면 한계가 많다. 장애여성들이 좀더 자유롭게 자기의 섹슈얼리티를 고민할 수 있으려면 몸에 관한 더 많은 상상력이 필요하다. 또한 누구나 자기의 섹슈얼리티를 긍정하고 표현할 수 있어야 한다.

몸의 경험을 상상하는 사례의 하나로 대안 생리 용품인 템포, 생리컵, 면 생리대 등을 이야기했다. 이런 용품들이 생리대를 대체할 수 있다고 하더라도 정작 장애여성의 몸에는 맞지 않고, 도움이 필요한 때에는 활동 보조인에게 교체나 세탁 등 세세한 보조를 요청하기 어렵다. 나도 생리대를 갈아야 할 때 최소한의 보조를 요청해야 한다. 활동 보조인이 생리혈 묻은 생리대를 더럽다고 생각하거나 생리대를 교체하기 싫어할 수도 있고, 나도 익숙한 공간이 아니면 생리대를 교체하는 일이 에너지가 많이 든다. 이런 고민들이 맞물려 오랜 시간 생리대를 착용하고 있어야 했다. 생리컵이나 면 생리대 등이 발암 물질 생리대를 대체할 수 있다지만 보조를 받아야 하는 장애여성에게는 먼 이야기처럼 느껴진다.

그래서 대안 용품을 쓰기 어려운 여성들의 경험을 어떻게 드러낼 수 있을지 더욱더 고민했다. 앞서 말한 대로 장애여성들은 보조를 요청하기 어렵고 외부 화장실이 상태가 나쁘기 때문에 생리대를 하루 종일 갈지 않거나 물을 마시지 않는 경험을 많이 했다. 이런 경험은 노동 환경이 나빠 생리대를 바꿀 시간도 없는 비장애여성들의 경험하고도 만난다. 장애여성의 경험이 비장애여성의 경험에서 동떨어져 있지 않으며 '여성'의 경험 안에서 다양한 차이가 드러나는 방식으로 다른 경험들이 만난다는 사실이 우리가 앞으로 '대안'을 이야기할 때 중요하다.

다른 몸을 만나고, 서로에게 궁금해 한다는 것

몸의 차이는 단지 장애/비장애의 차이가 아니다. 장애 유형별로 몸이 다르고, 같은 장애도 사람마다 다를 수밖에 없다. 무엇이 다르고, 또한 어떻게 다른지를 구체적으로 이야기하면서 각자의 장애를 이해하고 배려하게 된다. 동시에 장애인들 내부의 차이를 살펴보는 과정에서 장애인/비장애인으로 나뉜 기준과 경계를 비판하다가 근본적인 질문을 마주하게

된다. '장애란 무엇인가?'

다양한 몸들이 만난다는 말은 어떤 의미일까. 장애여성공감은 사회적으로 비장애인으로 분류되더라도 만성적으로 힘들고 아픈 몸으로 살아가는 사람의 경험이 장애인의 경험하고 얼마나 공유될 수 있는지를 고민하게 됐다. 그러려면 사람들이 지닌 다양한 몸의 경험을 사회적으로 이야기해야 한다. 몸의 차이에 집중한다는 말은 단순히 '모든 몸은 아름답다'거나 '자기의 몸을 긍정하라'는 메시지하고는 거리가 멀다. 내 몸의 어떤 부분은 긍정적으로 생각할 수 있지만 어떤 부분은 여전히 마음에 들지 않는다. 장애가 있는 내 몸을 수용하는 일은 어쩌면 불가능할지도 모른다. 매 순간 낯설지만 '타협'하는 몸으로 살아간다. 평소에는 장애가 있는 내 몸에 익숙해져서 살아가지만, 또 어떤 순간에는 몸의 한계 때문에 좌절하기도 하고, 조금 더 '정상적'인 몸에 가까워질 수 있지 않을까 하는 욕망을 느끼기도 한다. 이렇게 내가 내 몸하고 맺는 관계는 여러 면에서 복잡하다(장애여성공감, 《장애여성운동 15년 동안의 사고》, 2013).

화장실에 갈 때마다 '여자냐'는 질문을 받는 머리가 짧은 퀴어 여성

지정 성별 또는 본인이 정체화하는 성별, 그 어느 곳의 화장실
을 가더라도 타인의 시선을 받는 트랜스퀴어

화장실을 찾는 것이 쉽지 않거나 화장실 진입 시, 타인의 시선
을 한 눈에 받게 되는 장애여성

기도 열심히 하면 걸을 수 있다는 기적을 강요받는 장애여성

기도 열심히 하면 시스젠더 이성애자가 될 수 있고 동성애는
고칠 수 있다고 강요받는 퀴어

— 〈2017년 퀴어문화축제 장애여성공감 '우리 조금 비슷할지도 몰라' 캠페인〉

2017년 '레드립'은 내 존재가 가시화되거나 가시화되지
않는 상황들에 주목하면서 퀴어와 장애여성의 교차성을 주
제로 모임을 지속해왔다. 성 소수자, 장애인이라는 이유로
나를 해명해야 하는 순간들이 너무나 일상적인 일이라는 점
을 발견했고, '잘못된 존재로 인식되는 몸'이라는 주제를 가
지고 장애여성과 퀴어의 경험을 듣고 말하고 싶었다. 그러
면서 정상성 중심의 사회에서 소수자의 경험은 어떻게 통제
되고 있을까 하는 문제의식을 가졌고, 내가 경험하는 차별

의 경험이 단지 장애여성의 경험일 뿐 아니라 소수자의 경험이라는 현실을 인식하는 과정을 거쳤다. 그리고 이 문제의식을 더 많은 사람들하고 공유하려고 퀴어문화축제에 참여했다. 퀴어문화축제 활동은 장애인, 여성, 퀴어의 정체성이 각각 분리돼 동떨어져 있지 않고 '소수자'의 정체성으로 각자의 경험이 연결될 수 있다는 사실을 알고 연대의 의미를 확장할 수 있는 중요한 계기였다.

나하고 관계를 맺고 있는 사람에 관한 고민은 그렇지 않은 사람보다 더 적극적일 수밖에 없기 때문에 존재를 서로 상상할 수 있으려면 실체를 확인할 수 있는 직접적인 사람이 필요하다. 이 관계들이 쌓여야 비로소 각자의 경험이 교차할 수 있기 때문에 퀴어문화축제는 고민을 함께할 수 있는 동료를 만들 수 있는 중요한 기회였다. 이날 현장에서 만난 많은 사람은 이런저런 피드백을 줬다. "장애여성과 퀴어의 경험이 맞닿아 있다는 것을 처음 알게 됐다." "내가 부적절한 존재로 느껴지는 경험이 장애여성의 경험과 연결돼 있다는 것을 생각해볼 수 있어서 좋았다." 또한 성 소수자라는 이유로 일상에서 배제된 차별 경험을 이야기하면서 장애여성이 어떤 경험을 하는지 더 듣고 싶어하기도 했다.

앞서 이야기한 대로 이 공간을 통해 느낀 가장 중요한 점

2017년 7월 15일, '2017 퀴어문화축제'에 함께한 장애여성공감. 차 없는 아스팔트 위에서 해방 감을 맛봤다.

은 '내 경험에서 시작된 고민이 각자의 존재를 궁금해하고 질문하게 만들었다'는 사실이다. '연대'가 무엇인지 계속 고민하는 일은 소수자의 정체성을 가진 사람들의 경험이 어떻게 만나는지 찾아가는 과정이다. 결국 이 과정을 함께하는 사람들을 넓히면 장애여성이 퀴어문화축제에 함께하는 '연대'의 의미는 투쟁을 같이하는 수준을 넘어 퀴어장애여성의 존재를 상상할 수 있는 공간을 만들어내는 '연대'가 되지 않지 않을까 생각한다.

자연스럽다는 것, 보편적인 것을 의심하기

장애여성공감이 지금까지 지켜온 것과 결별해왔던 것이 무엇인지 생각했을 때 장애를 바라보는 동정적인 시선과 차별, 여성이라는 이유로 폭력과 착취의 대상이 되는 것, 성 소수자라는 이유로 혐오를 온전히 받아야 하는 경험은 우리는 누구와 연대하고 함께할 것인지를 고민하게 만들었습니다.

장애여성이 사회적으로 주류의 위치에 놓이지 못하지만 사회구조적인 문제와 인식을 변화시키기 위해 우리의 경험을 말하는 것을 지켜왔습니다.

장애여성공감 20주년 기념식에서 장애여성극단 '춤추는 허리' 퍼포먼스의 한 장면.

우리는 우리의 경험을 말하기를 멈추지 않되, 우리의 차별과 억압만이 특별하고 중요하다고 주장하지 않는다.

우리는 비슷한 처지에 있는 소수자들과 함께, 정상성과 보편을 의심하고 싸우는 이들과 함께 의존과 연대의 의미를 다시 쓰는 투쟁을 멈추지 않을 것이다.

그럼으로써 살아가고 의미 있게 존재할 것이다.

— 〈장애여성공감, 20주년 선언문〉

2018년 2월에 발표된 장애여성공감 20주년 선언문의 일부다. 장애여성공감은 창립 20주년을 맞이해 장애를 가진 사람들을 '불구'이자 무능력한 존재로 규정짓는 사회에 저항하겠다고, 소수자를 향한 혐오와 폭력은 용인될 수 없다고 단호히 말했다. 여기 있는 우리는 누구하고 함께 연대할지에 관한 고민을 멈추지 않으면서 의존과 연대의 의미를 다시 쓰려고 했다. 단 하나의 정체성으로 개인을 판가름하지 않으면서 복잡하고 다양한 정체성들이 교차하는 한 개인의 삶의 맥락 안에서 온전한 '나'로 존재할 수 있는 사회, 누구도 배제되거나 차별받지 않는 사회를 만들기 위해 장애여성공감은 비슷한 처지에 놓인 사람들하고 함께 연대하면서 앞으로 계속해서 불구의 정치를 펼쳐가겠다고 선언했다.

보편을 의심하고 정상에 도전하는 일은 어떤 의미일까. 장애여성은 장애가 있다는 이유만으로 '비정상적' 존재가 된다. 한국 사회는 '정상적인 몸'의 기준이 너무 좁아서 '정상적인 몸'이라기보다는 '이상화된 몸'에 가깝다. 무엇보다 대중 매체가 이런 기준을 더 견고하게 만들고 있다. 따라서 정상 기준에서 벗어난 몸들의 경험을 이야기하는 일은 아주 중요하다. 지금 사회가 규정하는 정상의 범위에 들어갈 수 있는 사람은 거의 없다. '일반적'이고 '정상적'이라는 규정에 관해 다시 생각해야 한다(장애여성공감, 《장애여성운동 15년 동안의 사고》, 2013).

도무지 자연스럽지 않은 것들

에코페미니즘과 장애를 가진 내 몸은 어떻게 만날 수 있을까? 나는 무엇을 할 수 있을까? 얼마 전부터 플라스틱과 비닐 대신 종이를 쓰고, 일회용 컵과 플라스틱 빨대를 다회용 컵과 종이 빨대로 바꾸려 노력하고 있다. 일상을 바꾸려 하니 오랫동안 자연스럽던 많은 일들이 문제가 됐다. 유리컵은 플라스틱 컵보다 무거워서 손으로 들기가 더 어렵고, 무엇보다 깨질 위험도 크다. 평소에 유리컵을 잘 쓰지 않고, 쓰더라도 빨대를 함께 쓴다. 플라스틱 컵과 플라스틱 빨대가 아니라 유리컵과 쌀 빨대로 바꾸고 나니, 내가 할 수 있는 일들이 많이 줄었다.

장애가 있는 내 몸이 생태적인 삶을 실천하려는 내 의지하고 맞부딪힐 때 나는 아직 대안적 상상력이 부족하다. 컵을 꺼내달라고 부탁하거나 다른 사람의 도움을 받으면 되지 않느냐고 간단하게 생각할 수도 있지만, '혼자서' 컵을 꺼내고 물을 마시는 일보다는 내 몸에 맞는 '대안'이 무엇일까 고민했다. 왜 대안이 내게는 더 불편한지, 모두 불편하지만 익숙해지는 과정인지……. 내 몸에 자연스럽지 않은 방식들을 어떻게 이야기하면 좋을지 고민이 필요하다는 말이다.

장애가 있는 몸 또는 정상에서 벗어난 몸을 가진 사람들이 좋은 대안을 선택하지 않는 이유가 단지 개인의 문제로 치부되기보다는, 서로 몸의 경험이 어떻게 다르고 어떻게 만나는지 상상할 필요가 있다. 그런 상상을 가로막는 현실이 도무지 자연스럽지 않다. 누군가 만들어놓은 기준에 맞춰 정해진 대로, 주어진 조건대로 살아가는 삶이 아니라, 다양한 몸이 공존하는 삶이어야 한다. 그 안에서 장애를 가진 내 몸도, '기준'을 벗어난 이들의 몸의 경험도 존중받는다. 나로 살아가는 데 필요한 일들을 서로 고민하면 누군가를 해치거나 차별하지 않아도 된다. 이런 고민을 하는 실천이 도무지 자연스럽지 않은 세상에 맞서는 자연스러운 우리의 운동이자 연대가 아닐까.

장애여성공감, 《어쩌면 이상한 몸 ― 장애여성의 노동, 관계, 고통, 쾌락에 대하여》, 오월의봄, 2018

'어쩌면 이상한 몸'이라는 제목부터 흥미롭지 않은가. 몸, 섹스, 통증, 양육, 노동, 나이듦, 활동 보조 등 장애여성의 삶의 경험을 아주 밀접하게 이야기하고 있다.

수잔 웬델 지음, 강진영·김은정·황지성 옮김, 《거부당한 몸 ― 장애와 질병에 때한 여성주의 철학》, 그린비, 2013

건강하지 않은 몸, 질병과 장애를 어떻게 바라볼지, 질병과 장애를 바라볼 때 장애여성의 관점이 왜 필요한지 질문을 던지는 책이다.

퀴어

다른 몸들과 퀴어한 자연

관계 맺는 몸들의 관계의 윤리

황주영

퀴어, 에코, 페미니즘?

처음 '퀴어에코페미니즘'이라는 말이 있다는 사실을 알고는 좀 멍했다. 공부 모임에서 읽기로 한 논문에 무슨 이야기가 들어 있을지 전혀 상상이 되지 않았다. 퀴어 이론과 페미니즘은 가까운 사이이지만, 퀴어 이론과 생태주의 사이의 관계는 멀어 보인 탓일까? 그러고 보니 생태주의나 에코페미니즘에서 성적인 문제를 다루는 사례를 거의 보지 못했다. 에코페미니즘에서 성의 문제는 대체로 재생산과 성별 분업에 관련될 뿐 섹슈얼리티에 관한 논의는 별로 없다. 그런 데 익숙해져서 '퀴어'가 에코페미니즘의 분석틀이 되면 어떤 모습일지 떠올리기 쉽지 않았다.

생각해보면 오랫동안 섹슈얼리티가 에코페미니즘의 중요한 쟁점이 되지 못하고, 생태주의 안에서 퀴어 이론의 관점이 채택되지 않은 상황이 오히려 이상하다. 에코페미니즘을 비롯한 생태주의는 자연과 문화 모두 다양성과 복잡성을 통해 생명력을 지속할 수 있다고 믿기 때문이다. 생명의 다양성은 성적 다양성에 밀접히 관련된다. 동식물의 몸들이 지닌 무수한 차이는 이 몸들이 생태계라는 공동체 안에서 복잡한 관계를 맺게 되는 이유이며, 성적 차이는 이 관계를 이끄는 중요한 동력의 하나다.

특히 에코페미니즘은 퀴어 이론의 관점과 분석틀을 통해 매우 풍성해질 수 있다. 에코페미니즘은 인간의 자연 지배와 생태 위기가 페미니즘의 쟁점이라고 본다. 에코페미니스트들은 자연과 비인간 동물을 인간의 도구로 보고 인간의 관점에서 멋대로 가치를 매기는 인간중심주의가 남성중심주의나 가부장제하고 한몸처럼 움직인다고 주장한다. 에코페미니스트들은 이 지배 구조를 무너트리려면 페미니즘과 생태주의가 서로 포괄할 수 있어야 한다고 생각한다.

에코페미니스트의 관심사는 매우 다양하다. 환경을 파괴하는 물질이 여성의 월경, 임신, 출산 등 건강에 미치는 영향에서 출발해, 이런 재생산 기능을 지닌 동식물의 몸이 가부장제에서 가치 없는 존재로 다뤄지거나 인간 남성을 위한 자원이나 도구로 다뤄지는 문제를 들여다본다. 전통적 성역할과 성별 분업이 각 성별과 자연의 관계에 어떤 차이를 낳는지, 가부장제적 가치 체계가 우리의 자연관에 어떤 영향을 주는지도 살펴본다. 초국적 기업이 제3세계와 저개발 국가의 생태계를 파괴하고 지역 주민의 생활 기반이 취약해지면서 여성 빈곤이 심해지는 문제에도 주목한다.

에코페미니즘은 가부장제와 인간중심주의, 자본주의 사

이의 상호 작용을 비판적으로 이해하며, 이 복잡한 지배 체제를 해체하고 새로운 대안 세계를 만드는 데 관심을 둔다. 퀴어에코페미니스트들은 한발 더 나아가 이성애중심주의가 이 지배 체제의 한 축으로 작용한다는 점을 보여준다. '퀴어'의 관점에서 이 체제를 바라보면, 우리는 무엇보다 우리의 육체적 감각과 욕망이 이 지배 체제가 원하는 방식으로 통제된다는 사실을 알게 된다. 이런 내용은 그동안 에코페미니즘이 충분히 다루지 못해온 주제의 하나다. 나아가 퀴어에코페미니즘이 제안하는 욕망의 새로운 의미는 에코페미니즘 윤리학의 토대를 더 단단하게 다져준다.

재생산하는 몸들

인간 여성

섹슈얼리티는 페미니즘이 다루는 핵심 주제의 하나이지만, 그동안 에코페미니즘은 섹슈얼리티를 충분히 다루지 않았다. 물론 에코페미니즘은 다양한 몸을 다룬다. 여성의 몸, 소수 인종의 몸, 노동하는 몸, 동물의 몸, 식물의 몸, 생태계 또는 생물권이나 지구라는 몸이 자본주의적 가부장제에서 어떻게 다뤄지는지를 살핀다. 그런데도 계속 배제되는 몸이 있었다. 특히 성 소수자의 몸, 성적인 몸은 늘 주변적이었다.

어째서 그럴까? 몸들이 만나고 얽히는 지점을 재생산으로 특화한 때문이다. 좁은 의미에서 보면 재생산은 종의 다음 세대를 발생시키는 과정에 관련된 일들을 말한다. 동물로 치자면 임신, 출산, 양육을 재생산 활동이라 할 수 있다. 재생산이 핵심적인 중요성을 지니는 이유는 자본주의적 가부장제에서 재생산을 담당하는 몸들이 착취와 통제의 대상이 되기 때문이다.

가부장제 사회에서 여성은 재생산 노동자다. 아이에게 이름을 물려주는 사람은 아이를 낳고 양육을 대부분 담당하는 어머니가 아니라 아버지다. 상품을 만드는 사람은 노동자이지만 생산물에 자기 상표를 붙이고 생산물을 자기 장부에 등록하는 사람은 자본가이듯 말이다. 극단적으로는 여성은 생산수단이 된다. 남성 가계가 소유한 출산 기계로서, 출산을 하지 않거나 하지 못하는 여성은 임무를 다하지 못하는 이기적이고 쓸모없는 존재가 된다. 말하자면 가부장제에서 여성의 재생산 기능이나 모성은 여성 자신이 아니라 남성을 위한 자원이나 수단이 된다. 가족 안에서만 그렇지는 않다. '가임 여성 지도'나 '하향 결혼'을 둘러싼 논란이 잘 보여주듯이 여성을 출산 수단으로 보는 관점은 국가 기관조차 감추지 않고 버젓이 드러낼 정도로 만연하다. 난임 치료나 유전공학에서도 여성의 재생산 기능과 신체 조직은 기업이나 대형 병원이 이윤을 얻을 자원이 된다.

게다가 여성의 재생산 활동은 출산으로 끝나지 않는다. 가부장제의 성별 분업은 여성이 가사 노동과 육아 노동 등을 거의 전담하게 한다. 이런 노동은 가족의 건강을 책임지는 일들로 구성돼 있다. 그렇기 때문에 환경 오염이 심해지거나 가정에서 쓰는 화학 물질의 유해성이 드러나면 더 많은 노동과 더 많은 책임을 떠안게 된다. 이를테면 미세 먼지가 심한 날에 아이가 있는 여성은 집안 청소를 더 자주 해야 하고, 더 좋은 공기청정기를 사서 깨끗하게 관리하는 데 시간과 에너지를 쏟는다.

'다른' 몸들과 재생산

여성의 재생산 문제가 인종 차별과 식민주의의 맥락을 만나면, 비주류 인종의 여성은 인종 청소와 민족의 번영 사이에서 낙태와 출산을 강요당하기도 한다. 장애 여성의 임신과 출산은 논의 대상이 되지 않거나, 으레 낙태가 더 좋은 결정이라고 간주된다. 장애 여성의 신체는 '좋은 그릇'이 될 수

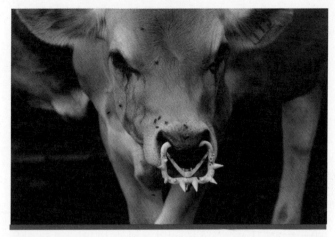

젖소 농장에서는 우유 생산량을 늘리려고 송아지가 젖을 물지 못하게 가시가 달린 코뚜레를 달아놓는다(출처=https://www.sciencesource.com, ⓒ Bonnie Sue Rauch).

없다고 여겨지기 때문이다. '그럼에도 불구하고' 모든 난관을 '극복'하고 '장애를 이겨낸' 여성의 목숨을 건 임신과 출산은 헌신과 모성의 발현으로 더할 나위 없이 찬양된다.

동성애 혐오의 큰 부분이 재생산에 관련된다. '자연스러운' 임신과 출산을 목표로 하지 않는, 재생산할 수 없는 관계는 성적 쾌락만을 추구하는 문란하고 무질서한 관계이기 때문에 문제가 된다. 그리고 바로 그렇기 때문에 성 소수자의 출산과 양육은 가차없이 거부된다. 양육자들의 이른바 비정상적 관계가 아이에게 나쁜 영향을 준다는 생각 때문이다.

식물의 재생산 능력은 다양한 방식으로 통제된다. 심할 때는 육종이나 유전자 조작을 통해 스스로 씨앗을 맺을 수 없게 번식 능력이 제거된다. 반다나 시바는 여성과 식물의 재생산 능력이 우리 시대의 마지막 남은 식민지라고 말했다. 이 몸들이 노동력이나 상품이 될 자원을 끝없이 만들어낼 수 있기 때문만은 아니다. 유전 공학 관련 특허를 내어 확보된 지적 재산권이 화수분처럼 돈을 벌어다주기 때문이기도 하다.

식물뿐 아니라 비인간 동물의 재생산도 철저히 상품 생산을 위한 재생산이 됐다. 공장식 축산 또는 개나 고양이 같은 반려동물 농장에서 비인간 동물은 임신을 위해 '강간'을 당하고, 자궁벽이 허물어질 정도로 출산하고, 출산 직후 자손

과 재생산의 부산물(젖, 알)을 빼앗긴다. 순수한 학문적 목적
이나 멸종 위기종 복원이라는 명분 아래 진행되는 온갖 연구
에서도 비인간 동물의 재생산 기능은 실험 재료로 쓰인다.

재생산과 섹슈얼리티의 관계

'자연스러운' 성

'재생산'이 가부장제와 인간중심주의, 자본주의가 협잡을 하
는 장이라면, 섹슈얼리티의 문제는 어떻게 관련될 수 있을
까? 섹슈얼리티는 에코페미니즘이 문제의 원인으로 지목하
는 이 복잡한 지배 체제에서 어떤 식으로 이용될까?

　여성, 성 소수자, 장애인, 비주류 인종, 비인간 생물종을 대
상으로 하는 재생산 통제와 수탈은 각기 특수성을 갖지만 정
당화되는 방식은 매우 비슷하다. 여기서 섹슈얼리티와 재생
산이 얽힌다. 재생산에 관련된 여러 전제들은 자연의 성, 섹
슈얼리티, 재생산에 관한 가부장제적 편견으로 가득차 있기
때문이다. 이 전제들은 재생산을 권리가 아니라 의무로 만들
고, 주변화된 집단의 재생산을 통제해 그 생산물을 빼앗기
위한 근거로 종종 사용된다. 그 전제들은 다음 같다.

- 성적 본능의 목표는 번식에 있다. 따라서 번식이 불가능한 성관계는 본능에 반한다.
- 이 목표를 위해 자연계, 적어도 인간을 포함한 동물계는 성적으로 이원화돼 있다.
- 자연계에서 생물학적 성은 고정돼 있으며, 성적 이원성이 번식의 기본이다.
- 모든 동물들이 보여주듯이 모성은 본능이다.
- 성적 쾌락은 활발한 번식 활동을 유도하기 위한 부수적인 요소다.

자연 상태의 성과 재생산에 관한 이런 가정들은 객관성과 보편성이라는 이름으로 등장한다. 이 가정들은 과학적으로 부적절하지만 널리 퍼져 있으며, '자연스럽다'는 마법 같은 표현을 통해 강력한 힘을 발휘한다. 자연이 규범과 질서의 척도가 돼, 사람들 사이의 차이와 다양성을 우월한 것과 열등한 것, 정상과 비정상의 범주로 배치하기 때문이다. 자연은 사람들 사이에 피지배 집단이나 소수자 집단을 구축할 때 경계 표지판이 된다. 자연스러운 것은 곧 정상적인 것이며, 정상적인 것은 비정상적인 것보다 우월하다. 정상 기준에 딱 들어맞지 않는 것은 차이나 새로운 것이 아니라 예외나 오류다. 자연스러운 것이 정상적인 것이라는 이 생각은 결국 우-열, 정상-비정상으로 나뉜 집단들 사이의 지배 관계를 정당화한다. 역사적, 사회적, 문화적으로 만들어진 지배 관계가 마치 '자연적인 것'처럼 보이게 한다.

성적 정상성의 기준인 자연

이런 구조에서 자연과 여성, 그리고 인간 사회의 여러 소수자 집단들은 열등한 것으로 한데 묶여 지배와 통제의 대상이 된다. 그렇지만 섹슈얼리티에 초점을 맞추면, 자연은 정상과 비정상을 판가름하는 규범으로 소환된다. 문화의 지배 대상인 자연이 이때만큼은 인간이 복종해야 할 진리의 장소가 된다.

퀴어에코페미니즘은 그동안 에코페미니즘이 눈여겨보지 않던 이 지점을 분석한다. 이런 분석은 우리 사회에서 통용되는 '자연'이라는 말이 단지 문화에 대립되는 열등한 짝에서 그치지 않고, 때로는 다른 소수자 집단을 대상으로 하는 배제와 불평등을 정당화하기 위해 우월한 정상성의 규준으로 작동하기도 한다는 점을 보여준다('보지'와 '자궁'이 남성하고 맺는 관계에서는 열등한 것이 되다가 트랜스젠더 혐오에서는 '진짜 여자'를 가려내는 척도가 되는 현상을 보라).

나아가 섹슈얼리티와 욕망의 아주 협소한 범위만이 허용

되기 때문에, 섹슈얼리티와 욕망의 다양한 형태에 관한 억압이 성 소수자만의 문제가 아니라 여성과 동물의 관계나 인간과 자연의 관계의 문제이기도 하다는 통찰을 가져다준다. 육체와 정신이 이원론적으로 대립할 뿐 아니라, 정상으로 규정된 특정한 몸과 나머지 '비정상'인 몸, 재생산 가능한 섹스와 그렇지 않은 섹스도 대립쌍으로 나타난다.

성적 욕망과 성적인 행동 양식이 재생산 본능이나 생존 본능, 소유욕하고 동일하다고 전제하지 않는다면 재생산 통제와 착취는 허용되기 어렵다. 국가나 기업이 필요로 하는 재생산을 결과물로 내놓게 하기 위해 그렇지 않은 섹스와 섹슈얼리티를 규제하고 특정한 형태의 섹슈얼리티를 욕망하게 해야 한다. 다종다양한 섹슈얼리티가 이렇게 규정되면, 우리의 욕망과 관계 방식은 매우 한정된다.

퀴어한 자연, 관계 맺는 몸들

재생산 바깥의 성은 모두 비정상?

동성애만이 재생산에 관한 자연적 가정들에서 열위에 있거나 비정상으로 취급되고 있지는 않다. 성적인 것은 이성이나 합리성에 대비되는 본능이나 무의식이라는 폭도로 여겨진다. 이 폭도는 정신과 의식의 힘이 통제하고 길들여야 하는 대상이다. 동성애를 포함해 재생산 자체를 목적으로 하지 않는 섹스는 더럽고 난잡하고 탐욕스럽고 무질서하며 수치스럽고 '동물적'(곧 비인간적이고 자연에나 있는)인 동시에 자연적 질서에서 일탈한(곧 본능이나 순리에 따르지 않는) 비정상적인 성이다. 자위, 집단 섹스, 다자간 연애, 특정 신체 부위나 물건을 관한 페티시, 복장 전환 등은 동성애처럼 이른바 '정상적으로' 성장한 사람의 성행동에서 나타나면 안 될 요소들이다.

성과 성애적인 것에 관한 가부장제 담론과 이성애중심주의 담론은 서로 강화하는 관계다. 성의 목적이 '재생산'에 있으며 성 본능은 결국 개체가 자기의 유전자를 영속화하려는 생존 본능일 뿐이라는 식의 담론은 모든 생명체의 성적 관계를 이성애로 환원하고, 그중에서도 '재생산'이 가능한 성기 결합 섹스를 중심으로 정상성을 규정한다. 이런 담론이 참조하는 '자연'은 다층적이고 변화무쌍한 자연의 수백만 가지 생활 방식과 변이들에서 아주 일부일 뿐이지만, 보편적이고 불변하는 본질적 모습으로 제시된다.

엔 개의 섹슈얼리티

정말 자연은 두 개의 성으로 분할돼 이성애를 원리로 할까? 해외 토픽이나 신기한 소식을 전하는 뉴스에서 동성 커플인 비인간 동물들 이야기를 종종 듣는다. 놀랄 일도 아니다. 포유류와 조류 수백 종에서 동성애 관계가 자주 발견되니 말이다. 동성 커플들은 서로 구애하고 짝을 지어 거처를 마련한다. 때로는 부모 없는 새끼를 데려다 키우거나 남의 알을 훔쳐 번갈아 품으며 부화시키기도 한다. 또한 우리가 잘 알다시피 많은 동식물이 암수한몸이거나 자가 생식을 한다.

자연계에서 번식은 동물의 본능이며 섹스의 유일한 목적일까? 보노보 침팬지는 동성애를 포함한 난교를 통해 공동체 내부의 공격적 분위기를 해소하고 사회적 화합을 도모한다. 신체 부위나 부드러운 풀을 활용해서 자위를 하는 동물도 있다. 가뭄이나 홍수 등으로 먹을거리가 마땅치 않고 개체수 조절이 필요할 때는 무리의 규모를 늘리지 않은 채 쾌락을 얻을 수 있는 방법으로 동성 섹스를 택하는 동물도 있다. 이런 사례들은 자연 세계에서 성욕이 번식이나 재생산만을 목적으로 하지 않으며, 생존 본능이나 생존을 위한 '재생산'을 넘어서는 쾌락이라는 잉여를 겨냥하기도 한다는 사실을 보여준다.

자연에서 성별이나 성별 정체성이 당연히 고정돼 있다고 생각하지만 그렇지도 않다. 수중 동물 수백 종이 필요에 따라 성을 전환한다. 한 실험에 따르면 수컷 기니피그는 성비가 불균형해지자 일부가 암컷 같은 행동을 보였다.

정상성이 아니라 다양성

비인간 동물의 생활 방식을 그대로 인간에 대입해 인간 사회를 설명하려고 이런 이야기를 늘어놓는 게 아니다. 이런 이야기에 담긴 교훈은 하나다. 자연에서 드러나는 성적 다양성은 우리가 보편적이거나 정상적이라고 생각하는 '자연스러움'이 얼마나 편협한 생각인지를 보여준다. 린 마굴리스나 이블린 폭스 켈러 같은 생물학자들은 자연이 스스로 언제나 자기를 초월하고 있다고 말한다. 그래서 우리가 자연에 관해 잘 안다고 말하는 순간 이미 자연은 그 앎을 벗어나고 만다. 자연 자체가 늘 변화하고 있다면, 그리고 상상 이상으로 다양한 면모를 지녔다면, 자연을 근거로 정상과 비정상을 구분하는 일은 무의미하다. 인간 이외의 동물들이 보여주는 성적 다양성은 우리가 자기의 편견이나 주장을 정당화하기 위해 자연을 본질이나 원리로 전유하는 행동이 얼마나 부적절한지를 알려준다.

자연에는 셀 수 없는 다양성이 있고, 그런 다양성이 생명의 풍성함과 끈질김의 동력이다. 신체 형태, 생활 방식, 거주지, 신진대사 능력, 감각 지각의 종류, 번식, 의사소통, 쾌락 추구, 학습, 협력, 경쟁 등 온갖 수준과 영역에서 각각의 종은 자기만의 방법을 구축했다. 이런 다양성은 생물종뿐 아니라 한 종 안에서 개체들 사이의 차이를 만들어내고, 그 차이를 통해 서로 복잡한 관계를 맺으며 상호 작용을 한다. 그리고 그 관계들과 상호 작용의 다양성과 복잡성이 생태계를 지탱한다. 자연은 계속 변화하며, 그 변화와 변이, 일탈과 예외가 생명을 지속 가능하게 한다. 생명체는 환경에 적응하려고 스스로 변화하며, 거꾸로 환경을 변화시킨다. 생명체는 생존할 뿐 아니라 창조한다. 예기치 못한 변이와 일탈은 실패로 끝날 수도 있지만 '부적응'이나 '비정상'이라기보다는 세계에 새로움을 낳는 시도이자 분투이며, 때로는 생명의 힘과 풍부함을 한층 강화하고 미래를 확장하기도 한다.

만약 우리가 자연을 잘 이해하고 자연하고 공존하면서 자연 속에서 건강한 몸과 관계들을 유지하며 살아가기를 바란다면, 그때의 자연은 정적이고 고정돼 있는 어떤 보편적 실체가 아니라 다양성과 변화를 통해 역동적으로 살아 움직이는 자연이어야 한다.

감각과 욕망의 회복

길들여진 욕망

자연의 역동성을 가져오는 핵심 엔진은 성애적인 것 또는 욕망이다. 그동안 많은 철학자들은 욕망을 결핍으로 생각했다. 욕망은 아무리 애써도 끝내 완전히 채울 수 없는 빈 그릇처럼 생각됐다. 필요한 것을 충족시키려는 경향, 또는 부족한 것이나 영원히 잃어버린 어떤 것을 채우려는 경향이 욕망이라는 말이었다.

그렇지만 사실 이렇게 이해된 욕망은 자본주의와 가부장제, 또는 자본주의적 가부장제가 길들인 욕망이다. 자본주의적 가부장제는 욕망을 몇 가지 방식으로 제한하고 길들인다. '재생산', '생산', '소유', '소비'가 현대인에게 허락된 욕망의 실현 방식이다. 우리에게 허락된 관계는 이성애자들 사이의 독점적 연애 관계나 혼인 관계, 정상 가족 안에서 유지되는 유대, 운이 좋으면 신뢰할 수 있는 친구 관계가 전부다. 이런 관계들도 폭력, 경제적 이익, 경쟁과 위계 때문에 쉽게 깨지거나, 관계보다는 권력의 질서라는 사실이 드러나고 만다.

성적 욕망은 여성과 남성 사이에 재생산을 전제로 한 성관계로 한정된다. '재생산'을 목적으로 하지 않는 관계를 향한 직접적인 성적 욕망은 이성애자 남성에게만 조금 허용된다. 그나마 가부장제적 의미에서 '관계'는 일방적인 폭력과 착취일 때가 많다. '재생산'에 관한 지배권은 신체를 '재생산' 가능한 몸과 불가능한 몸으로 나누고, 관계를 '재생산' 가능한 관계와 불가능한 관계로 나눈다. 자본주의는 에로스와 욕망을 소유와 소비의 욕망으로 전환한다. 식물과 비인간 동물의 '재생산' 능력은 자본이 이윤을 창출하고 시장을 발굴할 자원이자 생산수단으로 사용된다. 이런 존재들과 인간 사이의 관계는 대체로 인간의 일방적인 폭력과 파괴로 얼룩져 있다. 자연적 대상을 직접 접촉하는 경험에서 되살아나는 육체적 감각들은 와이파이 잘 터지는 캠핑장, 값비싼 등산복과 캠핑 장비, 개발된 관광지에 저당잡혔다.

연결을 향한 욕망

몇몇 페미니스트들은 욕망을 관계를 맺으려 하는 힘으로 정의한다. 특히 퀴어에코페미니스트인 패트리스 존스는 욕망이 모든 것을 움직이는 추동력이며 우리가 원하는 것을 향해 나아가도록 몰아붙이는 힘이라고 설명한다. 이때 '원하는 것'은 결핍과 필요가 아니다. 존스는 우리가 '연결'을 가장 원한다고 말한다. 존스는 오드리 로드를 좇아 에로스가 '신체적, 감정적, 심리적, 지적 기쁨의 공유'이며 '공유자들 사이에 다리를 놓아주는' 행위라고 설명한다.

퀴어 이론의 관점에서 성애적인 것을 에코페미니즘에 들여오면, 가부장제적 문화가 자연과 여성을 지배한다는 단순한 설명 틀에 '정상성 규범'이라는 새로운 시야각이 열린다. 이런 과정을 거쳐 자본주의적 가부장제가 자연을 이해하고 재현하고 전유하는 방식의 다른 면모가 드러난다. 또한 자연을, 그리고 살아 있는 것들 사이의 관계를 새롭게 이해할 실마리가 제공된다. 타자하고 연결되려는 욕망과 육체의 감각을 회복하게 되면 여성과 남성의 관계가 변화하고, 다양한 성적 지향과 정체성, 섹슈얼리티가 흘러넘치게 된다. 그렇게 되면 소유와 정복, 폭력과 지배가 사랑이나 관계, 욕망을 참칭할 수 없다.

자본주의적 가부장제에서 생산에 견줘 가치가 한층 낮은, 그래서 여성이 전담해온 재생산 노동도 다르게 정의될 수 있다. 재생산은 유전자를 재조합하고 이미 존재하는 것을 다시 반복해서 만들어낸다는 의미에서 다른 개체의 몸을 낳는 행위만을 의미하지 않을 수 있다. 살아 있는 존재가 스스로, 그리고 또한 타자하고 맺는 관계를 통해 자기를 갱신하고, 새로운 것을 창조하고, 치유하고, 소생시키는 일도 포함하게 된다. 모든 생산은 지구 내부의 물질과 에너지를 바꿔 사용하고 순환시킨다는 점에서 재생산이며, 재생산은 전에 없던 개체와 관계를 세상에 새롭게 내놓는다는 점에서 생산으로 이해될 수 있다.

그럼 인간이 고려해야 할 타자에는 인간뿐 아니라 동물과 식물, 생태계 전체가 포함된다. 우리는 모두 다른 몸들을 통과해 온 재생산의 결과물이자 생태계의 다른 구성원들이 함께 창조해낸 생산물이라는 사실을 알게 되기 때문이다. 마지막으로 변이, 일탈, 차이는 비정상이 아니라, 모든 재/생산을 지속 가능하게 하는 창조적 다양성으로 이해된다.

금욕을 넘어선 관계의 윤리를 향해

돌봄의 의미

에로스와 욕망에 관한 이런 설명은 인간과 인간, 인간과 비인간 동물, 인간과 자연 사이에 존재하는 윤리의 기초가 된다. 기쁨을 공유하고 서로 연결되려 하는 욕망은 관념적이지 않으며 신체에 자리잡고 있다. 이런 욕망과 에로스에 기반을 둔 윤리는 관계 맺은 주체와 타자가 놓여 있는 상황과 맥락을 충분히 고려한다. 그리고 구체적인 상황 속에서 신체를 통해 돌봄을 실행하는 윤리다.

그런데 다른 생명체를 보살피고 유지하기 위한 생태적 행동은 겉보기에 전통적인 여성의 노동과 여성성을 닮았다. 특히 가족 같은 사적 영역에서 재활용품을 분리배출하고, 마트에 갈 때 에코백을 챙기고, 유기농 제품을 사고, 건강에 나쁜 화학 물질이나 물을 오염시키는 물질이 들어 있지 않은 상품을 고르는 일은 가사 노동과 육아 노동에 '친환경'이라는 원칙을 얹어 여성의 짐을 더 무겁게 한다. 그렇지만 에코페미니즘적 사회는 사적 삶의 스타일이나 소비 방식을 조금 바꾸는 정도로 만들어지지 않는다. 이런 활동에 남성이 더 참여하고 일을 분담하는 수준으로도 충분하지 못하다.

에코페미니즘은 훨씬 더 급진적이고 정치적인 변화를 요구한다. 에코페미니즘은 지금하고 완전히 다른 삶의 방식과 관계 방식을 좇으라고 촉구한다. 오랫동안 폄하되던 가치들을 우리 가치 체계의 맨 꼭대기에 올려놓으라고 요청한다. 우리는 모두 누군가의 돌봄에 의지해야만 살아갈 수 있다는 현실을, 쓸모없다 여겨지는 이들도 우리를 돌보고 있다는 사실을 받아들이라고 말한다. 여성뿐 아니라 남성도, 사적 영역뿐 아니라 공적 영역에서도 생명, 돌봄, 공유와 공존, 다양성과 연대를 실천해야 하며, 개인들 사이에서 그런 실천을 할 수 있게 뒷받침하는 제도와 시스템을 만들어야 한다.

물론 여성이 담당해온 모성은 가부장제가 여성에게 부과한 구실이다. 그렇지만 여성이 이 구실을 억지로 떠맡고 자기실현을 할 기회를 빼앗긴 현실이 문제의 전부는 아니다. 모성이라는 말로 단순하게 표현되는 여러 활동의 의미와 가치가 평가 절하된 점이 더 근본적인 문제다. 이른바 '여성적인 것'은 늘 열등한 것으로 간주되고, 거꾸로 사회와 문화의 가치 질서에서 열등한 것은 여성적인 것으로 명명된다. 나는 이런 구조가 여성 혐오와 차별의 핵심 구조라고 생각한다.

자연과 여성은 이 구조 안에서 서로 얽혀 있다. 사실 앞에서 본 대로 우리 사회에서 소수자의 위치에 놓인 이들은 모두 이 구조에서 '열등한 것'이나 '비정상'으로 한데 묶여 있다. 에코페미니즘의 윤리와 정치의 목표는 여성이 이 열등한 집단에서 빠져나오는 데 있지 않고, 우열과 정상, 비정상을 나누는 질서 자체를 부수는 데 있다.

관계의 윤리를 향해

그런 점에서 에코페미니즘이 핵심 가치로 삼는 돌봄, 관계, 사랑, 연대는 모성 본능이나 여자다움이라는 틀 안에서 딱딱

1981년 미국 캘리포니아 주에서 설립된 네트워크 '동물해방을 위한 페미니스트들'(www.farinc. org).

2017년 조직된 독일 프로젝트팀 '비건레인보우프로젝트'의 슬로건(www.the-vegan-rainbow-project.org).

하게 굳어진 형태가 아니다. 나는 그런 가치가 자율과 상호 의존을 모두 누리면서 다양성과 차이를 수용하는 욕망, 생명의 한가운데에서 지속되는 관계 맺기의 욕망을 세심하게 다듬어낸 새로운 윤리라고 생각한다.

자연과 문화를 서로 대립하는 이질적인 세계로 보는 대신 완전히 분리할 수 없고 많은 요소를 공유하는 연속체로 이해하면 어떻게 될까? 이런 물음은 에코페미니스트들이 우리에게 던진 가장 중요한 질문의 하나다. 에코페미니스트들은 자연과 문화를 통합된 전체로 봐야 한다고 강하게 요구한다. 그리고 그 전체 안에서 인간과 비인간 존재자들이 맺는 다양한 관계들을 숙고하자고 요청한다.

인간을 이기적이고 독립적인 존재가 아니라, 연결을 갈망하며 서로 의존하는 관계망에서 살아가는 존재로 이해하면 어떻게 될까? 우리가 욕망을 사용하는 다른 방식들을 계발할 수 있다면 어떻게 될까? 퀴어에코페미니즘은 이 관계들속에서 인간과 다른 동식물들이 공유하는 욕망의 근본적 의미를 발견한다. 그때 에코페미니즘적 삶은 문명을 거부하고 욕구를 억누르면서 불만족의 상태를 견디는 모습으로 그려질 필요가 없다. 에코페미니즘적 삶은 단지 편리함을 버리고 불편함을 감내하는 삶만은 아니다. 그런 삶은 결국 내가 나 자신하고 맺는 관계, 내가 주변 세계하고 맺는 관계들을 돌보는 일에 담긴 가치들을 발견하는 시간이기도 하다.

생태계의 일원으로서 생태 공동체의 관계망을 더 많이 살아 있게 만드는 일은 지금까지 존재한 어떤 문명보다 더 정교하고 섬세한 문화와 기술을 요구한다. 연속체이자 공동체로서 자연과 문화의 다양성과 복잡성을 이해하고, 유지하고, 길러내는 일에 참여해야 하기 때문이다. 페미니즘적 삶과 사회란 평화롭고 금욕적인 상태가 아니라, 오히려 다양한 몸들 사이의 다채로운 관계들이 펼쳐지고 얽히고설키는 소란하고 역동적인 장이 된다.

마거릿 애트우드 지음, 김선형 옮김, 《시녀 이야기》, 황금가지, 2018

영화와 드라마로 만들어진 이 소설은 재생산 기능을 가진 여성의 몸이 가부장제 아래에서 어떻게 취급되는지 적나라하게 보여준다. 가상의 극단적인 상황을 설정하지만 재생산을 둘러싼 구조와 논리는 우리 현실하고 다르지 않다. 또한 소설 속 '시녀'의 상황은 우리 사회 비인간 동물들의 처지에도 겹친다.

Pattrice Jones, "Eros and the mechanisms of eco-defense", *Ecofeminism: Feminist Intersections with Other Animals and the Earth*, Carol J. Adams and Lori Gruen(eds.), Bloomsbury Academic, 2014

동물 보호소를 운영하는 활동가이자 이론가인 패트리스 존스의 힘 있고 재치 넘치는 글이다. 안타깝게도 퀴어에코페미니즘이 무엇인지 가늠해볼 수 있는 한국어로 된 글은 거의 없다. 영어 논문이지만 퀴어에코페미니즘의 핵심 주장과 장점이 잘 드러나는 글이다.

번아웃

생태적으로 살고 싶지만
배달 떡볶이는 먹고 싶어

먹방 중독자의 플라스틱 혼밥 탈출기

배보람

플라스틱에 담긴 뜨거운 떡볶이

불안했다. 이 바닥에서 십 년을 넘게 일했는데, 일도 알 만큼 알고 할 만큼 했는데, 해내야 할 만큼 해낼 수 있다고 생각했는데, 이번에 닥쳐온 불안은 달랐다. 무능이 아니라 불능의 상태로 들어섰다. 속수무책으로 불안에 온몸과 생각이 붙들려버렸다. 마치 조금씩 닳고 닳아서 마침내 폐기 처분을 앞둔 빗자루처럼 내 쓸모가 이미 다했다는 생각에서 벗어날 수가 없었다.

내가 하는 일이 너무 뻔하게 느껴지고, 그 뻔한 일들이 너무 익숙한데도 정작 내가 뭘 하고 있는지 모르겠다는 생각을 자주 했다. 애써 뭔가 해보려는 노력이 무의미하게 느껴졌다. 그럴수록 서러워졌다. 끝내 내가 보낸 나날이, 내가 애쓴 시간이 억울하게 다가오기도 했다. 이렇게 서러운 마음이 울컥 쏟아지려 할 때면 나를 어딘가로 보내야 했다. 불안에 서 있는 미래를 잊게 해줄 무엇, 지난 일의 피로에서 벗어나게 해줄 무엇이 필요했다.

꾸역꾸역 하루를 버티고 집에 오면 씻지도 않은 채 옷을 모두 벗어던지고 이불 속으로 들어간다. '먹방'에 빠져든다. 화면 속 누군가가 떡볶이와 순대와 튀김과 핫도그를 먹는 영상을 바라본다. 또 다른 누군가는 라면 10개를 한 번에 먹어치운다. 떡볶이를 먹어야겠다. 서러움은 떡볶이만이 달래줄 수 있다. 유튜브를 보던 핸드폰에서 배달 앱을 켜 맵고 맵고 매운 떡볶이를 선택하고 주먹밥과 튀김도 골랐다. 내가 다 먹지 못할 양이라는 걸 알지만, 괜찮다. 한밤에 낯선 이가 떡볶이를 들고 나타나기를 기다리며, 나는 집 근처 편의점으로 간다. 형형색색의 수입 맥주 네 개를 골라서 만 원을 낸다. 오늘밤에 다 마시지 못할 테지만, 상관없다. 내일 또 마시면 되니까.

아, 한밤의 떡볶이. 세상에, 새하얀 플라스틱 용기 안에 담긴 뜨거운 떡볶이에서 모락모락 피어오른 김이 만든 물방울이 나를 더 설레게 한다. 튀김이 풍기는 기름 냄새는 충분히 만족스럽다. 캔맥주를 따는데 마음이 급해진다. 떡볶이를 한입 물어본다. 맞다. 서러움은 떡볶이로 달래는 게 맞다.

일을 할수록 시간이 모자랐다. 딱히 하는 일은 없는 듯한데, 이렇다 할 뭔가를 만들어내지도 못하는 듯한데, 늘 누군가를 만나고 언제나 마감 앞에 대롱대롱 매달려 있었다. 늦은 밤 하루 일과를 끝내며 나를 매달아놓은 끈을 뚝 끊으면 나는 바닥에 널브러진 인형처럼 이불 위로 툭 하고 떨어진다. 아무것도 하고 싶지 않다. 정말이지 아무것도 하고 싶지가 않다. 이런 하루를 보내고 난 밤, 갓 지은 밥과 신선한 채소와 샐러드와 나물 반찬과 과일 따위는 호사에 가깝다. 이런 건강한 음식은 허기를 달랠 수 없다. 떡볶이여야만 한다. 순대여야 하고, 튀김이거나 치킨이어야 한다. 맥주여야 하고, 핫바이거나 라면이어야만 한다.

나는 환경운동가이고 생활협동조합 조합원이다. 어떤 음식이 건강한지 잘 알 수밖에 없는 일을 한다. 플라스틱 용기에 뜨거운 음식을 담으면 유해 물질이 얼마나 나오는지 분석한 연구 보고서를 찾느라 난리를 피운 적도 있다. 배달 음식이 필요 없는 쓰레기를 만든다는 사실도 안다. 그렇지만 그게 뭐가 중요하다는 말인가. 환경운동가의 모순, 내 일상이 때때로 쓰레기를 만들어내는 삶 자체라는 현실을 부정할 수는 없다. 어디 나뿐이랴. 우리는 이미 알고 있다. 오늘밤 먹는 배달 음식이 어떻게 소비되고 어떻게 버려지는지 짐작할 수 있다. 이 음식이 꽤나 건강하지 않다는 사실을 안다는 게 무슨 의미인가. 이 음식은 밥이 아니라 허기를 때우는 끼니라는 사실도 안다. 그러나 나는 지금, 그런 음식을 소비해야만 한다. 대체 왜 우리는, 나는 비슷한 선택을 반복할까.

영원히 불안할 삶

늘 타인하고 부대끼고 있지만, 나는 당신하고 다르다. 서로 겪고 있는 인생의 문제를 털어놓으면서 울고 웃다가, 뒤돌아서서는 살고 있는 동네나 집의 소유, 경제적 능력 따위를 나열해보기도 한다. 이렇게 각자의 '위치'를 확인하는 나야말로 속물 같다는 생각을 하면서도 말이다. 지난밤 술김에 산로또 번호를 토요일 저녁에 가만히 맞춰보듯이 '내 상품 가치 체크 리스트'를 머릿속으로 따라가며 내 값을 따져봐야 했다. 지금 일을 그만두면 나는 몇 달이나 버틸 수 있을까 묻고는, 내 앞에서 함께 웃던 그이의 조건이라면 나보다 몇 달을 더 버틸 수 있겠다고 답했다. 내 불안은 이토록 경제적이고 예측 가능하게 수치화됐다.

이런 내게 '밥상'을 차릴 여유가 있을 리 만무하다. 내 '밥상'은 자주 옹색했다. 허기를 끼니로 달랬다. 이런 내 밥상에 누군가를 초대할 기력도 충분하지 않다. 누군가의 밥상에 기꺼이 초대돼 흔쾌히 음식을 즐기기에 나는 너무 옹졸했다. 불안은 내 밥상을 궁색하게 만들었다. 지금 당장의 생존에 매달려 있는 삶. 노동이 삶을 꾸려주지 못하는 시대의 밥상이란 이런 게 아닌가.

각자도생 혈혈단신 생존의 삶을 꾸역꾸역 살아내면서 '밥' 먹기는 호사에 가깝다. 장을 보고, 밥을 하고, 홀로 먹을 밥상을 차리느라 시간을 쓰고 에너지를 쏟는 일은 효능감이 떨어진다. 이대로 도저히 안 되겠다는 마음을 먹고 싱싱한 채소와 과일을 사거나 주말 내내 그럴듯한 반찬을 만들어 냉장고에 넣으며 뿌듯해 해도, 곧 반복되는 저녁 회의, 약속, 야근으로 음식을 잊는다. 열 번 중 일고여덟 번, 과일은 물러서 먹을 수 없게 됐고, 반찬은 쉰내가 났다. 하루 두 끼를 찾아 먹는 일상, 한 번은 끼니이고 한 번은 술상인 날들이 이어졌다. 집에 들어오면 기절하듯이 잠들어서 출근 시간이 다 돼 소스라치며 일어나 하루를 대부분 밖에서 보내는 일상에서 '집밥'이라니.

　　컵라면으로 끼니를 때우거나, 배달 음식을 고르거나, 김혜자나 백종원이 웃고 있는 편의점 도시락을 샀다. 때때로 다른 선택을 했다. 맥도날드나 파리바게트에서 파는 샐러드 박스다. 플라스틱에 담긴 '싱싱한' 채소를 먹으면서 건강을 생각한다고 착각하게 만드는 일도 우리에게 주어진 선택지의 하나다. 선택지는 흘러넘쳤다지만, 선택되는 음식은 '집밥'이 아니었다. 대체로 플라스틱에 담겨 있거나 비닐로 싸여 있었다.

플라스틱을 강요받는 삶

몇 년 전 구의역에서 지하철 역사의 스크린 도어를 수리하던 19살 젊은 하청 노동자가 세상을 떠났다. 고장난 스크린 도어를 고치다가 달려오는 전동차를 피하지 못해 그 자리에서 숨졌다. 사람이 죽고 나서야 그 일은 두 명이 한 조로 해야 하는 일이라는 사실을 알게 됐다. 하청 노동자인 탓에 수리 작업을 하는 동안 역무실에서 기관사에게 작업 사실을 알려 열차 운전을 주의하게 하는 매뉴얼도 지켜지지 않았다. 열차가 다니는 선로 쪽 작업을 역무원이나 동료 없이 홀로 하다 일어난 사고였다.

사고 뒤, 하청 노동자의 가방에서 나온 유품은 팍팍한 삶을 짐작하게 하는 데 충분했다. 격무에 시달리던 비정규직 노동자의 가방에는 공구와 컵라면이 들어 있었다. 역과 역 사이를 뛰어다니며 밥 한끼 먹을 시간이 없었다. 사람이 죽었고, 사고가 난 9-4번 승강장은 죽은 이를 애도하는 포스트 잇과 국화로 가득찼다. 스크린 도어 양옆으로 컵라면과 편의점 도시락과 음료수 캔이 쌓였다.

지난겨울 태안화력발전소에서 숨진 젊은 노동자의 가방에도 작업하는 데 필요한 손전등 같은 작업 도구와 컵라면 몇 개가 들어 있었다. 화력 발전소에서 태울 석탄을 옮기는 컨베이어 벨트에서 떨어진 낙탄을 치우는 일을 하는 하청 업체 직원이었다. 사고가 터진 날 아침, 태안화력발전소는 시신만 수습하고 몇 시간 만에 다시 컨베이어 벨트를 돌렸다. 유가족이 오고 항의가 일고 나서야 대책 마련이니 진상 조사니 하는 단어들이 오갔다. 노동자가 일하다 죽어도 멈추지 않는 공장에서 일한 다른 노동자는 점심에는 대기실에서 배달 음식을 시켜 끼니를 때우지만 저녁이나 야간 근무 때는 그마저도 어렵다고 말했다. 회사에서는 야식비나 야식을 지원하지 않았고, 원청에서 낙탄을 치우라는 지시가 시도 때도 없이 내려와 밥 먹을 시간도 없었다고 했다.

'문재인 대통령, 비정규직 노동자와 만납시다'는 피켓을 들고 비정규직 처우 개선을 주장하던 노동자는 밥 먹을 시간조차 빼앗긴 채 일해야만 했다. 이토록 닮아 있는 노동자들의 끼니를 보면 우리가 사는 이 시대가 어떤 이들의 밥상을 완전히 빼앗아간 사실을 알게 된다. 최저 임금을 겨우 받는 노동자들, 원청과 하청 사이에서 휴식 공간도 없이 화장실에서 밥을 먹어야 하는 청소 노동자들의 이야기는 이미 익숙한 뉴스다.

쉼 없이 일을 시키고, 마음 놓고 밥 먹을 시간과 공간조차 주지 않는 기업가들은 고작 간식거리인 땅콩이 접시에 '제대로' 담겨 나오지 않은 일을 문제 삼았다. 노동자들이 화장실에서 밥을 먹거나 컵라면으로 끼니를 때우는 현실은 문제가 되지 않지만, 일등석 승객에게 접시에 담지 않은 땅콩을 내어준 일은 비행기를 멈춰 세울 만큼 큰 모욕이었다.

땅콩 때문에 비행기를 멈춰 세울 무모함은 꿈도 꿀 수 없는 대부분의 사람들은 생존 자체가 삶의 목표다. '승리자'는 엄청난 부와 그런 무모함도 자기 권리라고 생각하는 듯하지만, 생존에 허덕이는 이들에게 플라스틱 밖의 음식이란 호사일 뿐이다.

서로 불안을 공유하다가도 각자의 처지를 저울질하며, 각자의 생존 조건을 확보하려고 분투하는 삶. 불투명한 미래를 점쳐가며 묵묵히 살아가거나, 무기력으로 아무것도 할 수 없는 불능의 상태를 우리는 겪어내야만 한다. 때때로 이 두 가지가 뒤섞여 나 자신이 곧 폐기 처분될 듯한 절박함이 밀려온다. 어쩌면 이런 자기모멸이 우리 삶의 토대인지 모르겠다. 주말에 서점에 들러 판매대에 놓여 나를 위로하는 많은 책들을 보며 다시 확신했다. 너무 슬프고 조금 웃기게도 우리 모두 '누가 더 큰 패자'인지를 경쟁하며 모멸감을 견디고 있다는 사실을 말이다.

때로 우리 삶이 영원히 정주할 수 없는 난민의 삶이라는 생각을 한다. 우리가 살고 있는 이 집은 또다시 어딘가로 떠날 때를 대비한 임시 거처 같다. 이반 일리치는 현대인의 집은 차고하고 본질적으로 다를 게 없다며 노동력을 밤새 보관하는 공간이라고 했다. 우리의 떠도는 삶은 결국 집을 잃어버린 홈리스의 삶이다. 삶의 공간에 놓인 물건들은 언제든 처분될 수 있는 임시적인 것들이다. 이런 삶은 몇 달 또는 길어야 수년 정도인 지속가능성만 갖고 있다. 우리는 그 수년의 삶을 매번 새로운 계약으로 갱신하고, 딱 그 정도의 지속가능성을 전망하며 살아가고 있지 않은가. 타인과 사회를 돌볼 기력이 없는 개인이, 길어야 수년 정도만을 내다볼 수 있는 삶을 사는 세상에서, 딱 수년의 지속가능성만을 보장할 수 있는 소비를 하는 게 당연하지 않은가. 집 안을 채우는 가구와 우리가 소비하는 물건, 우리가 먹는 음식은 얼마만큼의 미래를 전망하며 소비되는가. 그런 것들의 쓰임은 얼마나 지속되는가.

우리 자신은 고작 몇 년 어쩌면 몇 달의 쓰임에 따라 계약될 뿐인데, 이런 우리가 소비하는 물건이 뭐 얼마나 오래 사용될까. 상품인 우리가 소비하는 물건은 우리 자신의 상품성이 유지되는 기간을 넘어설 수 없다. 그래서 우리가 출퇴

지속가능성이 짧은 삶을 사는 이들의 플라스틱 소비는, 가난한 이들의 삶이 타인에 연결되지 않고 홀로 존재하고 있다는 점을 보여준다.

근하는 거리 곳곳에서 만나는 다이소 같은 가게들은 이 도시를 사는 생활인들의 삶하고 닮아 있다. 골목 어귀를 돌 때마다 만나는 편의점 냉장고에 가득한 음식들은 우리 삶의 지속가능성이 얼마나 짧은지를 보여주는 지표다. 우리는 플라스틱을 선택하는 삶이 아니라 플라스틱을 강요받는 삶을 살고 있다. 우리 삶이 그만큼 짧다는 반증이다.

플라스틱 밖의 음식을 빼앗긴 사람들

플라스틱 소비는 가난한 이들의 삶이 타인에 연결되지 않고 홀로 존재하고 있다는 점을 보여준다. 우리는 임시 거처에서 플라스틱이나 비닐에 담긴 음식을 먹으며 삶을 연명한다. 우리 삶의 조건이 일회용품을, 플라스틱에 담긴 음식을 벗어날 수 없게 한다.

조금 형편이 나은 음식을 차려내더라도, 고립된 채 각자의 삶에 몰두해 있다면 그 삶의 전망도 길 수 없다. 길고 긴 전쟁을 앞두고 남보다 조금 많은 라면과 통조림과 생필품을 창고에 쌓아두며 낙관하는 일하고 같다. 남들보다 몇 날 더 살 수 있는 능력이 지속 가능의 조건은 아니기 때문이다.

오히려 재난을 대비해 쌓아둔 상품이 우리를 더 불능한 존재로 만든다. 이 불능은 같은 위기로 먼저 고통받는 타인의 아픔에 반응하는 감각을 마비시킨다. 이 무감각은 문제를 인지하지 못하는 상태가 아니라 문제 해결 방법을 오직 상품 구매에서 찾는 '불능'을 의미한다. 공기가 더러워진 때, 물이 탁해진 때, 자연이 필요한 때, 우리는 소비로 모든 문제를 돌파하려 한다. 환경 위기와 생존 재난 앞에서 각자도생의 소비로 버티고 있다.

대체 어디까지 버틸 수 있는 걸까. 미세 먼지와 대기 오염이 심해지면 중국을 탓하면서도 중국 공장에서 만든 마스크나 공기 청정기를 사는 삶은 얼마나 지속 가능한가. 미세 먼지 주의보에 몸서리치면서도 자동차에 올라타고, 자동차 안에 공기 청정기를 또 들이는 삶이 공기를 깨끗하게 하는 데 도움이 되는가. 이런 무감각은 필연적으로 공기가 더 더러워지고, 숲이 더 훼손되고, 사람들이 더 오염된 환경에 놓이는 선택을 반복하게 한다.

이런 반복은 소비의 악순환이라 부를 만하다. 또한 우리의 감각을 더 무디게 하고 우리를 더 무능하게 만든다. 왜냐하면 우리의 소비 능력은 한정돼 있는데도 해결해야만 하는 문제는 끊임없이 늘어나기 때문이다. 소비 능력이 닥쳐오는 문제를 더는 버텨내지 못할 때, 우리는 더 큰 좌절을 맞이하게 된다.

사회의 불안이 공동체를 만들지 못할 때, 우리는 살아남기 위해 더욱 경쟁적으로 사재기를 한다. 더는 홀로, 이 세상을 버텨낼 수 없다. 소비할 수 없으면 살아갈 수 없는 사회, 생존은 영원히 개인의 몫이 되는 이 굴레를 벗어나야 한다. 각자의 재난과 생존이 각자만의 몫이 아니게 될 때, 우리는 고립을 넘어설 수 있을지 모른다.

2014년 4월 16일 우리는 바다에 빠진 배에서 구조되지 못한 이들을 실시간 방송으로 지켜보며 우리 삶이 붕괴하고 있다고 느꼈다. 우리는 그때 그 거리에 선 유가족들 곁에서 '가만히 있지 않겠습니다'고 이야기했다. 우리의 선언이 세월호 유가족들에게 연대의 인사가 됐을까, 지금 우리의 삶이 여전히 그 선언에 충실할까. 적어도 해마다 4월이 되면 우리는 자기 자신에게 그런 질문을 하고 있다.

우리는 다시 그 선언을 꺼내야 한다. 삶을 위협하는 생존 재난 앞에서 경쟁적으로 살아남으려 사재기를 하는 소비자로 살지 않겠다는 각자의 선언이다. 소비자로 남지 않을 권리야말로 우리가 되찾아야 하는 우리의 권리다. 바로 이것이 우리가 자유인으로서 누려야 하는 시민권이다. 끼니를 때우지 않고 밥상을 차려 서로 초대할 수 있는 삶을 살 수 있는 권리 말이다. 헨리 데이비드 소로우가《월든》에서 보여준 삶의 방식이다.

'우리'의 공간과 시간

소로우 같은 삶이라고 할 수는 없지만, 지난해 여름 걸어서 10분 안에 숲이 있는 곳으로 이사했다. 역세권 다세대 주택의 월세 계약 기간이 끝날 때쯤, 무조건 숲 근처를 조건으로 새롭게 살 곳을 알아봤다. 버스 정류장과 지하철역이 먼 점을 감안했고, 집 근처에 밤늦도록 영업하는 카페나 식당이나 편의점이 없는 불편도 감내하기로 했다. 그래봤자 도시의 삶이었다. 시간을 내어 걸으면 카페나 식당이 밤늦도록 역 앞에서 환히 빛나고 있으니, 이런 선택에 큰 결단이 필요하지는 않았다.

시간이 날 때마다 집 근처 숲을 걸었다. 계절이 바뀌고 꽃이 피고 지는 일이야 예측할 수 있었지만, 숲에서 그런 광경을 직접 목격하는 경험은 놀랍고 신비로웠다. 꽃마다 피고 지는 날이 다르고 나무마다 잎을 밀어내고 거두는 시간이 달랐다. 이른 아침에 듣는 새소리와 오후에 듣는 새소리가 달랐다. 늦은 오후에 떨어지는 볕과 한낮에 쏟아지는 볕은 질감이 달랐다. 늘 거기에서 계절이 오고가는 숲이지만, 매번 내가 보는 숲은 다른 숲이었다.

오래된 나무들은 내가 생각할 수 있는 과거나 미래의 시간을 훌쩍 뛰어넘는다. 내가 자주 걷는 숲에는 곧 400살이 되는 느티나무가 두 그루 있다. 400년을 가까이 살아온 나무가 있는 숲에서 나는 내 앞에 닥친 생존의 문제, 불안의 문제에서 조금 너그러워졌다.

숲을 걷는 동안에는 골몰하던 문제에서 벗어날 수 있다. 늘 쫓기고, 급하고, 뭔가 부족해 보이는 삶이 썩 괜찮게 느껴지기도 한다. 카페나 영화관에서 시끄럽고 유난스러운 존재라고 생각하던 아이들이 저 앞에서 뛰어오며 소리치는 모습도, 제 흥에 못 이겨 내게 여러 번 손을 흔들어대는 모습도 웃으며 맞아줄 수 있다. 이 숲은 내가 나를 넘어 다른 생명하고 함께 존재하고 있다는 자각을 일깨워주는 '우리의 공간'이다. 그래서 나는 그곳에서 임금 노동자로 존재하지 않고 상품을 소비하지도 않는다. 나를 규정하는 말과 불안이 없어도 충분하다.

상품을 소비하며 안도하는 삶의 방식이 숲에서는 통하지

시간이 날 때마다 집 근처 숲을 걸었다. 꽃마다 피고 지는 날이 다르고 나무마다 잎을 밀어내고 거두는 시간이 달랐다. 매번 내가 보는 숲은 다른 숲이었다. 상품을 소비하며 안도하는 삶의 방식이 숲에서는 통하지 않는다. 누구에게나 이런 공간이 필요하다. 꼭 숲일 필요는 없다.

않기 때문이다. 누구에게나 이런 공간이 필요하다. 꼭 숲일 필요는 없다. 도서관에서 빌린 책에서 누군가 읽은 흔적을 찾아내고, 내가 이 책으로 시간과 공간을 타인하고 공유한다는 상상력이 필요하다. 우리는 도서관에서 더 많은 시간을 보내야 한다. 시답잖은 일상을 나누고 쓸모없는 웃음을 쏟아내는 친구들이어도 상관없다. 친구들을 만나 쌓아온 시간이 이어지고 있다는 것, 그 시간의 연속 안에 내가 서 있다는 것을 알면 새삼 위로가 된다. 그래서 내 존재가 새로 산 물건이나 집 평수나 학력 같은 조건이 아니라 다른 존재에 이어진 연결 속에서 발견된다면, 우리는 우리를 끊임없이 불안하게 만들고 불능의 존재로 격하시키는 도시의 삶에 맞서 싸울 준비를 갖추게 된 셈이다. 그리고 나는 이것이야말로 생태적 삶의 조건이라고 생각한다.

그 조건에서 우리는 내 삶이 이 사회에서 위협받을 때 누군가에게 조금 더 기댈 수 있으며, 나도 누군가의 삶의 권리가 박탈될 때 분노할 수 있는 사람이 될 수 있다.

누군가를 내 공간에 초대할 수 있으면, 내 밥상은 아주 근사하지는 못해도 초라하지 않은 꽤나 괜찮은 자리가 된다. 갓 지은 밥에 나물 반찬과 국이 아니라 분식집 떡볶이와 김밥이라도 상관없다. 도시에서 생태적으로 살기 위해 꼭 유기

농을 먹고 채식을 해야 한다고 생각하지 않는다. 생태적 삶은 다른 존재들하고 맺는 관계를 통해 내 삶이 변할 수 있다는 사실을 받아들이는 삶의 태도다. 그래서 우리는 더 많은 우리를 만나야 한다. 그런 삶은 우리의 삶을 더 지속 가능하게 하고 조금 더 나은 삶으로 살아가게 해준다.

**이반 일리치 옮김, 허택 옮김, 《누가 나를 쓸모없게 만드는가 — 시장 상품
인간을 거부하고 쓸모 있는 실업을 할 권리》, 느린걸음, 2014**

내 삶이 어떻게 구성돼 있어 나는 내 자리에서 이토록 나 자신의 값을 따지
고 있는가. 당신 탓이 아니다, 다 괜찮다는 말로 위로가 되지 않을 때, 내 쓸
모를 점치며 불안해하는 짓도 지친다면, 이반 일리치가 쓴 책을 추천한다.
상품으로 값이 매겨지는 삶을 벗어난 삶을 살 수 있는 조건이 무엇인지 가
늠하는 데 길잡이가 되기에 충분하다. 장담하건대 이반 일리치의 책은 삶을
위로하고 용기를 줄 수 있는 꽤나 적절한 '힐링' 도서다.

**박혜영 지음, 《느낌의 0도 — 다른 날을 여는 아홉 개의 상상력》, 돌베개,
2018**

책을 읽다 보면, 얼어붙은 마음이 녹고 있다는 사실을 알아차리게 된다. 사
상가 여덟 명의 삶이 우리에게 말한다. 당신은 지금 깊은 숲을 걷고 있다.
이 숲을 걷고 나면 다른 세상으로 나아갈 수 있다. 책을 읽는 내내, 이 사상
가들하고 진실하게 연결되는 마음이 들었다. 그 마음이, 지금 이 삶의 무게
를 벗는 용기와 치유의 바탕이 될 듯하다. '느낌의 0도'라는 아름다운 제목
을 뒤따르는 부제는 '다른 날을 여는 아홉 개의 상상력'이다. 여덟 명의 사
상가를 좇으며 녹아내린 마음이 또 다른 아홉 번째 상상력을 불어넣기에
충분한 책이다.

자존감

일, 여성, 감정

나를 겨눈 화살을 바깥으로 돌리기

용윤신

들어가며 — 일하는 여성과 자존감

"나는 왜 자존감이 낮을까?"

지난 몇 년 동안 서점 베스트셀러 코너는 이런 질문에 답하려는 책들이 넘쳐났다. 자존감의 위기를 느낀 사람들이 많아진 때문이었다. 이 질문의 답을 구하려고 애쓰는 사람들에게, 나는 자존감을 높일 수 있는 처방을 찾으려 하기보다는 근본적인 원인을 알아보자고 제안하고 싶다.

심리학자들은 자존감이 낮은 이유를 주로 개인에게서 찾는다. 낮은 자존감을 어디까지 개인의 문제로 볼 수 있을까? 개별 사례들을 모아놓을 때 특별히 의미 있는 흐름이 나타난다면 개인의 문제는 사회 문제가 된다. 외모를 평가하는 시선이 두려워 화장하지 않고는 집밖으로 한 발자국도 나가지 않거나, 다른 사람 앞에서 자기 의견을 말하기를 아주 두려워하거나, 직장 상사가 성희롱을 일삼지만 불만을 털어놓기 어려워하거나, 일과 육아 사이에서 시간 압박에 시달리다가 동료와 아이에게 모두 죄책감을 느끼는 사람은 자존감이 낮다. 조금 더 자세히 들여다보면 이런 문제를 겪는 사람들은 대개 여성이다. 여성이 남성보다 자존감이 낮다는 점을 제쳐두더라도, 성별에 따라 자존감이 깎이는 경험을 하는 영역이

나뉘어 있다면 그 문제는 이미 사회 문제다.

나는 자존감 문제에서 성별에 따라 나타나는 차이에 집중하는 여성주의적 접근을 시도하고 싶다. 너새니얼 브랜든에 따르면 자존감은 자기 존중과 자기 효능감으로 구성된다. 한 사람의 자존감이 낮다는 말은 자기가 행복을 누릴 만한 자격이 없다고 생각하고(자기 존중) 자기 스스로 뭔가 판단하고 결정하기를 어려워하는 상태(자기 효능감)를 의미한다. 그렇지만 여성은 자존감이 낮다는 말은 아무것도 설명하지 못한다. 우리는 여성의 낮은 자존감이라는 말로 문제의 원인과 결과를 뒤죽박죽으로 만들어버리기보다는 무엇이 여성의 자존감을 깎아내리고 있는지 찾아야 한다. 나는 우리가 하는 '일'에서 여성의 낮은 자존감의 원인을 찾아보려 한다.

우리는 대개 여성이 하는 일에 '본성', '본능', '모성애', '천성' 같은 말들을 붙인다. 아이를 낳고 가사 노동을 하는 행위는 여성이라면 '자연스러운' 행위이자 '타고나는' 속성으로 여겨진다. 자연과 본능은 이성과 문명에 대비된다. 바로 이런 상태가 에코페미니즘에서 주목하는 가부장제와 자본주의의 결합이다. 가부장제와 자본주의가 자연과 여성을 같은 선 위에 놓고 착취하고 있다는 에코페미니즘의 관점에서 여성이 하는 일을 본능으로 보는 시각이 여성의 사회적 지위, 경제 수준, 나아가 자존감 등에 영향을 미치게 되는 과정을 알아보자.

감정 노동 ─ 자기의 감정을 부정하며 낮아지는 자존감

감정 노동은 자율주의 마르크스주의자인 안토니오 네그리와 마이클 하트가 처음으로 이름을 붙이고, 여성주의 사회학자 알리 러셀 혹실드가 구체화한 개념이다. 흑인 페미니스트로 유명한 벨 훅스는《올 어바웃 러브》에서 여성의 '감정 노동'에 관한 경험을 나눴다. 훅스는 오늘 기분이 어떠냐는 일상적인 말에 묻는 사람의 기분을 배려해 좋다고 대답하는 여성들 사례를 들었다. 또한 훅스는 마음에 들지 않는 선물을 받으면 속마음을 솔직하게 드러내려 노력했는데, 이런 모습을 매우 무례하게 여기는 반응을 마주해야 했다고 털어놓았다. 사소해 보이는 이런 행위들이 성장 과정에서 반복되면서 여성은 솔직하게 말하기보다는 감정과 경험을 부정하는 일에 익숙해진다.

감정 노동을 하면서 성장한 한국의 여자 청소년들은 15세가 지나 처음 임노동을 시작할 때 서비스 영역에 진입한다.

한 패스트푸드점의 구인 광고. 배달은 주로 남성이 맡고, 카운터는 여성이 많이 맡는다.

비슷한 시기에 임노동을 시작하는 남자 청소년들은 배달 노동에 많이 종사하는데, 이때부터 이 둘 사이에 임금 차이가 생기게 된다.

한 패스트푸드점 사례를 살펴보자. 노동자들은 남녀 성비가 5 대 5 정도 된다. 성별 분업도 나타나는데, 배달은 남성이 맡고 카운터는 여성이 많이 맡는다. 카운터 업무는 자본주의 국가에서 가장 큰 비중을 차지하는 노동의 하나다. 중요성이 큰 만큼 모든 서비스 업종이 '최고의 서비스'를 약속하며 인사말부터 고객 불만(컴플레인) 대응까지 고객 응대의 세세한 사항을 업무 매뉴얼로 만들어 교육한다. 노동자의 기분에 관계없이 소비자의 기분을 상하지 않게 하면서 이윤을 얻는 데 집중한다. 엄연히 업무 매뉴얼에 존재하지만 눈에 띄지 않던 감정노동은 2018년 10월 18일부터 산업안전보건법에 따라 아주 기초적인 수준에서 노동의 지위를 인정받게 됐다. 감정 노동자를 상대로 폭언이나 폭행을 하는 사람을 처벌하는 규정이 생겼고, 이제는 모든 서비스업 매장의 계산대와 콜센터 전화 연결음에서 감정 노동자를 존중해달라고 요청하면서 처벌도 경고하는 안내를 들을 수 있다.

임금 이야기로 돌아가자. 패스트푸드점은 위험수당 명목으로 라이더에게 건당 수당(평소에는 400원이지만 눈이나 비가 올 때는 매니저가 판단해 500원을 주기도 함)을 준다. 남성들이 많이 일하는 택배 상하차 업무 또한 20원 정도를 더 준다. 이렇게나마 남성이 여성보다 임금을 더 받을 수 있는 현실을 다양하게 분석할 수 있지만, 자존감이라는 주제에 집중하기 위해 노동자 스스로 이 현실을 어떻게 받아들이는지를 살펴보자.

남성은 배달 노동과 택배 상하차 노동이 힘든 일이라고 인식하고, 최저 임금이나 최저 임금에 못 미치는 조건에서는 일하지 않으려 한다(나는 배달 노동과 택배 상하차 노동을 감정 노동이 겪는 어려움하고 비교할 수 있다고 주장할 생각은 없다. 모두 어려운 일이지만 성별에 따라 받아들이는 데 차이가 있다는 말이다). 이런 태도는 힘들고 어려운 일을 할 때, 임금이 낮거나 부당한 대우를 받을 때 참지 않고 행동하는 모습에 연결된다. 자기가 그런 대우를 받아서는 안 된다고 생각한다.

여성에게 강요되는 감정 노동은 우울증과 자살까지 이어질 수 있을 정도로 위험하다는 점이 의학적 측면이나 법적 측면에서 모두 인정됐다. 그렇지만 감정 노동에는 추가 수당을 지급하지 않으며, 여성 노동자 스스로 이런 현실을 받아들이고 자기 노동의 가치를 높게 평가하지 않으려 한다. 남성의 노동과 여성의 노동으로 지목되는 두 노동 모두 남성의 육체적 힘과 여성의 본성이라는 '자연의 일부'가 원인으로 지목되는데도 말이다.

차별의 증거가 고작 몇 십 원이나 몇 백 원이라니 지나치다고 생각할 수 있다. 그렇지만 다국적 기업이 노동자에게 이유 없이 단 10원이라도 더 주지는 않는다는 점을 생각하면(급여의 끝자리가 90원으로 끝나도 반올림을 하지 않는다), 시급 차이를 간과할 수 없다. 앞서 말한 패스트푸드점은 승진을 하면 시급 20원을 올려줬는데, 2018년 최저 임금을 인상하면서 이 제도가 없어졌다.

정리해보자. 감정노동은 두 가지 측면에서 여성의 자존감을 하락시키고 있다. 첫째, 자기의 실제 감정하고 다른 감정을 표현하면서 자기를 부정하는 데 익숙해진다. 둘째, 분명히 노동하고 있는데도 사회와 자기 자신에게서 노동으로 인정받지 못한다.

꾸밈 노동 — 비교와 경쟁을 거치며 낮아지는 자존감

서비스직 구인 광고에서 '미소가 아름다운'이라는 말과 '용모 단정'이라는 말을 쉽게 볼 수 있다. 용모 단정은 무엇을 의미하는가. 2016년에 벌어진 우스꽝스러운 일을 소개하고 싶다. 생과일주스 프랜차이즈 업체의 한 지점이 알바 노동자 구인 광고를 냈다. 음료 제조와 고객 응대가 주업무이며 모델 지망생에게는 시급 2만 원을 주고 그 밖의 사람에게는 최저 임금을 준다고 적혀 있었다. 광고보다 더 큰 문제는 사람들이 보인 반응이었다. '아름다움을 추구하는 것은 인간의 본성이다', '외모도 서비스의 일부다', '예쁜 여자가 많으면 매출이 오르니 예쁜 여자에게 시급을 당연히 더 주어야 한다'고 말하는 사람이 너무 많았다. 인간의 본성에서 시작해 외모에 따른 임금 차별까지 면죄부를 준다.

이런 주장처럼 아름다움을 추구하는 행동이 인간의 본성이라고 가정하더라도, 이 점을 근거로 같은 일을 하는 사람을 차별하는 논리는 문제가 있다. 이런 관점은 모든 여성을 외모 경쟁으로 몰아넣는다. "모두 화장하고 외모를 꾸미는데 너 혼자 꾸미지 않는다면 네 손해다." 이 외모 경쟁은 여성이라면 누구나 참가자가 되게 하고, 경쟁에서 우위에 있는 사람이든 아래에 있는 사람이든 쉬지 않고 타인과 자기를 비교하게 한다. 모든 여성은 외모 경쟁 때문에 자존감이 낮아진다. 이런 어려움에 직면한 여성에게 내면의 아름다움이

나 자기 외모에 만족해야 한다는 말을 하는 행위, 여성의 낮은 자존감이 외모에 신경쓰는 이유인 듯 이야기하는 행위는 기만이다. 외모 차별에 따른 인과 관계를 뒤집어 피해자에게 원인을 돌리기 때문이다.

나는 초등학교 3학년부터 외모에 신경을 쓰기 시작했다(애초에 왜 이렇게 이른 나이에 외모에 신경을 쓰게 됐을까?). 소녀 시기의 호기심으로 시작하는 듯 보이는 꾸밈 노동은 성인이 되면 어느새 의무가 돼 있다. 우리는 세상이 꾸밈 노동을 하지 않은 사람에게 단순히 칭찬을 하거나 하지 않는 수준으로 끝나지 않는다는 사실을 알고 있다. 외모를 꾸미는 데 소질이 없거나 관심이 없는 여성은 게으르거나 예의 없는 사람으로 평가돼 일자리, 승진, 사회 관계망 등 모든 부문에서 직간접으로 손해를 본다.

앞서 살핀 구인 광고 사건이 특이한 점주 한 사람이나 몇몇 유별난 사람들의 생각이 아니라는 사실은 영화관 꾸밈 노동 사건에서 명확히 드러난다. 2016년 3월 멀티플렉스가 업무상 규정에 여성 노동자의 화장법과 립스틱 색상까지 정해두고 상점과 벌점을 준 사실이 드러났다. 누적된 점수는 다음달 임금에 영향을 주기도 했다. 그 뒤 패스트푸드점과 패밀리 레스토랑에도 비슷한 꾸밈 노동 규정이 있다는 제보

한 멀티플렉스의 구인 광고. '미소'가 필수 요소다(출처=CGV 공식 채용 사이트).

가 이어졌다. 그렇지만 감정 노동처럼 꾸밈 노동에도 임금은 물론이고 구두, 머리망, 화장품 등 직간접으로 들어가는 비용을 지급하는 업체는 단 한 곳도 없었다.

여성의 꾸밈 노동이 서비스 노동의 일부이고 매출에 큰 영향을 미친다는 사실을 공식 인정하게 되면, 기업은 비용을 지급해야 할 책임이 생긴다. 그러니 여성의 본성이라는 말, 여성의 자발성이라는 말은 빠져나가기 좋은 근거가 된다. 자발적 수준에서 하는 여성의 꾸밈 노동보다 더 많은 이익을 차지하고 싶었는지, 아니면 좀처럼 꾸밈 노동이 문제가 되지 않아서 자신감이 생긴 탓인지, '생기 있는 입술'을 하지 않으면 '꼬질이'라는 규정을 만들었다. 황금알을 낳는 거위의 배를 가른 꼴이 됐다.

문제가 드러난 뒤 기업은 꾸밈 노동 규정을 대부분 없애지만 여전히 '용모 단정'이라는 말을 쓴다. 어느 포털 사이트의 질의응답 코너를 보면 얼마 전까지 이 단어에 관련한 질문과 답변이 오갔다. 어떤 사람은 단정한 모습이 용모 단정이라고 주장하며 화장을 강요한다는 주장은 지나치다고 말하지만, 많은 사람들은 여전히 꾸밈 노동을 아름다움을 추구하는 여성의 본능으로 여긴다. 꾸밈 노동을 단순히 여성의 본성이나 개인적 만족의 문제로 몰아버리는 태도는 꾸밈 노동에 들어가는 시간과 비용을 개인의 책임으로 한정하고 자존감을 떨어트리는 데 기여한다.

가사 노동 — 노동의 가치를 평가 절하하며 낮아지는 자존감

주로 여성이 종사하는 청소 노동이나 조리 노동은 단순한 일로 취급되며, 대부분 임노동 시장에서 최저 임금 또는 최저 임금 이하의 임금을 받는다. 가사 노동은 1970년대 전까지는 '노동'으로 받아들여지지 못하다가, 마리아 달라 코스따나 실비아 페데리치 같은 여성운동가들이 이끈 '가사노동에 임금을!' 운동이 시작된 뒤 노동의 지위를 인정받기 시작했다. 이 운동은 가사 노동량을 측정해 노동에 걸맞은 임금을 지급하라고 주장하기보다는 자본주의 시스템이 여성의 무료 노동에 기대어 있다는 현실을 드러내는 데 중심을 둔다.

　이 운동을 반대하는 주장의 바탕에는 가사 노동이 비전문적인 일이라는 생각이 있는 경우가 많다. 그렇지만 '어머님', '이모님', '주부 사원'을 특정해서 구인하는 광고를 보면, 사용자들이 가사 노동에서 숙련과 비숙련의 차이를 인지하고 있다는 사실을 알 수 있다. 감정 노동이나 꾸밈 노동처럼 사용자가 지급하는 임금은 노동의 정당한 대가하고는 거리가 멀다는 사실이 확실해진다. 이런 사실은 감정 노동과 꾸밈 노동에 관한 어떤 힌트를 준다.

한편 여성의 임노동 시장 진입은 언제나 새로운 일이고 특별한 사건처럼 여겨졌지만, 자본주의는 여성과 아동의 노동하고 함께 시작되고 여성과 아동의 희생을 바탕으로 유지됐다. 시대에 따라 차이가 있기 때문에 지금 20~30대 여성과 40~50대 여성이 여성 노동을 바라보는 관점이 다를 수 있다. 이런 시대 차이에 따른 세대별 차이도 명확히 인지해야겠지만, 임노동 시장에서 아무리 오랜 시간을 일해도 여성의 노동이 지위를 인정받지 못하는 상황은 감정 노동과 꾸밈 노동, 가사 노동에 관련된다.

덧붙이면 20~30대는 가사 노동에 익숙하지 않으며, 자기를 주부로 여기지 않으려 한다. 그렇지만 자라면서 (보통은 결혼하면서) 어느새 숙련된 가사 노동자라는 구실을 부여받는다. 집에서 수십 년 동안 무료로 가사 노동을 한 중장년 여성을 떠올려보자. 스스로 '집에서 노는' 사람이자 '할 줄 아는 일은 아무것도 없다'고 말하는 여성은 가부장적인 남편을 떠나지 못하며, 자본의 쉬운 표적이 된다. '그저 밥이나 좀 할 줄 안다'는 말로 표현되는 여성의 낮은 자존감은, 여성이 집에서는 남편을 위해 무료로 노동하고 밖에서는 자본가를 위해 저임금으로 일하는 이유를 알려주는 중요한 단서다.

국가는 여성 노동력을 매우 적극적으로 이용해 노동 시장에 참여하는 노동자의 수를 조정하는데, 베로니카 벤홀트-톰젠은 전체 노동 시장에서 필요에 따라 흡수되기도 하고 거부되기도 한다는 이유에서 여성의 노동력을 '노동 예비군'이라고 불렀다. 노동 예비군이라는 말이 익숙하지 않을 수는 있지만, 붉은 머리띠를 한 여성 노동자가 푸른색 제조업 노동자 유니폼을 입고 탄탄한 팔 근육을 과시하는 포스터는 본 적 있을 듯하다. 이 포스터는 미국의 성인 남성이 2차 대전 때 많이 징집돼 생산력이 휘청거릴 때 나왔다. 미국 정부는 여성 임노동의 가치를 드높이면서 집밖으로 나와 임노동에 종사하라는 메시지를 던졌다. 이런 정책은 전쟁이 끝나고 남성들이 사회로 돌아오면서 끝이 난다. 남성에게 가장의 지위와 일자리를 돌려줘야 하기 때문이었다. 이 과정에서 임노동을 하지 않고 가정주부로 살아가는 여성이 최고로 행복하다고 믿게 하려 노력했다. 사랑과 가사 노동을 등치시키는 시도도 함께 진행됐다.

가정부를 따로 둘 수 있는 형편이 안 되는 대부분의 중산

층 여성은 스스로 가사 노동을 한다. 가사 노동은 노동으로 여겨지지 않기 때문에 가족에게 기여하는 바 없이 남편이 주는 돈으로 살아간다는 오명을 얻기도 한다. 따라서 평생 무료 노동을 한 여성은 공짜로 하던 일에 임금을 주는 고용주에게 감사한 마음을 갖기도 한다. 여성 노동에 관한 저평가와 여성의 낮은 자존감 때문에 여성 노동자는 최저 임금조차 받지 못해도 기꺼이 무료 잔업을 한다.

흔히 여성의 노동이 전문적이지 않기 때문에 저임금에 머문다고 생각한다. 실제로는 가사 노동이 하찮다는 평가가 여성의 자존감을 낮추고, 낮은 자존감 때문에 여성은 저임금과 혹독한 노동 환경에 자발적으로 순응한다.

돌봄 노동 ─ 죄책감을 자극하여 낮아지는 자존감

돌봄 노동은 '모성애'라는 이름으로 여성을 더욱 강하게 압박한다. 아이가 끊임없이 놀아달라고 할 때, 임노동과 가사 노동을 하느라 피곤할 때, 아픈 가족을 오래 돌봐야 할 때, 여성은 돌봄 노동자라는 지위에서 도망치고 싶을 수 있다. 이때 모성애는 이런 생각을 하는 여성에게 죄책감을 심어주며, 여성은 누가 뭐라 하지 않아도 엄마, 딸, 며느리라는 자기 위치에 서서 스스로 반성한 뒤 미안한 마음을 안은 채 돌봄 노동으로 돌아오게 된다. 자기만을 위한 시간을 가지려는 여성을 이기적인 엄마나 딸로 만들어 죄책감을 자극한다.

고용노동부에 따르면 2019년에 육아 휴직을 하는 남성은 1년 사이 46.7퍼센트 늘어나 1만 7000명을 돌파했다. 수치상 지난 몇 년 동안 육아가 공동 책임이라는 생각이 꽤 퍼진 듯하다. 그렇지만 돌봄에 관련된 여성의 노력, 죄책감, 사회적 압력이 그런 변화에 비례해 줄어들지는 않았다.

임노동을 하는 딸이나 며느리를 도우려고 보통 친정어머니나 시어머니 등이 육아에 투입되는데, 똑같이 여성인 만큼 여성 노동의 축소보다는 세대 간 떠넘기기에 가깝다. 2018년 육아기 근로 시간 단축을 이용하는 사람은 35퍼센트로 늘어났지만, 최소 인원으로 운영 중인 사업장 상황을 알기 때문에 같이 일하는 사람들에게 미안한 마음을 덜기는 힘들다. 임금 노동자이며 가정주부인 여성이 이렇게 회사와 가정에 모두 죄책감이나 미안한 마음을 품고 육아를 할 수밖에 없다면, 전업주부는 마음 편히 육아에 집중할 수 있어야 하지만 현실은 딴판이다. '취집'이나 '빨대녀' 등으로 비하받으며 도망칠 곳이 없다고 느낀다.

노인 돌봄은 어떨까. 저출산 고령화의 특성상 육아보다 노인 돌봄이 더 큰 어려움에 직면한다. 미국은 이민자 여성에게 싼값에 돌봄 노동을 맡기면서 복지 예산 지출을 크게 줄였다. 반면 한국은 아내, 딸, 며느리 등 집 안의 돌봄을 책임지게 한다. 그렇지만 여성이 저임금 노동 시장에 들어가면서 가정의 노인 돌봄 기능에 공백이 생기자 정부는 2008년 노인장기요양보험과 요양보호사 제도를 마련한다. 가정에서 돌봄을 책임지던 여성은 이제 임금을 받는 임노동자가 됐다. 요양보호사 제도가 도입된 뒤에도 여성 노동자들은 노동자 지위를 인정받는 문제를 둘러싸고 싸워야 했으며, 노동조합이 생긴 지 7년째가 돼도 여전히 비슷한 싸움을 하고 있다.

많은 이들이 여성의 돌봄 노동을 보면서 희생정신에 감탄한다. 그렇지만 돌봄 노동을 여성의 본능으로 몰아가는 태도는 아이를 사랑하고 아끼는 마음에 충실하지 못한 순간을 공격한다. 24시간 자기를 사랑하지 못하는 여성에게 24시간 타인을 사랑해야 한다는 임무를 부여해 구조적으로 죄책감을 만들어낸다. 죄책감은 자존감의 구성 요소인 자기 존중을 낮춘다는 면에서 자존감에 악영향을 미친다.

자본주의 사회와 합리적 소비, 시간의 부족, 그리고 여성

자본은 '합리적 소비'를 권유한다. 상품을 소비하면 시간을 아낄 수 있다고 광고한다. 그렇지만 세탁기가 등장하면서 빨래하는 시간이 얼마나 많이 줄었는가? 냉장고 덕에 음식을 매번 새로 하지 않게 되면서 얼마나 많은 노동을 아꼈는가? 그런데 이상하다. 이런 상품들 덕에 여성은 노동에서 해방돼야 하지만, 풍요로움 속에서 시간 여유는 사라지고, 더 많이 노동하고, 불안함과 죄책감을 느끼는 자신을 발견한다.

생리대 사례를 살펴보자. 일회용 생리대가 탄생하면서 우리는 이제 더는 생리대를 빨아 쓰지 않게 됐다. 그러던 어느 날 생리대 유해 물질 사태가 터졌다. 유해 물질이 나온 생리대 목록에는 내가 인터넷에서 값싸게 사서 쟁여놓고 쓰던 생리대도 들어 있었다. 생리대를 새로 사야겠다는 생각만 하고 정신없이 지내다가 어느새 월경 주기가 다가왔다. 급하게 마트에 가보니 대기업이 유통 구조를 장악한 탓인지 유해 물질이 나온 생리대가 버젓이 팔리고 있었다. 유해 물질이 나온 생리대들 말고는 다른 제품이 없었다. 생리는 시작됐다. 불안하지만 나 자신을 위로하면서 똑같은 생리대를 또 샀다. "한 번 더 쓴다고 큰 문제가 생기지는 않을 거야."

어느 날 드디어 인터넷으로 다른 상품을 찾는다. 상품을 소개하는 정보가 깨알같이 적혀 있다. 내가 이해할 수 있는 말은 거의 없다. 성분을 하나하나 검색해본다. 정보 홍수 속에서 믿을 수 있는 정보를 찾는 일도, 대체할 상품을 구하기도 쉽지 않다. 어느 날은 생리대 유해 물질 검출은 잘못된 정보라고 하고, 모든 물질에서 나오는 유해 수준하고 비슷하다고 하기도 하고, 공산품을 쓰면 유해 물질을 피할 수 없다는 말이 뒤죽박죽된다. 하나하나가 무슨 성분인지도 모르는데 인체에 어떤 영향을 미치는지 알 수 있을 턱이 없다. 나는 시간도 없다. 소비는 하고 판단은 유예한다.

자기가 쓰는 생리대에 유해 성분이 들어 있는지 모르는 사람은 게으르고 미련한 여성으로 취급당한다. 소비와 돌봄을 해야 할 때 엄마가 자녀들이 쓰는 물건에 유해 물질이 들었는지 알아보지 않는 모습은 분노의 대상이 된다. 그렇지만 생리대뿐 아니라 우리가 거의 날마다 쓰는 화장품, 의류, 가구, 스마트폰, 컴퓨터 같은 온갖 물건을 무엇으로 만들었는지, 그 물건들이 우리 몸에 어떤 영향을 미치는지 속속들이 알 수는 없다.

이 상황에서 벗어나려면 여성은 '소비 노동'에 임해야 한다. 돈도 시간도 부족한 여성에게 이런 선택은 불가능에 가깝다. 그래서 여성은 자기는 몸에 해로운 일회용 생리대를 쓰면서 아이 건강을 위해 천 기저귀를 빨아 쓰고, 자기는 인스턴트를 먹으면서 아이 이유식은 유기농 식재료로 만든다. 꾸밈 노동이나 가사 노동에서도 마찬가지다.

합리적 소비는 늘 실패한다. 모든 상품의 기능과 성분을 비교하고 분석해 합리적 선택을 하는 일은 불가능에 가깝다. 사실 돈과 시간에 한계가 있다는 측면에서, 그리고 자본이 제시한 선택지 안에서 골라야 한다는 측면에서 여성에게 부여되는 윤리적이고 합리적인 소비는 불가능하다. 여기에서 비롯되는 죄책감과 그 결과인 낮은 자존감은 오롯이 여성들의 몫이다.

나오며 ─ 화살을 외부로 돌려 자존감 키우기

자본주의는 기업이 노동자에게 정당한 대가를 지급한다는 믿음을 기반으로 한다. 그렇지만 여성의 노동은 정당한 임금을 받지 못할 뿐 아니라 노동으로 인정받지 못하고 있다. '자연과 본능=공짜=여성 노동'이라는 공식과 '일=돈=희소성과 남성 노동'이라는 공식이 성립한다. 여성의 일을 대부분 본능으로 강조하는 주장은 우연일까? 그런 주장 때문에 여성의 노동 가치가 폄하되고, 일을 한 여성에게 돈을 주지 않거나 아주 적은 돈을 주더라도? 여성이 사회경제적으로 낮은 지위를 유지하게 하고, 그 지위에 걸맞은 낮은 자존감을 부여해 부당한 일들을 받아들이게 해도?

'나는 왜 자존감이 낮을까?'라는 질문은 구조적 문제를 순전히 개인 탓으로 돌린다는 면에서 잘못됐다. 원인이 구조에 있을 때 여기에 대항하는 개인의 도전은 높은 확률로 실패한다. 실패가 계속되면 자기 효능감이 떨어진다. 그래도 우리가 이제껏 경험하면서 표현은 할 수 없던 자존감이라는 말이 탄생한 일은 환영할 만하다. 개인을 넘어 집단을 향해 질문할 수 있게 하기 때문이다.

"여성은 왜 자존감이 낮은가?"

"가난한 사람은 왜 자존감이 낮은가?"

이런 질문은 문제의 원인을 외부로 돌리게 하며, 생각만으로도 우리의 자존감이 올라갈 수 있다. 문제가 정확히 무엇인지 밝히지 못해도, 무지나 능력 부족이 아니라 여성과 사회 약자의 자존감을 짓누르는 구조가 있다는 사실을 알려주기 때문이다.

구조적 문제에 맞서서 우리는 어떻게 자존감을 지킬 수

"여성은 왜 자존감이 낮은가?" "가난한 사람은 왜 자존감이 낮은가?" 이런 질문은 여성과 사회 약자의 자존감을 짓누르는 구조가 있다는 사실을 알려준다(출처=Pixabay).

있을까? 개인적으로는 자존감이 낮아지는 순간의 상황과 감정을 기록하고 그 기록을 읽으면서 큰 힘을 얻는다. 먼저 글을 쓰면서 감정을 표출하고 생각을 정리할 수 있어서 좋고, 기록을 읽으면서 내가 얼마나 자주 비슷한 불안에 빠지는지 알게 돼 좋다. 나아가 타인하고 관계를 맺을 때 큰 힘이 된다. 특히 관계 속에서 상처를 받은 순간의 기록, 갈등이 벌어진 순간의 기록이 도움이 됐다. 내가 쓴 글은 내 감정과 기억을 지켜주고, 나를 지지해준다. 일기처럼 일상을 기록해도 좋고, 특별한 사건이 있을 때만 기록해도 좋다.

다른 사람하고 맺는 관계 속에서 실천할 만한 일도 있다. 외모를 칭찬하는 말을 무시하거나 설명해주기, 자기 자신을 포함해 모든 여성을 신비화하거나 비하하는 등 평가하는 말 쓰지 않기, 헌신적으로 일하지 않기, 완벽히 쉬는 시간 마련하기 등 다양하다. 나아가 페미니즘을 함께 공부하는 모임이나 취미를 공유하는 모임에 참여해 각자의 경험에서 공통점을 찾고 지지하는 일도 좋다.

그렇지만 대부분의 시도는 성공하기보다는 실패하기가 더 쉬워서, 기록하기를 미루거나 잊을 수도 있고 여성 차별을 지적하다가 친한 친구하고 싸워 서먹해질 수도 있다. 이때 문제를 개인에게 두면 각자의 자존감은 더욱 낮아지고 세상의 차별은 더 공고해진다. 이제 나를 향하던 화살을 세상으로 돌리자. 우리가 나누는 공동의 경험에서 공통의 문제점을 찾아내자. 세상의 긍정적 변화를 만든 행동들은 문제의 화살을 외부로 돌리는 데서 시작한 사실을 기억하자.

실화를 바탕으로 한 영화들은 여성이 임노동자와 가사 노동자로서 겪는 고충, 그리고 그 과정에서 사업장뿐 아니라 가족 속에서 갈등이 일어나는 상황을 잘 보여준다. 이미 본 사람도 사소한 말, 동작, 눈빛에 따라 여성 노동자의 자존감이 오르내리는 과정을 따라가면서 다시 보면 또 다른 관점을 가질 수 있다.

〈서프러제트〉(사라 개브론 감독, 2015)

20세기 초 영국에서 여성 참정권을 목표로 싸운 여성들 이야기다. 착취받는 임금 노동자이자 가사 노동자라는 굴레에 얽매인 여성들이 펼친 운동을 보며 새로운 관점을 얻을 수 있다.

〈카트〉(부지영 감독, 2014)

21세기 한국의 마트 비정규직 노동자들 이야기다. 가사 노동자 여성과 임금 노동자 여성의 구실이 부딪치며 생기는 갈등과 죄책감을 잘 보여준다.

〈82년생 김지영〉(김도영 감독, 2019)

1982년 한국에 여성으로 태어난 김지영의 성장, 결혼과 육아 과정을 보여준다. 주요 장면마다 마주하는 상황이나 주변 사람의 흔한 반응, 위로, 충고 등에 따라 위축도 되고 자신감도 얻는 모습을 볼 수 있다.

기본소득

기본소득이 있는 세계

에코페미니즘에 공감한 내 삶의 순간들

김주온

경제학이 내게 던진 질문들

누가 에코페미니즘이 무엇인지 정의하라고 하면 나는 매끄러운 답변을 내놓기가 참 어렵다. 그런데 당신은 에코페미니스트이냐고 묻는다면, 조금 망설인 뒤 '그렇다'고 답할 듯하다. 에코페미니즘의 다양한 스펙트럼을 다 안다고 자신할 수 없지만, 내가 에코페미니즘에 공감한 삶의 순간들을 떠올릴 수는 있기 때문이다. 그런 개인적 순간들을 이야기하려 한다.

　나는 영산강이 굽이굽이 흐르는 전라남도의 한 농촌 도시에서 태어나 그 언저리에서 놀고, 공부하고, 공상하며 자랐다. 서울에 있는 대학교에 들어가기 전까지는 그때 만난 세계가 내게 얼마나 풍요롭고 충만한 삶의 풍경을 선사했는지를 미처 깨닫지 못했다. 언젠가 이곳을 떠나겠지 생각했지만, 여기가 못 견디게 싫기 때문이라기보다 다른 세상을 향한 호기심과 기대, 깊이 있는 학문을 공부하려는 흥미 때문이었다. 다르게 말하면 서울에 가고 싶다기보다는 대학에 가고 싶었다. 그리고 나는 전공으로 '경제학'을 선택했다.

　'경제학'을 떠올리면 지금도 복잡한 감정이 든다. 한동안은 경제학에 지고 말았다는 패배감에 시달렸다. 내 신념이 무엇인지 나 자신에게 본격적으로 윤곽을 드러내기 전에 전공을 택했다. 알고 보니 그 학문의 주된 경향이 도저히 납득할 수 없는 것이었을 때 방황이 시작됐다. 경제학 원론 수업에서 선언적으로 던져주는 이기적이고 합리적인 인간상이라는 가정부터 반발심이 들었다.

인간이 정말 그런 존재일까? 우리 사회가, 이 세상이 그런 인간들로 구성된 공동체일까? 공동체로서 사회의 자리가 경제학 안에 존재하기는 할까? 가계, 기업, 정부라는 경제 주체들이 시장이라는 무대에서 맡은 구실은 너무 한정적인데 말이다. 또한 한계가 뚜렷한 국내총생산GDP이라는 지표로 국가들을 줄 세우고 경제 성장 신화를 재생산하는 이유가 뭘까 궁금했다. 파이를 끝없이 키운 뒤에야 그릇에 넘치는 물방울 떨어뜨리듯 분배할 수 있다는 논리 아래에서 말하는 사회 정의는 현재와 미래의 어떤 희생을 대가로 하는 걸까?

지디피에 포함되는 긍정적인 노동과 그렇지 못한 노동 사이의 위계에도 동의할 수 없었다. 사람들이 질병으로 고통받으며 병원에 가고, 미래의 불안에 저당 잡혀 보험을 여러 겹들고, 곡선으로 흐르는 강을 직선으로 만든다며 삽질하는 행위는 지디피에 포함되는 좋은 노동이라 한다. 인간의 생존과 품위 있는 생활을 위해 음식을 하고, 빨래하고, 청소하고, 아이와 노인과 도움이 필요한 이들을 돌보는 행위는 대체로 여성들이 맡는 저임금과 고강도 노동으로 유지되는 시장을 통과하지 않는 한 생산된 가치를 계산할 수 없다고 한다. 농업은 부가가치가 낮은 1차 산업이니까 포기하고 다른 고부가가치 산업에 투자해야 한다는 말도 그렇다.

이런 문제의식을 강의 시간에 이야기할 수는 없었다. 나도 눈치가 있어서, 촛불 집회는 종북 좌파의 사주를 받아 한 짓이라고 진지하게 말하는 교수에게 질문하기를 일찌감치 체념했다. 첫 전공 수업은 이런 기억들만 남겼다. 동기들 사이에서도 내 문제의식은 수리적 사고에 익숙하지 않은 열등생의 재미난 질문쯤으로 여겨졌다. 시카고학파 세례를 받은 유학파 교수들이 신고전파 경제학만 가르쳐서 비주류 경제학 세미나를 해보자고 하면 '비주류'니까 '논-알코올'이냐는 재미없는 농담이나 들어야 했으니까. 수치심만 깊어졌다.

나는 마음을 닫았다. 사실상 도망쳤다. 경제학과 안에 내 자리가 없다고 생각한 때문이었다. 정치경제학이나 경제사, 경제인류학에서 저런 질문을 다룬다는 사실을 뒤늦게 알았다. 인류학과나 사회학과에 가야 했다며 안일하게 전공을 선택한 나를 자책하는 시간도 보냈다. 영혼이 사라진 채 필수 학점을 채우러 강의실에 앉아 과거를 회상하기도 했다. 나는 왜 경제학과에 왔을까.

고등학생 때 주한 미국 대사관 주최로 서울에서 열린 고등학생 캠프에 참여한 일이 떠오른다. 그해는 한-미 자유무역협정FTA을 둘러싼 논쟁이 본격 시작되는 때였다. 멘토 자격으로 온 어느 기자는 국민들이 시장에서 누리는 선택의 자유가 늘어나게 되니 에프티에이는 반드시 필요하다는 일장 연설을 했다. 논밭을 떠나 거리에서 '아스팔트 농사'를 짓고 있는 농민들 얼굴이 떠올라 울컥했다. 농민들은 국민이 아닌가?

"한국에 생산자는 없고, 소비자만 있는 줄 아는 걸까."

내가 울분을 토하자 곁에 있던 대학생 선배가 공감해줬다. 그나마 위로가 됐다.

3학년이 된 나는 신문 두 개를 비교하며 열심히 읽기 시작했다. 선생님의 못마땅한 눈초리를 견디며 첫 면부터 마지막 면까지 꼼꼼히 읽었다. 대학수학능력시험 공부를 하기 싫어서 더 재미있었다. 경제면은 두 번씩 읽었다. 그래도 모르는 말투성이라 경제학과에 가야겠다고 생각한 듯하다. 대학교는 나머지 공부를 시켜주는 데가 아닌데, 참 순진했다.

한번 꼬인 눈으로 보기 시작하니 모든 게 못마땅했다. '경제'란 자본주의 시장경제만을 의미하고, '성장'이란 경제 성장의 줄임말이었으며, '노동'이란 임금 노동이나 생산적 노동 또는 남성의 노동만을 뜻했다. 강의실 밖 우리의 삶, 현실의 사회하고는 달랐다. 모두 반쪽짜리, 아니 반도 안 되는 말들이라고 느꼈다.

운 좋게도 과 선후배들하고 비주류 경제학 세미나 팀을 꾸렸다. 거기에서 '여성주의 경제학'이라는 분야를 처음 접했다. 경제학이 사회과학에 들어가는 여러 분과 학문 중에서도 특히 남성 중심적이라는 사실이 수치로 분명히 드러나 있었다. 남성 학자들이 만들어낸 주된 경향이 보였고, 경제학이 학문 중의 학문이라는 오만함을 품고 우리 사회 전체에 계산기를 든 손을 뻗쳐대는 안타까운 과정이 눈에 들어왔다. 요즘에는 관련 연구도 늘어나고 여성 경제학자들도 활발하게 자기 목소리를 내지만, 2010년대 초반만 해도 달랐다. 꽁꽁 숨겨놓은 비밀인 양 벌거벗은 임금님의 정체를 말하지 못하는 사람들이 돼 뻔히 보이는 여러 현상을 문제로 인식할수 없었고, 용기 내서 지적하기도 어려웠다.

내가 다니는 경제학과를 돌아봤다. 여성 교수는 한 손에 꼽을 정도도 안 됐다. 한겨레 신문의 2017년 보도에 따르면, 전국 4년제 대학교에 개설된 경제학과의 여성 전임 교원은 겨우 7퍼센트였다. 학생 사회의 문화는 어떠한가? 1박 2일 오리엔테이션에서 반성폭력 내규를 만들자고 제안한 문과대나 사회과학대를 비웃으며 대학 사회에 반드시 필요한 지

침들을 우스꽝스럽게 만들었다. 나는 혼자서 분노할 뿐 좌
절감 속에 무기력했다.

1년에 500파운드와 자기만의 방

고정된 수입이 사람의 기질을 엄청나게 변화시킨다는 사실은
참으로 놀랍습니다. 이 세상의 어떤 무력도 나에게서 500파운
드를 빼앗을 수 없습니다. 음식과 집, 의복은 이제 영원히 나의
것입니다. 그러므로 노력과 노동만 끝나는 것이 아니라 증오
심과 쓰라림도 끝나게 됩니다.

— 버지니아 울프, 《자기만의 방》(1929)에서

졸업을 코앞에 두고 '기본소득' 운동을 시작하면서 경제학
에 다시 관심이 갔다. 이제는 한국 사회에도 이 제도를 도입
할지 말지를 다룰 만큼 기본소득에 관한 논의가 활발해졌지
만, 그때만 해도 극소수 연구자나 활동가들만 아는 주제였
다. 도심의 철거 농성장에서 연대 활동을 하며 만난 이들에
게서 '재산 유무나 노동 여부에 상관없이 보편적으로 주어
지는 정기적인 현금 소득'이라는 기본소득 개념을 처음 들었

다. 별 희한한 이야기도 다 있네, 사람들이 공감할지 모르겠다면서 웃어넘겼다.

어느 늦가을 오후, 〈여성과 일〉이라는 강의를 들으며 한창 딴생각에 빠져 있었다. 교수는 한병철이 쓴 책《피로사회》를 이야기하고 있었다고 기억한다. 강의가 끝날 때쯤 맥락을 알 수 없던 딴생각이 기본소득 운동에 참여해야겠다는 결론에 다다랐다. 그때 만난 세 가지 텍스트가 교차하는 신호로 바뀌어 내 안테나에 다가왔다. 그 세 가지는 페미니즘 세미나에서 함께 읽은 버지니아 울프의《자기만의 방》, 비주류 경제학 세미나에서 알게 된 여성주의 경제학과 생태 경제학 관련 자료들, 여성학자 김은실 교수가 한 특강에서 주워담은 '캐럴 페이트먼'이라는 페미니스트 정치학자다. 캐럴 페이트먼은 기본소득이 여성들에게 '경제적 시민권'을 보장해줄 수 있다고 주장하기도 했다.

《자기만의 방》을 읽을 때는 화가 많이 났다. 그 분노와 답답함은 여성에 관해 말하는 책으로 가득한 도서관에 여성은 정작 출입을 거부당하는 장면에서 폭발했다. 우리는 자기 자신에 관해, 세상에 관해 자기 목소리로 말할 수 있는가. 이제는 도서관에 들어갈 수 있지만, 한계를 마주하며 답답해하고 분노해야 하는 상황은 여전히 많다. 버지니아 울프는 여성이 글을 쓰기 위한 조건으로 방과 돈을 말한다. 여기에서 돈은 임금 노동을 하지 않아도 되는 시간, 온전히 자기가 원하는 데 몰입할 수 있는 시간, 곧 자유를 뜻한다.

한편 경제학에 관해 가져온 의문이 여성주의 경제학과 생태경제학에서 주요한 질문으로 다뤄지고 있는 사실을 안 때 몹시 두근거렸다. 그런 사유는 곧 에코페미니즘에서 말하는 대안 경제로 이어지고 있었다. 인간의 기본형은 남성이 아니고, 인간은 경쟁하기 이전에 사랑으로 서로 돌보고(막 태어난 아기를 떠올려보라), 유한한 지구 자원에 기반한 경제는 무한히 성장할 수 없고, 생산과 소비는 하나로 순환하고 있다고 지적하는 용기가 살아 있는 학문을 만든다고 느꼈다. 지식을 넘어선 지혜로서 학문은 돈벌이를 넘어선 총체적인 인간의 삶에 얼마나 큰 도움이 되는지도 느껴졌다. 그전까지 내 욕망 안에서 그려지지 않던 기본소득이 완전히 새롭게 느껴졌다. 기본소득을 주장하는 여러 (남성) 연구자들이 있지만, 여성이 소득-결혼-고용-시민권 사이의 강제된 연결 고리를 끊어내고 개인으로서 자유를 가져야 비로소 온전한 근대적 시민 개인, 온전한 인간 주체가 될 수 있다고 주장하는 페이트먼의 글을 읽고서야 비로소 이 운동을 내 것으로 받아들일 수 있었다. 패배감이 가능성으로 바뀌는 순간이었다.

생산과 분배, 상식 뒤집기

기본소득 운동을 시작한 뒤 여기저기로 기본소득을 소개하고 다니면서 일과 노동에 관한 질문을 가장 많이 들었다(2위는 재원에 관한 질문이다). 한마디로 '일도 안 하는 사람에게 왜 돈을 주느냐'다. 밀턴 프리드먼의 그 유명한 말, '세상에 공짜 점심은 없다'하고도 공명하는 말이겠다. 정말 공짜 점심이 없는지 이야기하고 싶은 마음을 참고, 이 질문에 어떻게 답해왔는지 잠깐 소개하겠다. 크게 둘로 나뉜다.

첫째, 이 시대에는 일을 하고 싶어도 직업으로서 '일자리'가 적다. 화석 연료를 거침없이 써가며 산업을 발전시킨 국가들은 이제 기후 위기라는 응급 상황을 맞닥뜨렸다. 더 많은 생산과 더 많은 소비를 위해 공장을 지어 사람을 고용하고 지디피를 늘리는 방식의 발전은 더는 옳지도, 가능하지도 않다. 자동화와 기계화가 속도를 더하면서 같은 결과를 만드는 데 필요한 인간의 노동량은 점점 줄어든다. 이런 상황에서 발전국가 시대의 패러다임에 기반해 일자리 개수를 늘리겠다고 약속하면 지키기 힘들게 돼버리기 십상이다. 노동 환경이 나쁜 저임금 일자리를 마구 만들 생각이 아니라면 말이다.

하고 싶은 일이 있어도 최소한의 생계가 보장되지 않아

꿈을 포기하는 이들도 허다하다. 일확천금의 꿈이 아니라, 원하는 일을 하려고 노력이라도 해볼 수 있는 환경과 조건 자체가 극심한 불평등 속에 양극화되고 있다. 정규직 취업이 최종 목표인 우리 사회는, 소박하더라도 공적 가치를 추구하면서 이전 세대하고는 다른 삶을 살려고 하는 이들이 설 자리가 없다. 모두 생존에 압도되고 있다.

운 좋게 일자리를 구한 사람도 상황은 크게 다르지 않다. 과로와 야근은 기본이며, 충분한 수면을 취하지 못하고 사랑하는 사람들하고 시간도 못 보내다가 건강을 잃고서야 쉴 수 있게 된 이들을 많이 본다. 일자리를 아예 못 구하거나 일자리를 잃지 않으려 소진될 때까지 노동하는 극단적 상황을 벗어날 방법은 없을까. 개인의 문제도 아니고 세대의 문제도 아닌 이 시대의 문제라면, 지금까지 시도해보지 않은 새로운 해법이 필요하지 않을까. 나는 기본소득이 그런 해법이라고 생각한다. 한 사회의 구성원이라는 그 이유만으로 최소한 먹고살 수 있는 권리를 보장해야 한다는 생각, 그 단단한 토대 위에서 자기가 하고 싶은 일을 선택해서 적당히 일하며 건강하게 먹고사는 행복한 개인들이 늘어나야만 행복한 사회가 되지 않을까?

둘째, 생각을 바꿔보면 우리는 모두 늘 일하고 있다고 볼 수 있다. '일'과 '일자리'는 다르기 때문이다. 사회에 필요하고 가치 있다고 여겨지지만 어느 곳에서도 임금을 받지 못하는 일이 많다. 무임금 가사 노동이나 돌봄 노동, 예술가의 작업 활동, 시민들의 정치 참여도 엄연한 일이다. 시간과 에너지, 비용이 많이 들어간다. 가사 노동이 '집안일'이나 '여편네들의 살림살이'로 폄하되던 시기를 지나 '노동'이라고 불리기까지 오랜 세월이 걸렸다. 노동으로 인정하지 않던 재생산 노동 등 비임금 노동을 적극적으로 인정하고 합당한 보상 체계를 고민해야 한다.

그렇지만 이런 답변도 답답하게 느껴질 때가 많았다. 반드시 어떤 노동을 한 대가로 기본소득을 받아야 할까? 최소한의 생존에 필요한 소득을 얻으려고 자기의 쓸모를 필사적으로 증명해내야 할까? 그냥 여기에 존재하고 있기 때문에 각자의 몫을 요구한다고 하면 이상한 일일까? '공짜 점심은 없다'는 말이 진리처럼 퍼졌지만, 한국에는 '자기 먹을 복은 타고난다'는 속담도 있다. 이제 더는 들어맞지 않는 말이라고들 하지만, 나는 이 속담에 기본소득을 얹어 환대하는 공동체를 상상해본다.

남아프리카공화국에서 현금 지급의 정치학을 연구한 인류학자 제임스 퍼거슨은 지금 우리가 공유하는 생산과 분배,

시장과 현금에 관한 익숙한 전제들을 되짚어보자고 제안한다. 특히 오늘날처럼 임금 노동이 더는 보편적일 수 없는 시대에는 시민권과 사회적 포용, 사람됨의 토대를 새로 발견해야 하기 때문이다. 퍼거슨은 생산이 우선이고 분배는 단지 뒤따른다고 보는 관점을 '생산주의적 상식'이라 부른다. '우선 파이가 커져야 나눌 것도 있다'는 바로 그 이야기다. 퍼거슨은 생산에 기여하는 임금 노동자들은 생계 부양자 구실을 하면서 무임승차나 다름없이 의존하는 피부양자들을 먹여 살린다는 생각이 사실은 남성 중심적이며 여성 혐오적이라고 지적한다.

오늘날 한국에서 젊은 여성을 부르는 멸칭으로 등장한 '된장녀', '김치녀', '빨대녀' 등이 비슷한 토대를 공유한다. 타인(남성)의 소득에 기생하며 지나친 소비를 하는 존재로서 여성을 상상해 만든 말이다. 그러나 현실은 다르다. 한국 근현대사만 봐도 두드러지는 여성 생계 부양자들의 존재, 오이시디 국가 중 가장 심각한 여성과 남성의 임금 격차, 빈곤의 여성화 등의 구조적 성차별 문제나 직장 내 위계에 따른 성폭력을 지워버리고 여성을 향한 편견을 강화해온 문제적 표현이다.

그 밖에도 상대적 약자와 소수자를 향한 일상적 차별과 폭력이 나날이 늘어나고 있다. 사회적 불안과 좌절, 분노를 상대적 약자에게 표출하기 때문이다. 빈곤과 차별과 폭력에서 벗어나 우리 모두 안전하고 자유롭게 살 수 있는 사회라는 꿈에 기본소득을 겹쳐 본다. 자기를 돌보고 서로 돌보는 사회는 개개인의 호의만으로 가능하지 않다. 생존을 둘러싼 극심한 불안과 스트레스에서 해방돼야 타인과 공동체를 돌아볼 여유도 생긴다. 그렇기 때문에 모든 사람의 삶에 기본소득이라는 최소한의 안전망이 필요하다. 자기 삶을 꾸려갈 자원이 상대적으로 적은 여성과 소수자, 사회적 약자의 삶에 더 도움이 되리라고 기대할 수 있다.

조건 없는 보편적 기본소득으로 이 시대의 폭넓은 빈곤을 해결하자. 물질적이고 실존적으로 빈곤한 이들끼리 부자들의 식탁에서 떨어진 부스러기를 두고 경쟁할 게 아니라, 사회 전체의 자원을 공정하게 배분하는 틀 자체를 새로 발명해야 하기 때문이다.

녹색 기본소득을 꿈꾸며

나는 녹색당 당원이다. 성인이 돼 첫 투표권을 행사하기 전에 나하고 비슷한 지향을 가진 정당의 당원이 되고 싶었다.

고등학생 때부터 관심을 갖고 여기저기 둘러봤지만, 2012년에 창당한 녹색당을 발견하기 전까지 마음에 쏙 드는 곳이 없었다. 그러다가 이렇게 시작하는 녹색당 강령에 선뜻 이끌렸고, 당원이 됐다. "우리는 '녹색당'이라는 작은 씨앗입니다. 이 씨앗을 싹틔워 인류가 지구별의 뭇 생명들과 춤추고 노래하는 초록빛 세상을 만들려고 합니다."

당원이 됐다고 해서 갑자기 뭔가 큰일은 일어나지 않았다. 한동안 당비만 내면서 조용히 응원하다가 2016년이 됐다. 만 25세로 따끈따끈한 피선거권을 획득한 나는 20대 국회의원 선거에 비례 후보로 출마했다. 이건 좀 예상하지 못한 일이었다. 인생 계획이라고 할 게 없기는 하지만, 그래도 이런 계획은 정말 없었다. 다 기본소득 때문이었다.

녹색당은 창당 직후 '농민 기본소득'을 주장하다가 2015년에 이르러 '모두를 위한 보편적 기본소득' 도입으로 당론을 정하고, 2016년에는 기본소득 활동가인 내가 출마하면서 '기본소득 정책 로드맵'을 발표했다. 이 과정에 당원으로서 함께하면서 기본소득에 관한 내 생각도 확장됐다. 당내에서도 기본소득을 두고 다양한 논의가 오갔다. 정당이 책임 있게 내세우기에는 너무 허황된 정책이 아니냐는 의견도 있었다. 열정적인 토론을 거치면서 기본소득이야말로 지극히 냉정한 현실 인식 속에서 등장한 대안이라는 데 동의하는 사람들이 늘어났다.

기본소득은 모든 사회 문제를 한 번에 해결할 답안지는 아니다. 많은 영역에서 긍정적 변화를 이끌어내리라는 기대대로 되지 않을 수 있다. 기본소득의 개념만 놓고 보면 정반대 정치 집단이 와서 각자의 입맛대로 미래를 상상할 수도 있다. 어떻게 자라날지 알 수 없는 씨앗 같다.

이런 상황에서 녹색당이 꿈꾸는 미래상과 기본소득을 함께 놓고 해보는 상상이 돌파구가 됐다. 녹색 정치 패키지의 일부로 기본소득을 바라보는 식이다. 생태사회주의자들의 연구를 참고하면 토지세와 에너지세의 도입(제임스 로버트슨), 노동 시간의 획기적 감축(앙드레 고르), 비화폐적 교환 시스템 도입 같은 비공식 경제 영역의 확장(클라우스 오페) 같은 제안과 상호 보완적으로 제시될 수 있다.

녹색당에서 제안한 기본소득 정책도 마찬가지다. 정책을 구상할 때 재원을 모으는 방식부터 다른 복지 정책하고 일으킬 상호 작용까지 관련 영역에 미칠 영향을 동시에 고려했다. 기후변화를 막고 탈핵과 에너지 전환을 실현하기 위해 핵 발전과 화력 발전에 쓰이는 원료에 세금을 부과하는 탄소세를 신설해 모든 사람에게 나눠주는 생태 배당을 포함했고, 부의 극심한 불평등을 줄이기 위해 부자들의 면세 범위를 엄격히 제한하고 법인세를 높이는 등 세제 개혁을 동반하게 했다. 4대강 사업처럼 어마어마한 규모로 진행되는 토목 공사에 들어가는 예산을 엄격히 관리할 수 있는 제도를 제안했다. 최저 임금 1만원과 노동 시간 단축도 기본소득 정책하고 함께 제시됐다.

어느덧 7년째 기본소득에 관해 말하고 있지만, 그런 나도 흔들림 없는 확신으로 무장하고 있지는 않다. 때때로 지금 한국에서 기본소득 운동을 하는 일이 무슨 의미일까 자문한다. 기본적 인권도 존중하지 않는 나라에서 추상적 언어에 불과한 '권리'의 목록을 추가하는 게 아닌지 회의가 들고, '시민'에 관한 상상력이 확장되지 않는 세계에서 시민 배당을 말하며 더욱 배타적인 세계를 강조하는 게 아닌지 의문이 든다.

그렇기 때문에 분명히 해야 한다. 시민 배당에서 말하는 '시민'은 인간과 비인간 사이, 현재와 미래의 존재 사이에 평등과 상호 의존성을 강조하는 '녹색 시민성green citizenship'을 지닌 시민을 뜻해야 한다. '모두에게 조건 없이 기본소득' 같은 보편을 이야기하려면 할수록, 차별받은 소수자의 역사와 현재의 삶에 주목하고, 당사자의 목소리에 귀를 기울여야 한다. 현재의 인간뿐 아니라 현재의 비인간, 미래 존재들의 생명과 삶에 관한 책임을 잊지 말아야 한다. 기여 또는 노동을 넘어, 쓸모를 넘어, 국민국가 중심의 시민권을 넘어, 인간과 지구의 한계를 자각하면서 지속 가능성과 공존을 함께 고민 해야 한다.

이렇게 기본소득을 통해 할 수 있는 이야기가 많지만, 그 중에서도 기본소득을 사회에서 오는 환대라고 보는 관점을 특히 좋아한다. 기본소득이 있는 사회는 모든 존재의 생명을 소중히 여기는 사회, 곧 이윤과 편의가 안전과 생명을 압도 하지 않는 사회다. 시민 사이의 위계를 나누지 않고 모두 자기답게 역량을 기를 수 있는 사회다. 성공을 향한 무한경쟁 보다는, 다양한 삶의 의미와 각자의 속도가 존중받을 수 있는 사회다. 모욕당하지 않으면서 소득을 얻고, 품위 있게 나이 들고, 죽음을 공들여 준비할 수 있는 사회다.

문화인류학자 조한혜정이 한 말처럼, 기본소득은 각자에게 자유로운 시간을 벌어주는 만큼 위기에 대응할 사회적 논의의 시간을 모아줄 수 있다. 기본소득은 개인을 소진시키지 않고 소생시키는 노동을 선택하기 위한 조건이 되며, 탈성장이나 탈노동 같은 추상적 가치를 각자의 삶 속에서 구체적으로 욕망하고 실천할 몸을 만들 시간을 줄 수 있다. 우리 모두 일단 충분히 쉬어야 한다.

경희는 두 팔을 번쩍 들었다. 두 다리로 껑충 뛰었다.

"오냐, 이 팔은 무엇 하자는 팔이고 이 다리는 어디 쓰자는 다
리냐?"
경희는 두 팔을 번쩍 들었다. 두 다리로 껑충 뛰었다.
빤빤한 햇빛이 스르르 누그러진다. 남치맛빛 같은 하늘빛이
유연히 떠오른 검은 구름에 가리운다. 남풍이 곱게 살살 불어
들어온다. 그 바람에는 화분花粉과 향기가 싸여 들어온다. 눈
앞에 번개가 번쩍번쩍하고 어깨 위로 우레 소리가 우루루루한
다. 조금 있으면 여름 소나기가 쏟아질 터이다.

— 나혜석, 〈경희〉 중에서

나는 왜 에코페미니스트인가? 결코 인간만의 집이 아닌 지구
에 인간이 초래한 기후 위기를 저지하고, 조금이라도 더 윤
리적인 주체가 되기 위해 노력하며, 다른 생명들하고 더불어
살아가기를 원하기 때문이다. 인간 사회의 일상적 폭력 때문
에 사회 속에서 존재할 자리를 빼앗기고 모욕당하는 이들이
안전하고 자유롭게 살아가기를 원하기 때문이다. 이 두 갈래
의 바람이 기본소득을 매개로 연결되면서 에코페미니스트라
는 정체성으로 통합된다고 생각하기 때문이다. 그렇다면, 에

코페미니스트로 살아간다는 건 어떤 걸까. 어떤 특별한 삶의 태도나 결심 같은 게 필요한 일일까?

1900년대 초반, '청년'이라는 말이 'young man'의 번역어로 등장하면서 청년은 새로운 시대를 이끄는 주역으로 호명된다. 그러나 1930년대로 넘어가면서 여성은 '청년' 범주에서 밀려나와 '신여성', 더 나아가 '모던 걸'로 불리게 된다. 근대적 소비에 물든 존재, 사실상 욕에 가까운 말이었다. '김치녀'의 오랜 역사를 알 수 있었다. 정작 '모던 걸'로 불린 당사자는 그 말을 어떻게 느꼈는지 그닥 알려져 있지는 않다.

나혜석도 그중 한 명이다. 나혜석은 소설 〈경희〉에서 그 무렵 흔치 않던 유학한 '여학생'으로 살면서 한 고민을 털어놓는다. 주인공 '경희'의 고민이 100년 뒤 오늘의 한국을 살아가는 여성들의 고민과 구조적으로 다르지 않다는 점을 깨닫고 적잖이 놀랐다. 소설은 방학을 맞아 오랜만에 집에 온 경희의 일상과 삶에 관한 고민을 그리고 있다. 이리저리 손 노동을 하며 재미를 느끼고, 더 넓은 세상을 향한 호기심을 펼치면서 공부를 하고 자기 삶을 꾸려가고 싶은 경희의 일상에는 생명력이 가득하다. 동시에 경희는 '조선 사회'를 살아가는 여성으로 시대의 한계에 직면해 좌절감을 느끼며 한탄한다. "아이구, 어찌하면 좋은가."

소설 말미에 결혼을 강요받아 괴로운 경희가 방에서 발을 동동 구르며 고뇌하는 장면이 나온다. '잔 다르크에 비춰서도, 천하의 달필가나 이론가 누구에 비춰서도 머리도 좋지 않고, 겁도 많은' 경희. 다르게 살고 싶지만 아주 평범한 사람 경희는 어떻게 해야 하나 하고 갈등한 끝에 결의를 다진다. 자기는 '여자라는 것보다 먼저 사람'이고, '조선 사회의 여자보다 먼저 우주 안 전 인류의 여성'이고, '이철원 김 부인의 딸보다 먼저 하나님의 딸'이라고.

이 새삼스러운 선언을 마주한 순간 마음이 찌르르하면서 눈물도 찔끔 났다. 내가 기본소득을 도구 삼아 결국에 도착하고 싶은 곳은 바로 경희가 하고 싶은 일을 하면서 행복할 수 있는 세상이 아닐까. 캐럴 페이트먼이 말한 대로 여성이 개인으로서 자유를 누릴 수 있는 세상 말이다. 그 과정에서 기본소득은 오랜 상식과 다가오는 변화를 모두 비판적으로 뜯어보고 고민을 심화해주는 렌즈 같다. 다른 생각을 해볼 수 있게 하는 단단한 관점, 우리 스스로 용기를 내어 목소리를 낼 수 있게 하는 연장 말이다. 나도 한 명의 '경희'로서 발을 동동 구르며 결의를 다져본다. 여전히 겁나지만, 이 길을 선택하지 않으면 답답해서 살 수 없을 듯하기 때문에, 기본소득이 있는 세계로 꿋꿋이 걸어가자고.

카트리네 마르살, 김희정 옮김, 《잠깐 애덤 스미스 씨, 저녁은 누가 차려줬 어요? — 유쾌한 페미니스트의 경제학 뒤집어 보기》, 부키, 2017

저 유명한 '보이지 않는 손'을 말한 애덤 스미스는 사람들 각자의 이기심 때 문에 경제가 작동하고 저녁 식탁에 오를 음식이 마련된다고 믿었다. 마르살 은 스미스가 그런 연구를 하고 글을 쓸 수 있게 평생 동안 식사를 준비한 어 머니는 어째서 보이지 않게 됐는지 질문하면서 남성의 일만이 의미를 갖는 경제학에 문제를 제기한다. 제목에서 알 수 있듯이 통찰력 있고 재미있다.

한주연·박유형·백희원·성이름·김주온, 《기본소득 말하기 다시 말하기 — 만 일, 기본소득을 받는다면》, 만일, 2018

한국의 기본소득 운동 단체인 기본소득청'소'년네트워크(Basic Income Youth Network·BIYN) 이 조직 작동 방식을 개편하면서 기본소득 또는 기 본소득 운동에 관련한 고민을 털어놓았다. 박유형이 쓴 〈기본소득과 페미 니즘, 페미니즘과 기본소득〉을 추천한다.

최영숙, 《네 사랑 받기를 허락지 않는다 — 콩나물 팔다 세상을 뜬 경제학 사》, 가갸날, 2018

조선인 여성 최초로 경제학을 공부한 최영숙의 글 모음. 식민지 조선의 여 성 노동자를 위해 일하러 스웨덴에서 먼 길을 돌아왔지만, 일할 기회를 얻 지 못하고 콩나물 행상을 하다가 스물일곱에 세상을 떠났다. 최영숙이 무 슨 세상을 꿈꿔서 경제학을 공부했는지 들어보자.

동물권

상생하는 페미니즘

육식의 정상성에 토마토를 던지다

유비

- 비거니즘: 비인간 동물 섭취를 반대할 뿐 아니라 모든 영역에서 비인간 동물 착취에 반대하는 생각. 따라서 동물 실험에 반대하고, 모든 동물성 식품을 먹지 않고, 입거나 쓰지 않는다.
- 비건페미니즘: 성차별과 종차별 사이의 동일성을 지적하는 데에서 더 나아가, 페미니즘의 '인간 여성의 성적 자기 결정권과 임신, 출산의 자유'가 비인간 동물 여성의 '성적 자기 결정권과 임신, 출산의 자유'하고 맥을 같이한다는 생각.
- 종차별: 생물종을 인간과 비인간으로 구분해 차별하는 생각이나 행동. 인간이 비인간 동물을 착취하고 해하는 상황.
- 이 글에서 말하는 여성: 재생산 능력을 가지고 있거나, 가질 수 있다고 기대되거나, 가지지 못해 억압받는 모든 개체들.

어느 날, 밥상 위 비인간 동물의 죽음

페미니즘적 시각을 공유하던 친구 H가 어느 날 갑자기 '비건 선언'을 했다. 아니, 비건이 뭔데? 갑자기 왜 고기를 안 먹는대? 그리고 보니 내 주변 페미니스트 중에 몇 사람이 이미 비건 선언을 했다. 그때는 비건이 뭔지 검색할 생각조차 못했다. 친구가 어느 날 갑자기 비건을 하겠다니 '에이, 쟤 저러다 말겠지'라고 넘어갔다.

비건 선언을 한 H를 강남에서 만났다. 나는 친구에게 선택권을 줬다. "나는 너를 존중하니까 네가 먹을 수 있는 곳으로 가자. 네가 골라"(비건들은 네가 고르라는 말에 가장 부담을 느낀다. 이동 시간, 음식 종류, 맛까지 모든 것이 식당이나 개인의 선호 문제가 아니라 비건과 비건 식문화의 책임이 되기 때문이다). 그런데 어디를 가도 식당밖에 없는, 식당이 너무 많아 직원들이 전단지를 쥐어주며 나를 붙잡는 강남 한복판에서 먹을 수 있는 음식이 하나도 없었다. 결국 우리는 같은 자리를 뱅뱅 돌기만 했고, 그 틈을 타 H는 축산업의 잔인한 현실을 말했다. 축산업의 현실을 알고는 도저히 이대로 살 수는 없다는 생각이 들었다고 했다. 그런 H에게 나는 웃으며 변명을 늘어놨다. "맞아, 너무 안타깝지. 나도 다큐 많이 봤어. 안타깝지만 어쩔 수 없잖아. 나는 비건 못하는걸." 그러고는 까맣게 잊어버렸다.

2주 뒤 놀랍게도 나는 '채식 선언'을 했다. H가 한 말들을 까맣게 태워 잊지 않고 마음속에 묻어뒀나 보다. 수업 시간에 가즈오 이시구로가 쓴 《나를 보내지 마》를 읽다가 갑자기 그 씨앗이 발아해버렸다. 인간들을 위해 성인이 될 때까지 길러지다가 온몸의 장기를 강제로 기증하고 죽는 '복제 인간'을 다룬 소설이었다. 주인공들이 복제 인간이라는 사실은 후반부에 밝혀지는데, 그 전까지 꿈, 사랑, 우정, 갈등 등 '평범한' 삶의 이야기가 펼쳐지다가 갑자기 복제 인간이기 때문에 살해당하는 극적 전환은 독자를 당황스럽게 한다. 대체 복제 인간과 인간의 차이가 뭐기에? 함께 소설을 읽은 이들은 모두 아무 차이가 없다고 말했다. 유일한 차이는 소설 속 복제 인간이 '비인간'으로 분류된 것뿐이다. 그 얄팍한 차이가 생명권을 포함한 권리의 테두리를 결정한다. 그래서 우리는 이런 분류가 부당하고 잔인하다 말했다.

이 소설 속 세상의 잔인함은 우리가 사는 세계를 투영한 이야기라는 사실에 있다. '정상'과 '표준'이라는 기준을 정해두고 차이가 차별이 되는 세상. 백인이 아닌 인간을 차별하고, 남성이 아닌 인간을 차별하고, 오로지 인간이 아니라는 이유로 차별하고 착취하는 세상. 차별과 착취의 구조는 아주 많이 닮았다. 마침내 그 구조의 유사성을 깨달을 때 소설 속 복제 인간에게서 현실 속 '비인간', 곧 인간이 아닌 존재들을 떠올렸다.

비인간 동물은 인간하고 얼마나 다른가? 비인간 동물들도 인간처럼 생존에 관련된 본능과 두려움을 지니며 애착과

동물권 단체 '서울애니멀세이브'의 '폭력적 현실의 증인되기'(비질)에서 찍은 사진. 돼지들은 각자 다른 눈빛을 지닌 개별체이지만 트럭이 도살장 안으로 들어가면 개별성과 고유성을 잃고 절단돼 '고기'가 된다(출처=유비).

슬픔을 느낀다. 차이는 의사소통 방식과 외모 등 일차적 요소들뿐이다. 그런데 우습게도 이 일차적인 요소들이 공고한 위계를 형성하고 누군가의 운명을 결정한다. 지금까지 왜 이런 상황을 이상하다고 느끼지 못했지?

비인간 동물과 인간 동물의 본질이 다르지 않다는 사실은 이런 생각의 과정 없이도 당연하게 '느껴왔다.' 앞서 말한 외모나 의사소통 수단의 차이하고는 별개로, 우리는 공통적으로 '느끼기' 때문이다. 비인간과 인간은 애착이나 증오 관계를 형성할 수 있고, 비인간의 고통을 눈앞에서 발견한 인간이 함께 고통받거나 슬퍼할 수 있으며, 반대 경우에도 그렇다. 심지어 서로 이타적 희생을 하기도 한다. 이런 감정의 교류는 느끼는 주체로서 우리가 서로 '공감'하기 때문이다. 공감은 '동질성'에서 오고, 이 동질성은 우리가 본질적으로 다르지 않다는 사실을 입증한다. 그렇다면 의미 없는 일차적 차이를 근거로 '인간과 다른 종'을 규정하고, 그 존재들에게 '도축용', '실험용', '애완용'이라는 이름을 부여하는 동시에 가장 기본적인 권리인 생명권은 '부여'하지 않는 이 세상은 분명 이상하고 잔인하다.

이어서 생각과 질문들이 따라온다. 그중 하나는 이런 의문이었다. '페미니스트인 나, 모든 차별에 반대하는 내가 누

군가를 향한 착취를 이어가고 방관해도 되는 걸까?'

페미니스트로서 나는 내 잔인성을 발견하고도 묵인하고 싶지 않다. 묵인함으로써 다른 이를 억압하고 폭력을 휘두르고 싶지도 않다. 내게는 '내가 살아갈 권리', '나를 나로 꾸리고 주체적인 삶을 선택할 권리'가 가장 간절하기 때문이다. 그렇다면 나하고 본질적으로 다르지 않은 존재에게도 주체적 삶의 권리는 꼭 필요하다. 이런 생각이 연결되면서 결국 나는 비건으로 살기로 했다. 페미니즘이 내게 선사한 내 삶을 향한 강렬한 욕구가 남의 삶을 침범하지 않으려는 노력으로 이어졌다.

채식주의자가 되기로 결심한 순간

처음에는 조금 어설펐다. 내 페미니즘적 괴리감하고 합의해보려는 응급 처치로 적어도 덩어리진 '고기'는 먹지 않는 실천을 시작하기로 했다. 당장 비건이 되는 건 상상도 할 수 없고 앞으로도 잘 모르겠지만, 어쨌든 '마음에 걸리는 걸 해결해야 해!' 하는 생각이었다.

'고기 없는 식탁은 취급도 안 하는 사람'이던 나는 이 결정도 너무 두려웠다. 그래서 첫째 날은 '하루 한 끼 고기 안 먹기', 둘째 날은 '하루 두 끼 고기 안 먹기'라는 약속을 세웠는데, 며칠 만에 '고기'를 끊었다. 안 먹으면 큰일나는 줄 알았는데, 정말 쉬웠다.

그때는 어떻게 그렇게 쉽게 습관을 잡을 수 있었는지 의문이었는데, 비거니즘에 관해 알면 알수록 이미 육식이 불필요하기 때문이라는 사실을 깨닫게 된다. 다만 그때는 '고기' 대신 '생선', '달걀', '우유'를 먹은 덕에 더 쉽다고 느낀 듯하다. 고기 먹는 습관은 나하고 비슷한 존재들을 살해하는 행위이기 때문에 잔인하지만, 생선은 그저 고통을 못 느끼지 않을까, 뇌 구조가 단순하고 지능이 낮으니 덜 착취하는 게 아닐까 싶었다.

"그리고 달걀과 우유는 부산물일 뿐이잖아?"

채식은 멈추기, 비거니즘은 지향점을 향해 나아가기

그렇게 스스로 '페스코 채식주의자'로 부르기 시작했고, 다른 일은 몰라도 자기 자신에게 하는 약속을 중시하는 성격상 내가 한 약속만큼은 잘 지켰다. 분명 잘 지켰는데, 매 끼니마다 동물성 성분이 든 음식을 먹고 가죽 지갑도 샀다. 괜찮다고 생각했다. '어차피 고기를 얻으려고 죽인 소의 부산물일 뿐이잖아?'

자기 자신하고 한 약속만 잘 지키면 되니까 그 밖의 문제는 생각하지 않기로 한 셈이다. 음식을 주문하면서 달걀을 빼달라고 할 수 있었지만, 커피에 소젖 대신 두유를 넣어달라고 할 수도 있었지만, 조금만 더 걸어 비건 식당에 갈 수도 있었지만, 하지 않았다. 여전히 나는 잘하고 있으니까. 결국 내가 나하고 한 약속은 나를 만족하게 했고, 만족함으로써 내가 하는 착취를 돌아보지 못하게 했다. '페스코 채식주의자'라는 흔히 알려진 분류는 또 다른 종을 대상으로 한 차별을 가리고, 나를 멈춰 있게 했다.

결국 그때 나는 종차별에 반대하고 비건의 삶을 지향하지 않았다. 비거니즘은 채식주의가 아니고, 어떤 분류로 규정될 수 있는 성질이 아니기 때문이다. 비건을 지향하는 대신 '페스코'라는 자기 한계를 둔 이유는 그저 눈앞의 불편함을 최대한 쉽게 치워버리기 위한 일일 뿐이었다. 내 모순, 가해자성을 마주하기가 싫어서 엉터리 타협으로 페미니스트의 정당성을 되찾으려고 했다. 그렇지만 비거니즘은 내 페미니즘 실천에 정당성을 부여하기 위한 조건이 아니다. 또한 정당성을 부여하는 도구가 돼서도 안 된다. '착취하거나 해하지 말라'고 외치는 데에는 정당성이나 조건이 필요하지 않기 때문이다. 우리는 가해자이면서 피해자이지만, 그런 모순이 우리의 피해 사실을 지울 수는 없다. 이런 점을 깨달을 때까지, '내 불편함을 해소하기 위한 채식'에서 벗어날 때까지 시간이 꽤 걸렸다.

비건페미니즘과 재생산의 권리

나는 '지향적' 비거니즘에 관한 깨달음을 얻기 전에 비건 식생활을 시작했다. 우연히 학교 어학연수 프로그램으로 캐나다의 비건 가정에서 한 달을 지낼 기회를 얻었다. 채식주의자 가정에 배정해달라고 말은 했지만, 비건 가정이라는 말을 듣고는 '아, 비건까지는 아니어도 되는데!' 하던 나였다. 그사이에도 여전히 '달걀'과 '우유'는 덜 '착취'하는 게 아닐까 하는 생각에 집밖에 나가면 늘 논비건 케이크를 한 조각씩 사먹고 돌아왔다. 그러던 어느 날 H에게 물었다.

"왜 계란과 우유를 먹지 않니?"

"소와 닭의 여성성 착취라서."

2019년 10월에 벌어진 도살장 점거 시위로 도살장 앞에 층층이 쌓인 닭장 트럭 안에서 6시간 정도 더 살아남은 닭들의 모습(출처=디엑스이 코리아).

H가 보낸 짧고 굵은 답장을 받은 그 순간이 내 '비건페미니스트' 모먼트다. 나 자신을 비건페미니스트라고 정체화하지는 않았지만, 비인간 동물이 당하고 있는 재생산 능력 착취를 내가 받는 억압하고 같은 선상에 놓은 순간이다. 얼마 지나지 않아서 나는 나를 '비건이면서 페미니스트'라고 부르기 시작했다.

그렇게 흐르고 흘러 결국 '비건페미니스트 네트워크'하고 함께하게 되면서 나는 '비건페미니스트'라는 말로 나 자신을 정체화하게 됐다. 나는 재생산 능력을 가진 몸으로서 경험적으로 공감한 덕에 달걀과 소젖을 끊게 됐고, 비건페미니스트 네트워크는 이 감정을 언어로 끌어냈다. 성차별과 종차별의 평행 구도에서 한발 나아가, 인간 여성을 대상으로 한 재생산 능력 착취(임신과 출산의 자기 결정권 박탈)와 비인간 여성을 대상으로 한 재생산 능력 착취의 구조가 비슷한 형태라는 말이었다.

인간 여성의 재생산 능력은 언제나 권력의 통제 대상이었다. 봉건 시대에는 왕위를 이을 아들을 낳지 못한다는 이유로 사형을 당하기도 했고, 20세기 후반에는 인구 과밀 현상 때문에 여성에게 임신 중절을 강요하다시피 했다. 몇 년 전에는 출산율 감소에 대응한다며 정부가 가임기 여성 인구수를 지역별로 나타낸 지도를 배포했고, 얼마 전 헌법 불합치 판결이 나오기 전까지 임신과 출산을 주체적으로 결정하려는 여성을 처벌하는 '낙태죄'가 남아 있었다. 이런 현실 속에서도 인간 여성들은 '임신과 출산의 자기 결정권'을 위해 끝이 보이지 않는 싸움을 계속했다.

우리가 힘든 싸움을 계속하는 동안에도 완벽한 통제와 착취 아래 놓여 대항조차 하지 못하는 여성들도 있다. 바로 비인간 여성 동물이다. 우리가 일상적으로 먹는 '고기'나 '물고기'는 비인간 동물의 사체이고, 현대 사회가 필요로 하는 어마어마한 양의 사체는 비인간 여성 동물의 재생산 능력을 착취해야만 공급될 수 있다. 이 수요를 맞추기 위해 비인간 여성 동물들은 강제로 끊임없이 강간당하고 출산해야만 한다. 임신과 출산의 권리를 박탈당한 비인간 여성 동물은 축산업의 필수 조건이며, 축산업 구조 자체의 근간이다. 소젖은 비인간 여성 동물을 강제로 임신시키고 출산하게 해서 만들어지는 모유이고, 달걀은 품종 개량으로 비인간 여성 동물의 생산성을 극대화해 매일 질이 짓무르고 자궁이 튀어나오게 해 배출해내는 생리다.

영화보다 더 영화 같은 이런 잔인함이 당연한 일상이 되면 놀랍게도 모두 이 현실을 망각하게 된다. 진실을 숨기고

회피하는 데 익숙해지거나, 온갖 핑계를 만들어 괜찮다고 생각하게 된다. 이 명백한 잔인함을 왜 우리 인간 동물은 깨닫지 못하는 걸까?

육식의 정상성에 더 많은 질문을

일상에 녹아든 종차별에 관한 끝없는 질문 속에서 우리는 이 질문의 답을 찾아낼 수 있다. 당연하게 여기던 일들에 질문을 던져야 한다.

'젖소'의 이름은 왜 젖소일까? 왜 그저 소가 아니라 '젖을 주는 소'가 됐을까? 다른 포유류처럼 임신을 해야만 젖이 나오는 신체 구조를 가졌는데도 왜 그저 '젖을 짜면 우유가 나오는' 존재처럼 묘사돼 왔을까? 왜 푸른 잔디 위 젖소의 모습을 그린 동화책과 교과서, 텔레비전 광고는 젖소들이 임신과 착유를 동시에 당하면서 평생을 살다가 '생산성'이 다하면 '폐기'된다는 사실을 알려주지 않았을까?

젖소의 젖이 송아지가 아니라 우리에게 오고, 심지어 정부 정책에 따라 그 젖을 모든 초등학생에게 의무로 먹이고, 비인간 포유류의 사체가 '고기'라는 이름을 가지게 되고, 그래서 우리 식탁에 '음식'으로 둔갑해 올라오고, 그렇게 음식으로 둔갑시키는 사업에 정부는 막대한 지원금을 쏟아붓는다. 우리는 이 모든 '자연스러운' 일들에 하나하나 의문을 품어야 한다. 그동안 의심하지 않던 사회정치적 구조를 마구 파헤쳐 객관적 진실을 알아야 한다.

우리 사회의 이런 뿌리 깊은 비인간 착취의 '문화와 전통', 정책들을 보면 이 세상을 육식이 거의 독점한 현실은 전혀 이상하거나 놀랍지 않다. 문화와 전통으로 대변되는 '익숙함'과 '자연스러움'에 더해, 정책과 사회적 맥락이 이런 현실을 강하게 뒷받침하고 있다. 사람들은 육식이 생물학적으로 자연스럽고 필연적이라고 주장하지만, 육식 독과점 사회는 의도적이고 정치적이고 인위적으로 유지됐다. 불평등한 식량 분배과 축산업이 일으키는 환경 오염이 문제로 떠오르고, 육식 때문에 건강에 적신호가 켜지고, 육식을 거쳐 섭취하던 모든 영양을 식물성 음식으로 대체할 수 있는 시대가 된 지금도 육식을 '자연스럽고 필연적'이라고 여기는 우리가 바로 그 증거다.

남성과 육식, 힘과 권력의 상징

요즘 여성 농민과 토종 농사를 지원하는 단체 '가배울'에서 하는 토종 작물 비건 요리 수업에서 만난 엄마 또래인 조원이 나를 걱정하셨다. "아니, 그래도 어떻게 고기를 아예 안 먹고 살아요. 고기를 먹어야 힘이 나지."

고기를 먹어야 힘이 난다며 언니는 몰라도 유독 나한테 아침마다 삼겹살을 구워주던 엄마가 겹쳐 보였다. 늦둥이 막내딸로 태어나 부모님의 편애를 받은 나는 '닭다리'와 '고기 반찬'을 독차지했다. 밥상에서 '좋은 것'을 아빠가 먼저 드시면 다음이 나였다. 건강 때문에 육식을 멀리하는데도 늘 아빠 밥그릇에는 온통 '좋은 것'들이 쌓였고, 그 반찬들은 결국 내 밥그릇으로 옮겨왔다. 아들이 있었다면 세 번째로 밀려났을지 모르지만, 그런 '귀한 대접'이 익숙하고 좋았다. 언니들은 '고기' 없이도 혼자 밥만 잘 차려 먹는데, 나는 '고기'가 없으면 먹을 게 없다고 투정했다.

그런 내가 '고기'를 끊을 수 있을까 걱정이었다. 그런데 놀랍게도 2주 만에 별 어려움 없이 습관이 잡혔고, 한 달쯤 지나니 '고기'가 음식이 아닌 다른 뭔가로 보이기 시작했다. 내가 탈육식을 하니 냉장고 한쪽에 화수분처럼 채워지던 '고

도살장 점거 시위 때 나를 포함한 활동가 넷은 200킬로그램 정도 되는
시멘트 덩어리에 몸을 묶고 도살장 입구에서 차량 통행을 막았다(출처=
디엑스이 코리아).

기'가 사라졌고, 엄마는 이제 '고기' 먹을 일이 없다며 섭섭해 했다. 육식하지 말라는 내 말에 눈치조차 보지 않으면서, 알 아서 사 먹으면 되는데 왜 내가 '고기'를 먹어야만 당신도 드 실 수 있다는 건지 알 수 없었다.

캐럴 애덤스가 쓴 《육식의 성정치》에 따르면 가부장은 '고 기'라는 '가장 중요하고 귀한 것'을 독점하고 분배할 권리를 가진다. 아빠가 '고기'에 관련된 권한을 내게 위임한 탓에 엄 마도 '고기' 먹을 선택권을 내게 구하지 않았을까? 웬만한 '아들'보다도 제멋대로 자란 내 삶의 모든 부분들은 다 아빠 의 편애를 등에 업은 내 '남성 권력'이 아니었을까? '고기 좋 아하던 나'는 어쩌면 내 밥그릇 위 '고기'로 부모님의 편애와 가족에서 내가 차지하는 위치, 곧 '힘'을 확인받으려 한 게 아 닐까? 그래서 '고기'를 끊는 물리적 과정 자체는 그렇게 쉬웠 고, 아빠에 이어 내가 '고기'를 끊자 그 힘의 상징이 냉장고에 서 사라진 게 아닐까?

그저 개인의 식습관이나 취향이라고 생각하던 육식은 좀 더 관념적이다. 권력을 의미하기도 하고 물리적 '힘'에 연관되 기도 하는 이런 관념들은 곧 남성과 남성 권력으로 향한다. 나아가 (특히 남성의) 성장으로 이어진다. 자기들의 힘을 의 미하는 육식을 통해 남성은 더 큰 힘을 얻고 성장에 박차를 가한다. 그렇게 육식은 남성의 성장을 도와 여성 권력과 남성 권력의 차이를 보여주는 시각적이고 물리적인 상징인 동시에 이 차이를 공고히 하는 도구다.

육식은 진보다?

육식이 관념적이라는 사실을 증명하는 사례를 하나 더 들어보자. 육식은 현대 사회에서 진보와 근대성에 연관된다. 한국은 전통 음식이 대부분 비건이기 때문에 상대적으로 비거니즘 식생활을 실천하기 쉽다. 반면 비거니즘 논의가 처음 시작된 유럽은 식문화에서 치즈, 소젖, 버터, 달걀 등을 빼기가 어려워 비건 식당이 아니면 비건 음식을 찾기가 어렵다.

그런데 근대화와 사대주의가 영향을 미치면서 서구 음식이 우리 식문화에 큰 부분을 차지하기 시작했다. 유럽풍 카페나 북아메리카풍 식당 인테리어 등이 유행하면서 선진국의 전통적 육식 문화가 '외국 물 먹었다'는 표현하고 함께 '새롭고 멋진 것'이자 '진보적인 것'으로 부상했다. 스타벅스 1호점이 서울에 들어선 지 20년, 카페에서 소젖 탄 커피를 마시는 일은 일상보다 더한 일상이 됐다.

육식이 근대성과 진보의 상징이 된 또 다른 사례는 인도다. 종교 때문에 전체 인구에서 채식주의자가 차지하는 비율이 50퍼센트에 이르는 인도에서는 정책적으로 육식을 금하는 마을이나 지역을 흔히 볼 수 있다. 인도에서 '채식'은 구조적이고 문화적이며, 그렇기 때문에 '과거의 것', 곧 '보수적인 것'을 대표한다. 그래서 인도의 정치적 진보주의자들은 '정치적 육식'을 하기도 한다. 이때 육식은 '근대화'와 '진보'를 상징하게 된다.

연속된 실패

문화, 본능, 전통, 관습을 넘어 이 사회의 거대한 관념적 상징인 육식은 정치경제적 입지를 공고히 하고, 사회의 주류가 됨으로써 정상성을 획득하며, 육식 때문에 발생하는 병폐들의 원인을 은폐한다. 그리고 이런 구조를 무너트리려는 시도를 무산시킨다.

해마다 발생하고 확대되는 조류 독감 살처분을 살펴보자. 조류 독감 살처분은 '자연재해'로 묘사되지만 공장식 축산이 가져온 비극이다. 공장식으로 갇혀 사육되는 비인간 동물들은 밀집된 구조 때문에 면역력이 약해져 전염병에 취약하기 때문이다. 2017년 조류 독감 살처분 사태 때 오이시디는 한국의 공장식 축산과 전염병 확산 사이의 인과 관계를 지적했다. 그러나 정부와 지자체는 살처분 보상 등 '재해' 비용을 전액 지원하고 '달걀'을 수입하는 등 공급량을 유지하고 안정시키려 노력할 뿐 공장식 축산의 구조, 지나친 수요, 나아가 육식이라는 근본적 문제 등을 고려하지 않았다. 이쯤 되면 국가가 거대한 축산 농장처럼 보이지 않는가?

이런 '정치적 육식' 사회 속에서 '살아감'으로써 진실을 밝혀내려는 비건들은 자연스럽게 실패할 수밖에 없다. 정치적이고 문화적으로 그 맛과 음식 자체, 그리고 이 음식을 소비하는 행위의 '자연스러움'에 길들어 실패하기 때문이기도 하고, 대체재나 비건 음식, 상품을 구하기가 물리적으로 불가능한 상황이나 사회적 맥락 탓이기도 하다. 이 모든 조건을 개인의 의지로 이겨내고 비건이라는 사실을 거듭 확인한 음식들이 알고 보니 비건이 아니거나, 심지어 비건이고 크루얼티 프리라고 공식 홍보하던 화장품 회사가 동물 실험을한 사실이 밝혀지기도 했다. 해외에 수출하는 한국 음식이나 제품이 비건이 아닌데도 성분표에 비건인 양 표시된 사례도 많다.

실패할 수밖에 없는 비건들은 늘 실패에 관한 죄책감에 시달린다. 그 실패가 곧바로 누군가를 향한 명백한 착취와 폭력으로 이어지기 때문이다. 비건 실천을 하지 않는 사람들은 느끼지도 않는 죄책감이 역설적이게도 모두 비건들의 어깨 위에만 그득 실린다.

비건이 겪는 실패는 비건을 향한 사회적 폭력과 비거니즘 자체를 향한 비난으로 이어지기도 한다. 학원 강사로 일할 때 내가 비거니즘에 관해 말하자 학생들은 '농담'을 던졌다.

"선생님, 고기 먹는 거 걸리기만 해봐요."

한 친구는 비건이 되겠다고 선언한 직후 다른 사람이 일부러 권한 젤리를 무의식적으로 받아먹고 비난에 시달렸다.

"너 젤라틴 먹었네! 니가 무슨 비건이야?"

덤으로 비거니즘의 불완전성을 꾸짖는 질책까지 들어야 했다. 또 다른 친구는 먹을거리가 없는 상황에 너무 지친 나머지 논비건인 우동을 먹었다. 그런데 마침 자기가 비건이라는 사실을 아는 사람을 만났고, 비건과 비거니즘을 일반화하려는 시도에 시달리고 개인적인 비난을 받을까봐 두려워져 그 자리에서 도망쳤다.

멸치 육수 대신 맹물에 채소만 넣고 된장찌개를 끓여줄 수 있느냐는 부탁을 했다가 식당에서 여러 번 쫓겨났다. 그저 배가 너무 고플 뿐이었다. 비건 식당이 없는 곳이라 어떻게든 머리를 굴려 찾은 방법이 작고 허름한 백반집에서 '비거나이징'(비건이 아닌 음식에서 논비건 식재료를 빼 비건으로 만드는 일) 하기여서 조심스럽게 활짝 웃으며 물어봤다. 공짜로 달라고 하지도 않았고, 뭘 더 넣어달라고 하지도 않았고, 논비건 식재료를 빼는 만큼 값을 깎아달라고 하지도 않았는데, 행복을 돈으로 살 수 있다는 자본주의 세상에서 육수 뺀 된장찌개는 돈으로 살 수 없었다. 잡식 문화는 그만큼이나 절대적이다. 전통적이고 문화적으로 절대적이고 정상적인 위치를 선점한 채 다른 것은 존재하지 않는 듯 지워버린다. 그래서 폭력적이고, 그래서 실패할 수밖에 없다.

비건, 도착점이 보이지 않는 정치적 길

완전한 비건은 없다. 다만 끝없이 성찰하고 성장하는, 비건 지향을 통해 사회에 맞서고, 비인간 동물이라는 사회의 그늘 밑 존재들하고 연대하는 인간 동물들이 있을 뿐이다. 이런 노력은 단순히 개인의 선택이라는 차원으로 논의될 수 없고 그렇게 논의돼서도 안 된다. 태어난 순간부터 육식이 아닌 선택지는 가져본 적이 없기 때문이고, 육식의 폭력성을 깨닫고 개인 차원부터 바로잡으려 하는 순간 사회에서 배제되고 격리되기 때문이다.

그래서 비거니즘은 사회의 사각지대에 자리하며, 비거니즘을 접하고 실천하는 문제는 오로지 운과 환경에 달려 있다. 게다가 그마저도 확률이 희박하기 때문에 모든 사람이 인지하지 못한 채 잡식과 동물 착취만을 삶의 기본으로 믿고 살아간다. 내가 비거니즘을 더 일찍 접했다면, 또는 육식과 비육식(나아가 비거니즘)이 인간의 삶에서 동등한 두 개의 선택지일 뿐이었다면, 나는 '생명의 소중함'을 깨닫기 시작한 순간부터 당연히 비건이 됐을 거다.

비육식과 비거니즘은 단순히 개인의 선택 문제로 한정될 수 없다. '정치적'이고 '인위적'인 육식 체제가 비인간 동물의 생명권과 삶을 짓밟고, 그 구조가 공장식 축산을 낳고, 공장식 축산은 또다시 비인간 동물을 착취해 환경 파괴와 기아 같은 부가적 문제를 낳기 때문이다. 따라서 그런 체제에 문제의식을 품고 여기에서 벗어나기 위해 비육식과 비거니즘을 실천하는 사람들은 개인적 선택이 아니라 주어진 정치적 상황에서 정치적 견해를 취한 셈이다.

정치적 견해란 어떤 존재 또는 사회 구조에 손해를 끼치

'암스테르담 2019 국제동물권행진'에서 비건페미니즘 활동을 기획했다. 9명이 함께 가슴에 'free the nipples', 'my body my choice, their body their choice' 등을 적어 여성과 동물의 연대를 드러냈다(출처=유비).

지 않는다면 마땅히 존중받아야 한다. 종차별 사회의 정치성이 전례없이 막대한 피해를 양산하는 반면 비거니즘은 근본적으로 '착취와 피해의 최소화' 자체를 목표로 삼는다. 그렇다면 답은 명확하다. 육식과 종차별은 이제는 철폐돼야 할 적폐이고, 비거니즘은 이 적폐를 철폐하기 위한, 존중받아야 할 정치적 견해다. 그렇기 때문에 비거니즘을 취향이나 선택으로 치환하는 논리는 성립하지 않는다.

따라서 비건들에게는 더욱더 크게 말하고 요구할 권리가 있다. 종차별 사회를 거부할 권리도 있다. 그렇지만 이때 나의 이 모든 비건 실천과 비거니즘적 변화를 요구하는 과정은 나의 먹을 권리나 소비할 권리가 아니라 비인간종의 권리를 위한 수단일 뿐이라는 점을 꼭 알아야 한다. 내게 주어진 인권을 최대한 활용해 권리를 배제당한 누군가를 위해 싸우되, 그 싸움은 내 정치적 견해를 보장받기 위한 도구가 아니라 궁극적으로 남을 위한 일이어야 한다.

페미니스트인 나, 비거니즘을 재정의하다

페미니스트로서 하는 비거니즘 실천은, 앞에서 말한 대로 페

2019 서울퀴어문화축제에 맞춰 완성된 교차성 단체 비건페미니스트네트워크의 첫 깃발은 폐현수막을 바느질로 이어 만들었다(출처=비건페미니스트네트워크).

미니스트가 겪는 모순을 피하고 도덕적으로 무결해지기 위한 행동이 아니다. 다만 페미니즘 실천을 통해 찾게 될 여성의 권리가 또 다른 착취에 기반을 두지 않게 하려는 행동이다. 차별과 억압을 벗어나는 과정에서 전이나 전복에 그치거나 또 다른 피해에 침묵하지 않고 '다 함께 평등한 세상'으로 나아가려는 움직임이다. 평등한 세상을 위해 모든 인간 동물이 페미니스트여야 하듯이 우리는 모두 비건이 돼야 한다. 인간으로서 우리의 종차별적 사고와 그 결과인 가해자성을 직면하고 평등한 세상으로 나아가려는 최선의 노력을 해야 한다. 이때 우리의 인간 권력에 가려진 많은 문제들을 끊임없이 성찰하고 비판하며 변화하는 자세가 중요하다. 나는 이 자세를 '비거니즘'이라 부른다.

'동물에서 나온 모든 것을 섭취, 사용, 착용하지 않고 동물 실험에 반대하는 것'이라는 사전적 정의는 비거니즘을 충분히 설명하지 못한다. 비거니즘은 '행동'이지만, 행동 뒤의 성찰을 기반으로 하기 때문이다. 비거니즘은 인간 동물이라는 우리 위치를 깨닫는 과정, 이 위치를 내려놓으려는 노력, 눈에 보이고 글로 설명되는 비인간 동물에 관한 착취뿐 아니라 생태계 전반과 지구와 우주를 포괄하는 개념의 확장을 말한다. 그래서 비거니즘을 지향한다는 말은 내 삶의 모든 영역과 요소의 변화를 요구한다. 세상을 대하는 태도 전체에서 변화가 일어나며, 이 변화를 지닌 채 개혁한다. 끝없는 성찰과 개혁, 그리고 평등한 세상을 향해 나아가는 행동이다. 내가 생각하는 비거니즘의 진정한 의미는 바로 이것이다.

제 삶의 유일한 목표가 그 누구도 착취하지 않으면서 사는 것이에요. 개념을 알게 되면 바로 했을 것 같아요. 비건이라는 개념을 더 일찍.

— 수영, 비건 페미니스트 네트워크 내부 인터뷰, 2017

비건이 된 이유와 페미니스트가 된 이유는 따로 있는데, 비건 페미니스트가 된 이유는 솔직하게 말하면 제가 비건이 된 시점에 이미 페미니스트였기 때문인 것 같아요.

— 유림, 비건페미니스트 네트워크 내부 인터뷰, 2017

제주 서쪽, 바다에서 걸어 5분 거리, 투박한 스테인리스 미닫이문으로 바닷바람이 어떻게 알고 찾아오는 작은 식당이 있다. 관광지에서 약간 떨어진 도롯가 작은 동네 옹포리에서 홀로 하얗게 빛나는, 여성 비건 셰프 '유' 씨의 영국 가정식 식당 앤드유 카페(Andyu cafe)다.

앤드유 카페는 수제 그레이비소스를 곁들인 제주산 검은콩 함박스테이크와 버거, 온갖 채소와 수제 소스들이 들어간 샌드위치 같은 고정 메뉴와 매주 바뀌는 스페셜 메뉴로 이미 '꼭 가봐야 할 비건 식당'에 손꼽힌다. 스페셜 메뉴는 팟타이, 수제 비건 모차렐라 치즈를 올린 피자, 영국식 식사용 타르트 키쉬, 팔라펠 랩, 만둣국, 커리 등 영국 가정식에 한정되지 않고 갈 때마다 다채롭다.

앤드유 카페는 음식의 기반이 되는 생각과 신념, 실천이 더 특별한 곳이다. 비거니즘을 기반으로 하는 음식을 제공할 뿐 아니라 비거니즘 다큐멘터리 상영회를 열고, 메뉴판 마지막 장에는 비거니즘에 관한 설명을 담고 있다. 인스타그램 계정에도 비거니즘 관련 콘텐츠를 종종 올린다. 생태주의에 관심이 많아서 케이크 포장용 생분해 유산지를 빼고는 일회용품을 쓰지 않는다. 음료를 포장하는 손님에게는 보증금을 받고 동네 주민과 손님들이 기부한 텀블러를 빌려준다. 거의 모든 가구와 장식품, 식기도 파도에 떠밀려 오거나 버려진 물건을 재활용해 직접 만들든지, 동네 주민과 친구들에게 기부를 받거나 중고로 산다. 식재료는 제철, 산지, 유기농, 구입 과정의 쓰레기 최소화, 지역 경제에 미치는 영향까지 고려해 직접 시장에서 사고, 수

입산 재료는 공정무역 제품이다. 가장 놀라운 사실은 제주의 작은 마을에서는 이질적일 수밖에 없는 '영국식 비건 카페'인데도 마을 사람들이 모이는 사랑방 구실을 한다는 점이다. 지역주의를 끝없이 고민해서 얻은 결과하고 한다. 그곳에 가면 작업복 조끼를 입고 모자를 눌러쓴 채 두유 라테에 수제 비건 버거를 양손에 든 중장년 '동네 주민들'을 볼 수 있다.

비거니즘은 식생활에 한정되지 않기 때문에 교차하며 나아가야 한다. 앤드유 카페는 '성찰하는 비거니즘'을 발견할 수 있는 최적의 장소다. 미식의 행복은 덤.

돌봄

내 몸 이야기에 귀기울이기

여성의 자기 돌봄과 에코페미니즘

김신효정

몸은 거대한 기억의 영토이다. 내가 살아온, 타인과 관계를 맺은, 내 모든 삶의 계보가 담긴 기억의 장소이다. 내 몸 안에 내가 느껴온 폭력과 사랑이 있다. 모든 것이 내 몸 안에 담겨 있고, 나는 그것을 부정하지 않고 바라보며 받아들인다. 나는 그것을 변화시킬 힘을 갖고 있다. 우리 모두는 그러하다.

— 베로나(아르헨티나 페미니스트)

페미니즘, 분노와 번 아웃 사이

스무 살, 처음 페미니즘을 만나고 삶의 해방감과 자유를 느꼈다. 그러나 페미니스트 되기가 항상 자유로운 일은 아니었다. 내 삶과 타인의 삶에 연결된 숱한 폭력을 바라봐야 했고, 동시에 형언할 수 없는 고통과 아픔에 연대해야 했다. 매일 끊임없이 일어나는 많은 여성 혐오와 폭력을 향해 거리에서, 학교에서, 집 안에서 목소리를 내고 저항하고 투쟁해야 했다.

　스물 셋, 대학을 벗어나 여성 단체라는 새로운 공간에서 상근 활동가로 일을 시작했다. 대학은 보수적이고 폐쇄적이지만 시민사회는 다르겠지 기대했다. 그런데도 여전히 일상은 분노와 번 아웃을 오갔다. 세상은 너무 불합리하고 싸워

여성 단체라는 새로운 공간에서 일을 시작했지만, 여전히 일상은 분노와 번 아웃을 오갔다(출처=프리픽).

야 할 문제로 가득했다. 내가 좀더 많이 일하면 세상이 조금 더 바뀌지 않을까 하는 오만한 생각에 지쳐갔다. 자기를 돌보지 못해 일상을 과로와 몸 아픔에 시달리면서 점점 더 불행한 페미니스트가 됐다. 나 자신을 부정하거나 건강하지 못한 내 몸을 비난했다. 가까운 사람을 돌보기는커녕 더 예민하게 굴었다. 계속 페미니스트로 살아갈 수 있을까 생각하면 앞이 깜깜했다.

내가 원한 페미니즘과 여성운동이 과연 이런 것이었는지 후회스러웠다. 무리하게 일하면서 많은 프로젝트에서 성과를 냈지만, 정작 세상은 빠른 속도로 바뀌지 않았다. 때로는 사람들의 냉소와 무시 속에 처참히 실패하기도 했다. 궁금했다. 과연 페미니즘과 여성운동이, 우리 사회의 '생산주의' 가치하고 만나 더 많이 일하고 더 많은 성과를 만들면 더 나은 변화를 이끌어낼 수 있는지. 많은 페미니스트들이 일상을 긴 노동 시간에 투여하면서 정작 자기 자신과 삶을 돌보는 일은 소홀히 해도 괜찮은지. 마치 폭주하는 기관차처럼 내 모든 것을 다 태워버리고 난 뒤에야 처음으로 깨달았다. 변화를 하려면 긴 호흡이 필요하다는 사실을 말이다.

장애도 비장애도 아닌 아픈 몸

내 몸은 생활 체육인인 부모님의 몸과 어릴 적 합숙 생활을 하며 축구를 한 남동생의 몸하고 달랐다. 나는 운동을 못했고, 자주 아팠다. 운동을 못하는 몸은 타고난 특성일 수도 있지만, 잦은 몸 아픔의 8할은 심리적 불안감이 신체화되는 증상이었다. 부모님의 불화가 깊어지고 부부싸움과 가정 폭력이 거세질수록 배가 아프거나 몸이 아팠다. 병원에 입원해 검사를 해도 원인 불상의 위염 또는 장염밖에는 원인을 찾기 어려웠다. 친구들은 어릴 적 나를 자주 아픈 아이로 기억한다. 내 아픈 몸은 온전히 이해받기 어려웠다. 대부분의 사람은 내가 잘 안 먹어서, 운동을 하지 않아서, 예민해서 그렇다고 말했다.

10대 시절 자주 아프고 무기력한 몸은 내 감정을 표현할 수 있는 유일한 언어였다. 아프지만 병명을 알 수 없는, 장애는 없지만 아픈 내 몸은 장애도 비장애도 아닌 이상한 경계에 서 있었다. 이상한 경계 위에서 나는 나라는 존재를 싫어했다. 적어도 페미니즘을 만나기 전까지 나는 원래 부정적이고 냉소적인 아이라 오해했다. 페미니즘을 만난 뒤 여성의 아픈 몸은 단순히 생물학적으로 약하게 태어난 탓이 아니라는 사실을 깨달았다. 여성의 아픈 몸은 가부장제 사회의 폭력과 억압, 자기 검열의 스펙트럼 사이에서 생존해온 몸에 새겨지는 언어의 하나다. 우리는 내 몸에 새겨진 언어를 해석해야 한다.

가부장제 사회에서 여성으로서 살아가기

"엄마처럼 살지 않을 거야." 이렇게 말하는 여성들을 종종 본다. 희생의 아이콘인 엄마처럼 살고 싶지 않기 때문이다. 그러나 우리는 엄마처럼 살고 싶지 않지만 엄마처럼 살 수밖에 없는 사회에서 살아가고 있다. 많은 여성들은 자기 자신을 돌보기보다는 누군가를 위해 희생하는 삶을 산다. 여성이라는 이유로 가족 돌봄을 강요받거나 남녀 임금 차별이 극심한 사회에서 생계와 일상 노동에 갇혀 자기 몸과 마음을 미처 돌보지 못하는 사례가 허다하다. 자기 돌봄의 부재는 대개 몸과 마음의 병으로 연결된다. 특히 마음의 병은 2030세대 여성들에게 더 높게 나타난다. 2019년에 진행한 어느 연구에 따르면 20~30대 한국 여성의 자살률이 50~60대 어머니 세대보다 더 높다. 엄마처럼 살지 않겠다고 외친, 엄마보다 더 많이 공부하고 더 큰 꿈을 가진 딸들은 왜 스스로 삶을 포기하게 됐을까? 한국 사회에서 여성으로 살아가는 일, 자기 자신을 돌보는 일은 어떤 의미를 지닐까?

여성은 몸을 가진 존재로서 성불평등한 문화와 사회 구조를 몸으로 체화해왔다. 여성은 성별 분업 체계에 따른 생물학적이고 문화적인 경험 주체로서 보살핌과 출산 같은 재생산 노동을 비롯해 생계를 위한 생산 활동을 해왔다. 그러나 가부장적 자본주의 사회 속에서 여성의 노동, 경험, 삶은 가치 절하되고 때로는 무시당했다. 특히 여성의 몸 경험은 의미나 언어를 가지지 못했다. 대개 여성의 몸이 가지는 다양한 고통은 개인의 문제로 치부됐다.

거부당한 여성의 몸

우울증, 화병. 아픈 몸은 대표 사례다. 많은 20~30대 여성이 화도 내지 못하고 자기 자신에게 분노의 화살을 돌리는 우울증을 경험한다. 왜 우울증이나 화병 환자는 대부분 여성인가? 2012년 국민건강영양조사에 따르면 우울증을 앓는 여성이 남성보다 1.8배가량 많다. 왜 여성은 살아가면서 우울이나 화를 품게 되는가? 왜 여성은 화를 억누를 수밖에 없는가? 질문을 바꿔보자. 반지하 집에서 혼자 살고 최저 임금에 불안정한 아르바이트 노동으로 겨우 생계를 해결하면서 어떻게 불안감이나 우울증이 없이 살 수 있는가? 여성이라는 이유로 강요되는 감정노동과 성추행을 비롯한 여성 폭력이 만연한 사회에서 어떻게 건강하게 살 수 있는가?

정상 가족 이데올로기와 가족주의, 희생과 순종을 강요하는 성별 문화, 성별 분업에 따른 여성 돌봄 노동, 노동시장의 성차별에 따른 자원 접근성과 통제권의 부재, 남성에게 관대한 성 문화에서 우울증과 화병은 여성 개인의 문제가 아니다. 한편 여성의 우울은 생애 주기하고도 관련이 있다. 여성의 월경 증후군, 산후 우울증, 갱년기 증후군 등은 호르몬의 영향을 받은 증상이라서 꼭 질병으로 치부할 수는 없다. 그런데도 여성이 경험하는 많은 질병이 의학적으로, 그리고 과학적으로 밝혀지지 않았다. 여성은 아프지만, 왜 아픈지는 과학도 모르고 의학도 모른다. 아직 아무도 모른다. 특히 생리통, 생리 전 증후군, 임신, 출산을 비롯한 여성의 재생산 건강에 관한 의학적 지식과 정보는 여전히 제대로 밝혀지지 않고 있다.

건강, 근대 가부장제의 신화

"왜 그렇게 몸을 잘 못 챙기니, 몸을 더 잘 챙기면 건강해질 수 있어." 많은 사람들이 전하는 건강에 관한 조언이자 비난이다. 몸을 잘 챙긴다는 말은 무슨 뜻일까? 몸을 잘 챙기면 정말 건강해질 수 있을까? 건강하다는 말은 무슨 뜻일까? 언제부터 우리는 건강을 강요받게 된 걸까? 24시간 쉬지 않고 돌아가는 사회, 환경이 오염되고 유해 화학 물질이 가득한 사회에서 건강한 몸은 어떤 모습일까? 어떤 삶의 조건에서도 아프지 않고 활기차게 노동할 수 있는 몸은 가능한가?

근대 이후 건강과 질병은 일차적으로 기계공학적 은유를 통해 설명됐다. 건강하지 못한 몸은 신체 시스템의 한 부분이 기계적 작동을 하려다가 실패한 상태로 여겨지며, 의학은 그런 손상을 수리하는 구실을 한다. 현대 의료의 바탕을 구성하는 서구의 정신-몸 이원론은 육체와 정신을 분리해서 바라본다. 정신은 몸보다 더 우월한 요소로 여겨진다. 몸은 단순한 도구로서, 몸의 느낌이나 감정도 열등하게 다뤄진다. 이런 몸은 자연하고 함께 여성으로 은유됐다. 정신이 남성이라면, 그 아래에 정신이 결여된 몸, 자연으로서 몸은 여성으로 상징된다.

서구의 정신-몸 이원론은 의학적으로 진단되지 않는 여성의 몸에 새겨진 많은 질병을 무시해왔다. 그러나 영국의 젠더 건강 연구자 레슬리 도열은 말한다. "서구의 근대적 건강과 의학 모델이 정신과 신체 사이의 복잡한 관계는 탐구하지 않고, 개인을 자신이 살아가는 사회와 문화적 맥락에서 분리한다." 정신-몸 이원론을 비판하면서 프랑스 철학자 모리스 메를로퐁티는 강조한다. "몸이야말로 인간의 주체이자 세계를 형성하는 재료이며, 정신은 몸을 통해서만 세계와 연결될 수 있다."

건강과 돌봄의 상업화와 외주화

소비 자본주의의 시대 우리의 몸과 건강에 관한 자기 돌봄은 모두 상업화됐다. 자기 몸의 관리와 쉼을 위한 돌봄을 소비자로서 병원과 다양한 산업에 위탁하며 살고 있다. 머리부터 발끝까지 몸을 보살피기 위해 누군가에게 돈을 지불하는 방식의 건강 관리 시스템은 빈부에 따라 계층화됐다. 건강하기 위해 더 많이 일하고 더 많은 돈을 벌어서 소비하고 싶어한다. 자본주의 의료 시스템이 확대되면서 질병을 앓는 사람은 더는 치료의 내적 힘과 지혜를 지닌 주체가 아니다. 아픈 사람은 질병을 제거할 대상으로서 의학적 처치를 해야 하는 관리 대상이 된다.

의료 기술이 발달할수록 여성의 몸은 수동적 대상이 된다. 여성의 몸은 과도한 의료 개입 상황에 놓여 있는데, 그 원인은 모두 돈에 관련돼 있다. 이를테면 5조 원 규모의 성형 산업뿐 아니라 재생산 건강을 중심으로 10대 소녀를 대상으로 하는 1000억 원 규모의 자궁경부암 백신, 1400억 원 규모의 공공 의료비를 지원한 난임 시술, 경제협력개발기구OECD 회원국에서 2위를 차지한 높은 제왕 절개 출산율 등이다. 한편 돈이 없고 자원이 부족한 사람들은 시장에 접근할 권리조차 박탈당한다. 갈수록 확대되고 거세어지는 건강 산업과 의료 시장에 대항해 우리는 어떻게 몸의 주체가 될 수 있을까? 몸의 주체가 된다는 것은 무엇을 뜻할까?

사실 의료 개입이 일상이 된 한국 사회에서 거대한 자본 시장에 맞서 여성 건강의 대안을 만들기는 쉽지 않다. 그런데도 페미니스트들은 여성 건강을 밝히는 연구하고 함께 다양한 실험과 운동을 실천해왔다. '살림' 같은 여성주의 의료 협동조합, 생리대와 화장품에 포함된 유해 화학 물질 문제를 제기하는 '여성환경연대'의 여성 대안 건강 운동, '행복중심 여성주의 생협'의 대안 먹거리 소비 운동 등은 여성 건강 문제를 사회 문제로 공론화하고 대안을 모색한 의미 있는 실천이다. 이런 실천과 노력을 토대로 여성 건강 문제를 더욱더 정치화하고 정책화해야 한다.

우리는 더 많이 떠들고 말해야 한다. 발화를 통해, 몸에 새겨진 고통과 아픔을 스스로 드러내고 목소리를 내야 비로소 여성은 자기 몸을 인식하고 존재를 알 수 있다. 2017년 여성들이 일회용 생리대를 사용하면서 경험한 몸의 증상을 스스로 인식하고 발화하지 않았다면 아직도 우리는 생리대를 개인의 문제로 치부할 듯하다.

감정 노동자들의 정신 건강 문제, 유해 화학 물질 노출 작업장에서 일하는 노동자들의 여성 건강과 생식 건강 문제, 거식증과 섭식 장애, 폭력 피해 여성들의 트라우마까지 여성들이 겪는 고통과 몸 아픔은 여성 스스로 자기 몸을 인식하고 이야기하기 시작하면서 모든 여성의 문제가 됐다. 남성 중심 의학과 의료 체계 속에서 여성의 몸 경험이 개인적 문제가 아니라 사회적 문제가 될 수 있었다.

'내 몸이 증거다, 나를 조사하라'는 제목을 내건, 생리대 유해성 논란 관련 기자 회견(출처=여성환경연대).

신자유주의 소비 주체의 자기 돌봄을 넘어서

나는 어떻게 나를 돌볼 수 있을까? 하루 종일 이어진 임금 노동에 지쳐서 집으로 돌아오면 아무것도 하고 싶지 않다. 누군가 나를 대신해서 밥하고, 청소하고, 내 몸을 돌봐주기를 바란다. 대개 자기 돌봄이라고 하면 시장에서 누군가가 제공하는 서비스를 사는 행위를 떠올린다. 과로 사회에서 노동과 쉼이 이분된 구조 아래 상업화되고 외주화된 돌봄은 가장 손쉽게 자본으로 대체될 수 있다. 그러나 돌봄 서비스를 시장에서 구매하기가 어려운 상황일 때 자기 돌봄은 어떻게 가능한가? 지금보다 더 많이 일하고 더 많은 돌봄을 소비하면 되는 걸까?

지친 몸과 마음을 돌보기 위해 머리부터 발끝까지 누군가가 제공하는 돌봄 서비스를 구매하는 방식의 신자유주의 소비 주체를 넘어서 새로운 자기 돌봄의 가치를 살펴야 한다. 자기 돌봄의 자급과 독립 선언이 필요하다. 빠르게 돌아가는 삶의 속도를 잠시 늦추고 손과 몸의 감각을 살릴 수 있는 나만의 자기 돌봄 레시피를 찾아야 한다.

내면의 목소리에 귀를 기울여라. 그리고 잠시 조용히 기다려

라. 당장 당신이 해야 할 것이 없을 수도 있다. 당신의 몸을 치유해준다는 절대적인 방법에 쉽게 현혹되지 말라. 마찬가지로 삶의 문제에 있어서도 당신만의 길을 찾아야 한다. 당신이 받았던 상처에 관계없이 당신과 당신의 몸을 존중하려면 용기가 필요하다.

— 크리스티안 노스럽, 《여성의 몸 여성의 지혜》(2000)에서

패스트푸드를 먹고, 과로에 찌들고, 화학 물질 범벅인 환경에서 만성 질환에 시달리는 아플 수밖에 없는 몸을 어떻게 다스리고 돌볼 수 있을까? 자본주의 건강 산업과 의료 시장에서 우리는 어떻게 독립을 선언할 수 있을까? 작은 질병에 항생제와 처방약을 쓰기 전에 나만의 치유법을 창조할 수 있을까? 산부인과 박사이자 여성 건강 전문의인 크리스티안 노스럽은 내 몸을 자각하고 몸의 언어와 신호를 이해하는 데에서 시작할 수 있다고 말한다.

나도 내 몸의 언어에 무지했다. 때로는 무시했다. 그럴수록 몸은 더 아팠다. 그러나 내 몸이 어떤 이야기를 하는지 귀를 기울이기 시작하면서 조금씩 내 몸의 언어를 이해할 수 있었다. 이제는 몸이 아프기 시작하면 잠깐 삶의 속도를 늦추고 몸과 마음이 쉴 수 있는 공간을 만든다. 몸이 신호를

보내면 무리한 일정과 모임은 양해를 구하고 빠지거나, 해야 하는 일을 내일로 미룬다. 이를테면 생리통이 심할 때는 더는 진통제만을 절대적인 해법으로 생각하지 않는다. 진통제를 먹더라도 따뜻한 물주머니와 양말을 갖추고 뜨거운 생강차를 마시며 이불 속에서 잠시 나만의 휴지기를 갖는다. 마음을 진정해주는 음악도 좋다. 힘겹게 견뎌온 몸과 마음의 통증이 가라앉는다.

아직 돌볼 아이가 없는 비정규 지식 노동자라는 삶의 조건 덕에 나는 잠깐 동안 몸을 돌보고 쉴 수 있다. 날마다 일해야 하는 임금 노동자는 어떻게 인간 생존을 위한 필수 요소인 자기 돌봄이 가능할까? 장시간 노동 때문에 병원 갈 시간도 없는 사람이나 자기 몸을 돌볼 최소한의 조건도 허용되지 않을 때 자기 돌봄과 쉼은 쉽지 않다. 자기 돌봄은 개인의 선택에 달린 문제가 아니다. 자기 돌봄과 쉼이 가능한 사회란 어떤 곳인지를 둘러싸고 치열하게 논쟁해야 하며, 질병과 장애가 있어도 돌봄이 가능한 정책과 제도를 적극 시행하려 노력해야 한다.

장애여성 요가 모임, 여성주의 단식 모임, 여성주의 명상 모임 등에 접속하자(출처=프리픽).

자기 돌봄과 생태 돌봄을 함께 추구한 합정동 옥상 텃밭(출처=여성환경연대).

자기 돌봄을 위한 에코페미니즘

에코페미니즘은 실천에 기반한 이념이자 사상, 이론이자 운동인 동시에 개인적 삶의 영역으로 국한되지 않는 라이프스타일이나 문화이기도 하다. 에코페미니즘은 나 하나 건강하게 잘 먹고 잘사는 수준이 아니라, 먹거리, 건강, 돌봄의 문제를 생태에 연결할 뿐 아니라 이런 문제를 공적으로 정치화하라고 요구한다. 에코페미니즘은 발전이란 무엇이고 생산적 노동이란 무엇인지 질문했고, 소비와 노동의 재구성을 통해 생산과 재생산 노동이 균형을 맞추는 새로운 사회를 모색해왔다. 여성의 몸을 둘러싼 초국적 기업과 자본에 대항하는 지역적/초국적 연대, 그리고 젠더와 생태 정의에 기반한 시민권을 이야기해왔다.

어떻게 가난하지만 덜 아프고 더 나은 삶을 살 수 있을까? 다양한 삶의 방식을 허용하는 공간과 사람들을 만나는 데에서 시작할 수 있다. 이를테면 여성환경연대가 활동가들의 재택 근무와 유연 근무를 통해 노동 시간을 줄이고 노동 방식을 바꾸려 한 시도는 작지만 의미 있는 실험이다. 대사증후군 안내자 양성 과정을 열어 동네에서 여성 자조 모임을 만들고 식생활과 운동 관련 정보를 공유하는 시도도 좋은 사례다. 나를 돌아볼 수 있는 공간을 만드는 다양한 모임, 그러니까 장애여성 요가 모임, 여성주의 축구 모임, 여성주의 단식 모임, 여성주의 명상 모임 등에 접속하는 일도 한 방법이 될 수 있다. 플라스틱을 쓰지 않는 일상을 추구하는 모임이나 도시 텃밭 모임처럼 자기 돌봄과 생태 돌봄을 함께 추구하는 사람들을 만날 수도 있다. 작지만 더 나은 삶을 위한 실험과 실천의 공간에 나를 연결하고 확장하면서 조금씩 변화의 틈을 넓힐 수도 있다.

육체적이고 정신적으로 견뎌야만 하는 몸, 우리 사회가 만들어낸 정상적인 몸과 건강 이데올로기는 이제 벗어던지자. 이데올로기의 낙인에 갇혀서 몸이 완전히 무너지기 전에 내 몸의 이야기에 귀기울여야 한다. 아파도 괜찮고, 미쳐도 괜찮다. 모든 것을 다 내려놓아도 괜찮다. 내가 왜 이렇게 아픈지, 그런 아픔과 통증은 어디에서 왔는지, 내 삶의 연대기를 이해해야 한다. 어떤 물질도, 이념도, 가치도 '나'보다 중요하지 않다. 시장을 넘어서 자급의 방식으로 자기를 돌보는 일에서 이 사회는 변화하기 시작할 수 있다. 내 몸을 이해하기 위해 몸을 열어두자. 거기에서 자기 돌봄과 치유가 시작될 수 있다.

레슬리 도열 지음, 정진주·김남순·김동숙·박은자·송현종·이희영·지선미 옮김, 《무엇이 여성을 병들게 하는가 — 젠더와 건강의 정치경제학》, 한울, 2010

여성 건강에 젠더와 정치, 경제가 어떤 영향을 미치는지 분석한다. 남성 중심적 현대 의학과 의료 산업, 의료 제도를 비판하고, 페미니즘 관점에서 여성의 질병과 건강을 새롭게 해석한다. 여성 빈곤과 성차별이 건강에 미치는 영향을 분석하는 동시에 여성 건강을 향상하는 전략으로서 재생산의 권리, 직업에 관련된 건강과 안전, 여성 폭력에 맞선 투쟁을 제안한다.

조한진희 지음, 《아파도 미안하지 않습니다 — 어느 페미니스트의 질병 관통기》, 동녘, 2019

암 진단을 받고 아픈 몸으로 살기 시작한 한 페미니스트가 경험한 '몸 일기'다. '건강'과 '정상' 이데올로기에 질문을 던지는 동시에 질병을 앓는 개인의 죄책감을 넘어서 아플 수밖에 없는 자본주의 의료 산업의 문제, 질병을 둘러싼 편견을 페미니스트의 눈으로 바라본다. 아픈 몸을 향한 낙인이나 차별 없이 '잘 아플 권리'를 이야기한다.

살림의료복지사회적협동조합

2012년 설립된 한국 최초의 여성주의 의료 생협이다. 여성주의 건강관에 바탕해 위계적인 환자와 의사의 관계에서 벗어나 협동의 방식으로 건강을 바라보려 한다. 살림의원, 건강혁신 살림의원, 살림치과, 살림건강센터 다짐을 운영하는 살림의료사협의 조합원은 약 2900명(2019년 기준)이다. 질병과 건강을 개인이 아니라 공동체가 함께 보살피고 돌보는 공간이다.

이렇게 하루하루 살다보면
세상도 바뀌겠지!

이 책에는 조금씩 세상을 바꾸기 위해 즐겁게 살아가는
2030세대 에코페미니스트들의 목소리가 담겨 있어요.
에코페미니스트가 되려고 거창한 일을 하지 않아도 괜찮아요.
내 삶을 바꾸는 작은 실천이 세상을 바꾸리라고 믿어요.
당신은 어떤 기분으로, 어떤 생각으로 지금을 살고 있나요?

내 일상을 기록할 수 있는 다이어리를 준비했습니다.
다이어리를 쓰면서 누구나 쉽게 따라할 수 있는 한 주 미션
도 담겨 있어요.

책을 읽으며 떠오른 생각이나 하루하루 살아가며 든 느낌을
이곳에 기록하세요.

작심삼일이 돼도 좋아요. 만년 다이어리니까요.
다시 이 책이 떠오른 순간,
오늘 날짜를 적고 새로운 마음으로 시작하면 돼요.

1주일, 1달, 1년.
시간이 지나고 다시 이 책을 펼쳐보면
조금 달라진 내 모습이 보이지 않을까요?

당신의 하루하루를 응원할게요.

2030
에코페미니스트 다이어리

나는 누구일까

나는 페미니스트일까

나는 에코페미니스트일까

나는 2030 에코페미니스트일까

8인 8색 2030 에코페미니스트들이 건네는

52가지 물음

_____

—

Mon.
_____

—

Tus
_____

—

Wed.
_____

—

Thu.
_____

—

Fri.
_____

—

Sat.
_____

—

Sun.
_____

나는 페미니스트일까?

—

Mon.

—

Tus

—

Wed.

—

Thu.

—

Fri.

—

Sat.

—

Sun.

———

—

Mon.

———

—

Tus

———

—

Wed.

———

—

Thu.

———

—

Fri.

———

—

Sat.

———

—

Sun.

———

에코페미니즘에 관련된 책들을 같이 읽을까?

Mon.

Tus

Wed.

Thu.

Fri.

Sat.

Sun.

Mon.

Tus

Wed.

Thu.

Fri.

Sat.

Sun.

내 외모와 몸무게를 걱정하는 마음을 잊어볼까?

Mon.

Tus

Wed.

Thu.

Fri.

Sat.

Sun.

아무때나 훅 들어오는 외모 지적질에 '노'라고 말할까?

Mon.

Tus

Wed.

Thu.

Fri.

Sat.

Sun.

노 메이크업으로 지내볼까?

___

Mon.

___

Tus

___

Wed.

___

Thu.

___

Fri.

___

Sat.

___

Sun.

—

Mon.

—

Tus

—

Wed.

—

Thu.

—

Fri.

—

Sat.

—

Sun.

—

Mon.

—

Tus

—

Wed.

—

Thu.

—

Fri.

—

Sat.

—

Sun.

3월 8일 여성의 날에 나도 함께 행진할까?

___

Mon.

___

Tus

___

Wed.

___

Thu.

___

Fri.

___

Sat.

___

Sun.

___

연대하는 여성들이 나오는 영화 한 편? 일곱 편?

Mon.

Tus

Wed.

Thu.

Fri.

Sat.

Sun.

Mon.

Tus

Wed.

Thu.

Fri.

Sat.

Sun.

일상에서 마주치는 장애인 혐오 표현을 무심코 지나친 걸까?

—

Mon.

—

Tus

—

Wed.

—

Thu.

—

Fri.

—

Sat.

—

Sun.

Mon.

Tus

Wed.

Thu.

Fri.

Sat.

Sun.

Mon.

Tus

Wed.

Thu.

Fri.

Sat.

Sun.

Mon.

Tus

Wed.

Thu.

Fri.

Sat.

Sun.

일회용 용기 안 쓰고 지내볼까?

———

Mon.

———

Tus

———

Wed.

———

Thu.

———

Fri.

———

Sat.

———

Sun.

노동자의 날을 맞아 내가 만난 노동자들에게 고마움을 전할까?

Mon.

Tus   .

Wed.

Thu.

Fri.

Sat.

Sun.

카페 갈 때 텀블러, 장 볼 때 장바구니 챙길까?

—

Mon.

—

Tus

—

Wed.

—

Thu.

—

Fri.

—

Sat.

—

Sun.

—

Mon.

—

Tus

—

Wed.

—

Thu.

—

Fri.

—

Sat.

—

Sun.

—

Mon.

—

Tus

—

Wed.

—

Thu.

—

Fri.

—

Sat.

—

Sun.

———

Mon.

———

Tus

———

Wed.

———

Thu.

———

Fri.

———

Sat.

———

Sun.

면월경대나 월경컵 같은 다회용 용품을 쓰면서 월경 기간을 보낼까?

Mon.

Tus

Wed.

Thu.

Fri.

Sat.

Sun.

_____

—

Mon.

_____

—

Tus

_____

—

Wed.

_____

—

Thu.

_____

—

Fri.

_____

—

Sat.

_____

—

Sun.

_____

———

Mon.

———

Tus

———

Wed.

———

Thu.

———

Fri.

———

Sat.

———

Sun.

Mon.

Tus

Wed.

Thu.

Fri.

Sat.

Sun.

하루에 한 번 내 몸과 마음을 온전히 돌보는 시간을 가질까?

_____

—

Mon.

_____

—

Tus

_____

—

Wed.

_____

—

Thu.

_____

—

Fri.

_____

—

Sat.

_____

—

Sun.

_____

Mon.

Tus

Wed.

Thu.

Fri.

Sat.

Sun.

—

Mon.

—

Tus

—

Wed.

—

Thu.

—

Fri.

—

Sat.

—

Sun.

주위 사람들이 뭘 좋아하고 뭘 싫어하는지 물어볼까?

—

Mon.

—

Tus

—

Wed.

—

Thu.

—

Fri.

—

Sat.

—

Sun.

내가 좋아하는 일을 쭉 적어볼까?

—

Mon.

—

Tus

—

Wed.

—

Thu.

—

Fri.

—

Sat.

—

Sun.

내가 싫어하는 일을 쭉 적어볼까?

Mon.

Tus

Wed.

Thu.

Fri.

Sat.

Sun.

내 소중한 하루와 나날의 기분을 다이어리에 기록할까?

—

Mon.

—

Tus

—

Wed.

—

Thu.

—

Fri.

—

Sat.

—

Sun.

8월 22일 에너지의 날, 안 쓰는 플러그를 뽑고 필요 없는 전등을 끌까?

Mon.

Tus

Wed.

Thu.

Fri.

Sat.

Sun.

자리 비울 때 모니터 절전 모드를 써볼까?

—

Mon.

—

Tus

—

Wed.

—

Thu.

—

Fri.

—

Sat.

—

Sun.

Mon.

Tus

Wed.

Thu.

Fri.

Sat.

Sun.

돈 쓰지 않고도 행복해지는 일을 찾아볼까?

—

Mon.

—

Tus

—

Wed.

—

Thu.

—

Fri.

—

Sat.

—

Sun.

기후 위기를 막기 위해 작은 실천을 시작할까?

Mon.

Tus

Wed.

Thu.

Fri.

Sat.

Sun.

9월 22일 차 없는 날, 내 차를 세워두고 대중교통을 탈까?

—

Mon.

—

Tus

—

Wed.

—

Thu.

—

Fri.

—

Sat.

—

Sun.

—

Mon.

—

Tus

—

Wed.

—

Thu.

—

Fri.

—

Sat.

—

Sun.

—

Mon.

—

Tus

—

Wed.

—

Thu.

—

Fri.

—

Sat.

—

Sun.

—

Mon.

—

Tus

—

Wed.

—

Thu.

—

Fri.

—

Sat.

—

Sun.

Mon.

Tus

Wed.

Thu.

Fri.

Sat.

Sun.

———

———

Mon.

———

———

Tus

———

———

Wed.

———

———

Thu.

———

———

Fri.

———

———

Sat.

———

———

Sun.

———

여성 노동과 여성 노동자를 차별하는 말짓거리를 서슴없이 지적질할까?

Mon.

Tus

Wed.

Thu.

Fri.

Sat.

Sun.

여성 노동자들이 함께하는 노동조합 활동에 힘을 보탤까?

Mon.

Tus

Wed.

Thu.

Fri.

Sat.

Sun.

Mon.

Tus

Wed.

Thu.

Fri.

Sat.

Sun.

11월 27일 아무것도 사지 않는 날, 아무것도 안 사는 일주일은 어떨까?

—

Mon.

—

Tus

—

Wed.

—

Thu.

—

Fri.

—

Sat.

—

Sun.

—

여름에 부채 들고 다니기, 겨울에 내복 입기를 해볼까?

Mon.

Tus

Wed.

Thu.

Fri.

Sat.

Sun.

지구의 내일과 미래 세대를 위해 난방이나 냉방 온도를 1도 낮출까?

Mon.

Tus

Wed.

Thu.

Fri.

Sat.

Sun.

_____

—

Mon.
_____

—

Tus
_____

—

Wed.
_____

—

Thu.
_____

—

Fri.
_____

—

Sat.
_____

—

Sun.
_____